韵阁流水

冯春明 著

长江文艺出版社

图书在版编目（CIP）数据

翻阅流水 / 冯春明著. -- 武汉 ： 长江文艺出版社，
2024. 11. -- ISBN 978-7-5702-3689-3

Ⅰ．I267

中国国家版本馆 CIP 数据核字第 20245DS373 号

翻阅流水

FANYUE LIUSHUI

责任编辑：王乃竹　　　　　　　　责任校对：程华清
封面设计：木　头　　　　　　　　责任印制：邱　莉　胡丽平

出版： 长江出版传媒 | 长江文艺出版社
地址：武汉市雄楚大街 268 号　　　　邮编：430070
发行：长江文艺出版社
http://www.cjlap.com
印刷：武汉市首壹印务有限公司

开本：710 毫米×1000 毫米　　　1/16　　印张：16.75
版次：2024 年 11 月第 1 版　　　　2024 年 11 月第 1 次印刷
字数：273 千字

定价：58.00 元

每一个开始都是新生，每一次相遇都是回归。

序

李桂奎

　　拜读完冯兄的这部散文集，发现书中用力最勤的方面，还是对于沂蒙大地的摹写。作者生于斯，长于斯，肉身与血脉扎根于此，灵魂及精神也在此游弋。在经年累月的目视与思索之后，记忆、印象已然成为生命体验的载体，佐之以对语言文字的驾轻就熟，最后呈现出来的集子不啻作者用经验铸就的诗篇，而它的诗意确系可以被这水土哺育出的儿女以及所有怀揣故土之情的行客共同领略。从这些文字中，我们分明感受到文字的可读性与包容性，感受到语言的力道与温度。对在外的游子而言，这些文字已然具有了"勾魂摄魄"的能力，将我的神思暂时地牵引回返乡途中。

　　作者把足迹深扎进沂蒙土地，在四处游历时不断搜罗作为文化象征的吉光片羽。借此创作的许多篇章既饱含对沂蒙的深挚情感与厚重体悟，也寄寓着丰富而多元的文化精神。沂蒙是作者身体休栖之凭借，也是其精神家园的寄托。似乎是对远古的呼唤进行回应，荀子、二疏、纪王崮、神仙墩、花之寺、洗砚池，作者一一寻访，而拜谒先贤、游览名胜的历程其实也是与古人精神交会、与天地化而为一的过程。

　　在翻越过一座座山岭之后，在近睹远瞻过一道道河流之后，厚重的沂蒙文化渐渐为作者的笔墨具象，无论是莒国旧址、北寨汉墓、羲之故居，抑或是一块石子、一片碎陶、一方砚台，都有所承载，都能被破译和阐释出某种沂蒙文化的内蕴，令人陡生敬畏之情。

在封存尘烟往事的匣子被抽出之后，作者关于童年、乡俗的记忆一一展开。在靠天吃饭的岁月里，一个孩童眼中的光怪陆离的祈雨仪典、一夜暴富的孙老爷经历的奇幻故事、沂蒙山马队与守望至今的老枣树、黑膏药技艺的传承、母亲讲述的二舅故事、坚韧的沂蒙山妇女身上彰显的沂蒙精神、东岭与"我"的羁绊……种种存在或已消亡的物事与人的连锁，都被赋予了深沉的情感与泉涌一般的哲思。在作者笔下，寻根似乎从未消歇，具体呈现为对记忆的追寻，实际上也是对勾连沂蒙文化内核的一次次尝试。

作者在对自己乡土的况味进行还原、讲述的同时，有时还会敞开视域，眺望远端，比如东夷文化、齐鲁文化。此外，他还让笔端向着"异域"前行，他到黄土高原，就以黄土为切口，试图还原出历史的架构，并通过地势、村居、作物这些地域性的文化碎片，提炼归结出了黄土高原的感性、韧性和骨性，读者借此可以领会到汉民族骨子里的另一番特质。他还到查济古村去，到更远的地方去。作者对于诸多山河之间交融的血缘关系、地域文化之间不同风貌的深沉思索，使得其作品具有了某种"普世"价值。

更进一步说，作者不仅在地域中寻求答案，还在不同的时间维度里任性徜徉，使得他不仅能立足沂蒙，以乡土为映射原点，还能获得广阔无垠的精神园田。他用今人的眼光注视着沂蒙的迁衍，且在时间的长河中追溯、求索自己想要的答案。他以个人之小，感悟宇宙之大，物我相融，进而引发精神同鸣共振与灵感迸发，追求自我与无限的契合，最终得以自由、活泛地体味这方山水。对东柳沟这样一个名不甚奇、貌不惊人的村庄，作者凭着带有过去文明印记的陶片，进行了遥远的追忆。循着作者的运笔思路，千百年来文明演进的理路也渐趋清晰。而更难能可贵的是，作者还关注到个体在历史长河之中的渺小，并发散想象人类前进路程中所历种种磨难坎坷，这就令这部作品既能瞻望现实，又富于人情关怀；既涵纳历时性的影踪，又提供了一种空间感的思路拓展。

为更好地探源寻脉、寄托情志，作者从史传中汲取养分，从方志中考据根本，从诗歌里寻求和声，使得文章颇具底气，情理兼备。有时甚至让人感到，作者心甘情愿地化身为某种媒介，不再将文本局促成自己乡关之思、宇宙人生之问的载体，而完全作为感受与经验的聚焦。在这种方式下，思想和情感不再分崩离析，个性与传统不再冲突抵牾。这令我们的思想终于得以顺着那条作者奉献出的绵长道路，朝着文化寻根的方向攀附。

关于"流水"的意义，它似乎意味着一种连贯性。我们通过"翻阅"，对此也已有所领会。就创作形式而言，在作品中，历史与经验相交叠，文化与乡土相辉映，这种路径无疑是清晰的、精确的且前程无限的；就文化内蕴而言，作者已经为我们呈现出一条溯源透视的理路，令我们亟须归返的精神"大槐树"有迹可循；就情感而言，因为文章写乡土，其间的故乡之思等情绪总让我也看到若隐若现的沂河汶水，它们仍在沂蒙大地上汩汩流淌，水波兴焉，注定要源远流长、生生不息。"流水"之连贯性是从始而终的，它伴着作者的行迹，还将延续。

李桂奎，复旦大学国际文化交流学院教授，博士生导师。

目　录

沂　蒙

　　家乡这片土地有许多称呼，诸如齐鲁、沂蒙等。齐鲁是因先秦时期诸侯国齐国、鲁国的称谓和地域范围而得名。而沂蒙则是二十世纪四十年代末，亦即抗日战争时期，由中共华东局在鲁中、鲁南、滨海三个战略区的基础上，又将泰西一起合并成立的鲁中南区形成的那个沂蒙。这两种称谓所包含的地域范围，都能涵盖我的家乡，但我更愿意把我的家乡称为——沂蒙。

　　因为我不仅是在这里睁开了自己的眼睛，而且沂蒙二字几乎恰如其分地把我想要表达的地理范围框定了出来。沂蒙这片广阔的地域，由泰山、鲁山、沂山、蒙山、尼山和五莲山六条山脉连接起来。其中，尤其让我看重的是在这方神奇的土地上，那些渐次生发出来的思想和那些饱含生命深意、深沉、震撼心灵的呼唤。

　　沂蒙——这个以起起伏伏的山脉、丘陵为主要地貌的区域，它的北部、西部和南部是广阔的华北平原，它的东北方是胶东半岛，东面是浩瀚的大海。相关资料记载：华北平原在一亿三千万年前的中生代时期还是一片汪洋大海，后来这一带地壳开始隆起，局部发育出了断陷盆地，再后来，在黄河、海河、淮河、滦河左冲右突之下，慢慢积淀成现在所见的华北平原。而位列泰山、鲁山、沂山、蒙山之首的泰山，形成于二十五亿年前，它是第一次造山运动崛起的大山，古称岱宗，太古界泰山群地层是中国最古老的地层之一。

黄河下游天然地横贯华北平原中部，将其分为南北两部分：南面为黄淮平原，北面为海河平原。仅仅百年，黄河在这里填海造陆的面积就有2300多平方公里。而今，平原还在不断地向海洋延伸，最迅速的是黄河三角洲地区，平均每年2000～3000米。因而，华北平原地势低平，大部分在海拔50米以下，东部沿海平原位于海拔10米以下，自西向东微斜，它主要属于新生代的巨大坳陷，它的沉积厚度深达1500～5000米。

　　华北平原多低洼地，多湖沼。我想，假若我们像播放影片那样，对过往的一切逆时回放，我们就会惊讶地发现，在这个逆时的影像中，广袤的华北平原由东往西渐渐地消失，而高高隆起的沂蒙大地，猛然间处在大海的包围之中。如果时光把我们带到那个十分遥远的过去，在这里，我们的眼前定会出现这样一幕：在西、北、东、南四个方位上，那四座海拔1000米以上的泰山、鲁山、沂山、蒙山，它们一同把地壳从大海中"拉起""抬升"起来。我们的眼前定会出现沂蒙大地从大海中轰然隆起时，那个无比震撼人心的场景，以及这方处在大海包围中的神奇山脉的崛起和凸现。我们甚至会看到这方神奇的山脉、丘陵、平原和河流，是怎样不断繁衍出新的生命的。

　　沂蒙这片被大沂河、沭河、泗河、大汶河、淄河等众多河流滋润的山地，是幸运的。沂蒙的崛起成就了这里古老的山脉、河流和土地，它也因而有了非同一般的过往。所以，每当我独自一人行走在这片既熟悉又陌生的土地上时，眼前的山水、花草、树木、庄稼，还有天上的飞鸟、地上的牛羊，每每让我步履彷徨，感慨万千。

　　雨季，沂蒙大地电闪雷鸣，那些自天而降的雨，它们一滴一滴地落在山顶的松枝上、花草上、石头上。渐渐地，那雨在树的枝干上，在花草的茎叶上，在大大小小的山石上，在山上山下所有事物的缝隙里，生成一道道水流，生成一条条小溪、一挂挂瀑布。那水流，那小溪，那瀑布，向下，向东，向北，向南，向西，向着各个不同的方向流淌着，渗透着，它们生成了泉，生成了向着不同方向流淌着的河流。那些河流，它们不晓得走多远，它们不晓得去哪里？但是，它们晓得必须向前走。那雨那河流是从天上来的，那雨那河流一直住在天上，那雨那河流因而循环往复，源远流长。

　　在家乡，泰山、鲁山、沂山、蒙山，它们于这方土地而言，很像四根擎天之柱。沂河、沭河、泗河、大汶河、淄河等众多的河流，则像一条条血脉，不断地为这方土地输送着新的养分。而所谓八百里沂蒙，自从在一片汪洋中露出真容后，就形成了强壮的骨骼、丰满的肌肉和极具独特个性的生态系统。就时间的绵长和空间的广袤来看，沂蒙这一地域的过往神秘而幽深，它的存在和变迁能够让我一步一步地去接近那些相关于自然、生命等，与我们自身密切相关的人类生活最为核心的部分。

几十年来，行走在沂蒙山水间的我，每每被深刻在大山岩石上那些青色的、浅褐色的、灰色的波浪状的纹理所打动，每每被大地撕裂碰撞时所形成的那些犬牙交错的沟壑所震撼。当我用手抚摸着各种形状、各种颜色真切可感的岩石时，过往时光形成的阻隔，一下子消失得无影无踪了。我所抚摸着的这些天地间最真实的石头，鸿蒙初开时，它们历经燃烧、聚合、迸发、冷却形成的花纹，是有关大地演进的最原始的记录。我暗自感叹，这些在年龄上让我无法可比的石头，它们与我的距离如此之近，它们的存在让我真切感觉到我们所处世界的珍贵。这时，有一句话悄然出现在我的眼前："你穷极一生不曾寻见的东西，有一天却在脚下发现。"这句话总能引发出我的许多联想。

沂蒙——当它开始立足于这方天地时，当它还处在一片汪洋的包围之中时，西北方向与它隔海相望的黄土高原上，时常有一阵阵翻卷着黄色沙尘的风暴向着这个方向刮来。这个时候，一条夹带着泥沙的河流，以一种浩荡之势向着沂蒙这个方向奔袭而来，那些黄色的沙尘，一波波地隐于大海，一波波地接踵而至，它们用无数个日夜，用无数个年代，用无数黄色的沙尘，把黄土高原与沂蒙衔接在一起。它们好似源于一种心照不宣的默契，凭着一种神奇之力造就出一个广袤的华北平原来。而沂蒙在这个恢宏的场景中，始终是一个高高站立的坐标，它以它的高度见证了渐次发生的一切，它用它的身体接受了来自黄土高原的那个带有温度的拥抱。

近年来，我时常在沂蒙山水间那些有着大汶口文化遗址的地方流连徘徊，每当我沿着祖先的遗存向前寻找时，总会发现史前先辈们留下来的许多遗迹。他们在这片土地上繁衍生息的时间极其久远，极其漫长。他们对于火种的取得、保存和使用，对于石器的选取和敲打，对于陶器的捏塑和烧制，对于农耕文明的创造和探索，以及他们对于神灵的供奉和膜拜，对于族群体系的孕育和构建……这一切，从时间的长度来看，是我们当今所认知的"五千年文明史"所无法比拟的。我们的祖先这种文明创造时间之久远，肪起之悠邈，流变之艰难，让人感叹不已。

我尽管很难看清那个遥远过去的面貌，但是，在沂蒙山水之间，当我用祖先遗传给我的肌体、魂魄和目光，与他们在同一座山、同一条河、同一片土地上相互接近时，依然有一种同质同频、近在眼前的亲近感。我们祖先居住过、生活过的那些山、那些河流、那些土地一直固守于此，无论我们的进步多快，也改变不了与祖先同根于这一地域的属性。眼前的大山、河流和土地，那是一种饱含生命本体文化精神的存在，它们让后人与祖先的脚印反反复复地重叠增进。这些同一片天空下、同一块土地上重叠在一起的脚印里，有着许许多多让沂蒙人引以为傲和令人深思的故事。

昨天中午在我家小院内，我与临沂市民间文艺家协会副主席高玉彬先生和收藏家、地域文化学者冯桂金先生小聚时，谈及孔子学生曾皙（即曾点）提及"浴乎沂"的典故。冯桂金说："曾皙所说的沂河沐浴，其实是一种一年一度的洗礼。"此说确然。先秦时期，民间把三月上旬的巳日定为修禊日，每到这个时候，人们成群结队地到水边嬉戏，以被除不祥。《周记》郑玄注：有"岁时被除，如今三月上巳如水上之类，衅浴，谓以香熏草药沐浴"。《宋书》亦载有"三月上巳，之溱、洧两水之上，招魂续魄，秉兰草，拂不祥"的民间活动记录。在民间修禊日活动中，所谓湔被，即涤除恶习；洗耳，是洗去世俗中的污言秽语，弹冠，是面对河流弹去帽子上的灰尘。在孔子与学生的对话中，曾皙提到的"暮春""浴乎沂"，正是春季末尾，即农历三月初，这个时候恰是民间修禊日。孔子崇尚周礼，他和他的学生们对这个民间活动的理解自然与众不同。

古代修禊日在农历三月初三，它是民间每年都要举行的民俗文化活动。这个时候，沂蒙气温较低，并不适合我们通常所说的沐浴。曾皙所说"浴乎沂"，自然是指修禊日里的这种仪式。是的，正是在那个时候，被尊为圣人的孔子和他的学生们的身影开始出现在沂蒙这片土地上。"暮春者，春服既成，冠者五六人，童子六七人，浴乎沂，风乎舞雩，咏而归。""吾与点也。"这是来自《论语》孔子与学生的一段对话。前句是曾皙回答孔子询问个人志向时的答语，后句是孔子对曾皙答语的回应和认可。在他们的对话中，曾皙虽然没有说明去沂河沐浴是一种仪式，但是当他告诉孔子，在暮春时节，他们五六个成人，会带着六七个童子，一起去沂河"沐浴"，"沐浴"后到祭天祈雨的舞雩台上吹吹风，唱着歌一路返回时，曾皙"修复礼乐，勤恤爱民"的心志和境界，已被孔子认可了。

关于沂河，一条在蒙山以东，发源于沂源县，流经临沂市，在这里我们可称其为大沂河；另一条在蒙山以西，流经曲阜市，俗称为小沂河。这两条沂河都在广义上的沂蒙地域之内。至于曾皙他们有没有去沂河沐浴，去哪条沂河沐浴，去沂河的哪个地方沐浴，那都是另外一回事，不过，暮春时节是沂河水最为清澈的时候。我们可以假设孔子的学生们，在修禊日这天，一起去了沂蒙地区最大的那条河流——大沂河。那么我们完全可以想象得到，这群学生长途跋涉，出现在大沂河岸边时，是怎样的一种场景了。

大沂河是沂蒙地区最大的一条河流，它的源头就在发现沂源猿人头盖骨化石的沂源县境内。因而，大沂河也是沂蒙地区的母亲河。大沂河的河水异常清澈，哪怕洪水泛滥时也能保有一股清流。《沂州志》记载："临沂城东，沂河与祊河、涑河汇流后，形成清浊两种水流，清流映蓝天，好像沂河中拖曳着一条蓝色的彩带，故称沂水拖蓝。"

《沂州志》所叙正是著名的"沂水拖蓝"景观，这种场景不仅在大沂河与祊河、涑河的汇流处出现，东汶河、蒙河等众多支流汇入大沂河的地方也有出现。明代杨光溥所作的七绝《沂水拖蓝》诗曰：

> 两流交汇在沂川，泾渭分明映碧天。
> 却上高楼望城北，卧波又见彩虹缠。

滂沱大雨过后，沂河不仅保有一股清流，而且美出了一道风景线。我想，孔子带领他的学生们来到沂河岸边，看到"沂水拖蓝"的景观时，这位秉持"君子和而不同"的至圣先贤，定会感慨不已，连声赞叹。他甚或自言自语："沂河水多么奇妙，它竟然深藏着我所渴望的景色哟。"

亘古至今，沂河、沭河、泗河、汶河、淄河等众多的河流，它们滋润了沂蒙大地，养育了这一方人。在沂蒙大地的历史长卷中，有许多与沂蒙山水有关的人文记载。战国时期儒家学派代表人物孟子，在《孟子·尽心上》中，就有"孔子登东山而小鲁，登泰山而小天下"之说。它的意思是说：孔子登上东山（蒙山）就觉得鲁国变小了，登上泰山就觉得天下变小了。他的这句话告诉人们："人的眼界会随着自己所处的位置高低而变化，人应当用超然物外的心境来看待世间的变幻纷扰。"或许正是这些思想，以及孔子的学生们"浴乎沂"的心志，最先给沂蒙山水赋予了灵性。也许正因为这样，沂蒙大地最高的山——泰山，始成为历代皇帝和文人墨客的拜谒之地。

沂蒙作为古老东夷文化的中心，是儒家文化的发源地。深信"三人行，必有我师焉"的孔子，从这里出发，带领学生周游列国，拜师问学。发源于蒙山南麓的泗河，它的上游那座被誉为"山东诸泉之冠"的泗水泉林，据说是孔子教授众徒之所。《论语》中"子在川上曰：逝者如斯夫，不舍昼夜"这句话就出自泗水岸边。它是孔子面对滔滔而去的泗河水时，由衷发出的人生感叹。孔子在泗水岸边的感叹，让人们发现了孔子学说内核中"仁"的部分，孔子与曾皙有关"浴乎沂"的那段对话，也就不难理解了。

沂蒙无论从地理上还是文化上，都与西北黄土高原有着很深的历史渊源，当时的孔子对来自西北黄土高原的"周礼"情有独钟，可以说，孔子一辈子都在研究周礼。他在《论语》中说："周监于二代，郁郁乎文哉！吾从周。"他不厌其烦地一再褒扬周礼，明确表示自己会遵循周礼。

周朝的开创者周文王、周武王，在姜子牙的帮助下从西北黄土高原深入中原，伐纣灭商，建立了历朝历代最为长寿的王朝统治政权，创立了礼乐制、宗法制等重要制度，它的"礼制"被"述而不作"的孔子赋予新义。周的"主忠、主敬、笃信、守礼"等行为准则，经孔子解释后，成为华夏最广泛而持久的行为规范。他让"仁"的观念成为人性最根本的部分，经由后来的孟子、荀子积极推动，"仁"在中华文明中得以持久地延续。周朝开创者周文王的老师姜子牙，也来自东夷之土。姜子牙不仅为周文王、周武王出谋划策，打下天下，在被封齐国之侯后，他在文化上推行"因其俗，简其礼"的开明政策，在政治上推行尊贤尚功的政策，让齐国逐渐强大。

进入北宋以后，成长于沂蒙北部淄州一带的范仲淹，在《岳阳楼记》中写下了"不以物喜，不以己悲……先天下之忧而忧，后天下之乐而乐"的千古名言，表达了自己对社会、对人生独特的感受和领悟，高度概括了中国儒家尊奉的道德和理想原则，展现出忧国忧民、博爱天下的政治胸怀。范仲淹这种参破人生的觉悟、天下唯我的期许，令人敬仰。

时光荏苒，世事变迁。1939 年，一股怀揣远大理想的政治、军事力量，从西北黄土高原深入沂蒙大地。这股以中国共产党为领导核心的队伍，以沂蒙为根据地，联合全国各地抗日力量，打败了日本侵略者。之后，在沂蒙"孟良崮战役"——这场与国民党军队的关键较量中取得胜利。在这个过程中，沂蒙人民不分男女老少，凭着血肉之躯与赤子之心，一起上阵，从而构建了"党群同心，军民情深，水乳交融，生死与共"的沂蒙精神。

沂蒙，是一片由泰山、鲁山、沂山、蒙山、尼山和五莲山这六条山脉连接在一起的土地；沂蒙，是一片曾经被大海包围着的土地；沂蒙，是一片被来自黄土高原的滚滚黄尘铺垫而成的华北平原所环抱着的土地。苍茫的沂蒙大地上，有太昊、伯益的身影，有郯子、荀子的足迹，有仓颉的造字、诸葛亮的智慧、王羲之的书法、刘洪的珠算、刘勰的《文心雕龙》，还有稷下学宫"百家争鸣"的袅袅余音……

回望沂蒙，那是一片苍茫、伟岸而神奇的土地。沂蒙，每当我站在时光的十字路口，向着一座座高山张望时，总有一个声音从大山深处缓缓飘来：

正月里什么花先开先败
什么人手拉手走下山来
正月里迎春花先开先败
梁山伯祝英台走下山来
二月里什么花白头到老
什么人背书箱走遍乾坤
二月里荠菜花白头到老
孔夫子背书箱游满乾坤
……

这是民间小调《倒卷帘》的开首，它像来自乡间大野阵阵诱鼻的麦香，散发出浓浓的人间情味。循着这股飘渺的歌声，总能让我想起那条源于洪荒、有关文明演进的主线。这条主线所投射出来的图像，它的长时间、远距离、宽视野，拉近了我与过往生命的距离。对于我们活着的人而言，那是时间和空间的交汇下，灵魂内在的接续、超越和回归，是我们生命过往时光的投影，也是整个民族演进历程的投影。每每当我回看这些投影时，在绵长的时间之维下，总有一些属于这片天空和土地的持久恒定、丰盈壮阔的思想盘旋其间。它的每一幅画面都让我心潮澎湃，心存感激，并产生一种对于这片天空、大地、河流、山川、海洋的敬畏感！

东夷之光

二十世纪六十年代初，山东省莒县陵阳河上空突然电闪雷鸣，不一会儿，陵阳河水开始上涨，河床两岸的泥沙开始一层一层地脱落，刹那间，一个造型古怪的陶器慢慢地从黄泥中露了出来。这个时候，整个陵阳河上空持续地电闪雷鸣，随着河水不断地上涨，河床不断地受到撞击与冲刷，那个陶器的表面有一个朱红色的神秘符号渐渐清晰了起来。这个神秘符号，让闻讯赶来的考古专家激动不已，专家认为，它有可能改写中国文字发展史。

这个造型古怪的陶器被称为大口陶尊，后来，陵阳河又相继出土多件刻有文字符号的大口陶尊和大量的陶制牛角号、酿酒酒器、饮酒器具等。早在新石器时代，在莒县这片土地上就形成了以陵阳河大汶口文化遗址为中心的古代文化区。莒县历史悠久，商代为姑幕国，春秋时为莒国，汉代为城阳国。在这片土地上有古城堡遗址十几处，古遗址、古墓葬1291处，仅莒县博物馆就收藏了12000余件出土文物，其中，国家级文物200余件。

莒县属于古代东夷的范围，是"海上日出，曙光先照"的地方，考古学家曾在东夷这块土地上找到了40万年前的人类头盖骨。数千年前，这里的原始先民，在大海、河流边，在山上、山下，在大野上，年复一年地捕鱼、狩猎、农耕劳作。在漫长的历史长河中，东夷人靠着聪颖智慧的大脑和勤劳灵巧的双手，制造出实用精美的石器、骨器、玉器等生产工具和生活用品，烧出陶罐、陶鼎、大口陶尊和薄如纸、黑如漆、面如镜的蛋壳陶，编织出布纹细、密度高的麻、丝纺织品，发明了冶铜术、原始历法和最古老的文字，发展了种植业、家禽饲养业和酿酒业。

位于莒县城中的莒县博物馆展厅里，来自远古、悠远深沉的文化气息充斥、弥漫在各个角落。透过久远的年代，那些充满神秘意味的石斧、石铲、陶罐、铜鼎、铜罍……以一种深沉而生动的姿态出现在人们眼前，它们似乎是为了与人们进行一场跨越时空的对话而来的。这些石制的、骨制的、陶制的、玉制的、铜制的有着各种形状的器具，浑身散发着一缕缕尚未摆脱原始意味的微光。它们以各种不同的形式和款式，以古朴凝重的姿态和造型，以流畅简洁的纹饰，散发出敦厚、沉静，又不乏深邃、神秘的意味，流露出拙朴、奇异的心境或心绪。

去莒县陵阳河一直是我的一个愿望。这个距离我读书的沂南县郭家哨联中仅有22公里的地方，却与我间隔了半个世纪。50年前的那个初秋，我和联中行将毕业的同学们一起翻过浮来山，去了十几公里外的莒县城区照相馆拍毕业照。那是距离莒县陵阳河最近的一次。后来，虽然我又有许多次机会得以接近陵阳河，却屡次与其擦肩而过。因而我想，今天来陵阳河大概是定数了。

今天，正值酷暑，停下车，打开车门，空气烫人。陵阳河中心广场前，博物馆大门紧锁。我问一个正在馆前树荫下排队做核酸检测的中年人："陵阳河出土大口陶尊的地方在哪里？"他告诉我，广场东边向北，大门楼下的那个河沟就是。

陵阳河已被改造取直，两边是用石头垒砌的河堤，让人很难看清河流曾经的面貌。站在陵阳河边向东望去，可隐约看见一座不高不矮的山。我联想到陵阳河出土的大口陶尊上那个"日月山"图案，于是驾车向那座山奔去。

这种直奔目标的方式，让我的汽车吃了不少苦头。那条本来就窄的土路，被大雨冲刷后，路上满是石头、坑洼，那些尖锐锋利的石头，让汽车无法躲避。上坡时，车轮一次次发出让人心疼的碰撞摩擦声，还好，我的汽车总算是越过了，而且在这个过程中，我感到自己并不孤单，自始至终有一股朝觐般的力量伴我前行。

不一会儿工夫，坡的上方一条南北向的公路出现在我的眼前。道路虽然不宽，但跟我刚才走过的道路相比较已经够好的了。我右转车头，沿着公路向南，在不远处一个卖瓜的敞篷车前停下。在这里，可以近看东边那座山。

盛夏，植被茂密，东边那座山的山体被各种树木遮掩，很难看清它本来的面目。卖瓜的中年妇女告诉我说，这座山名叫四姑山（寺崮山）。传说，有四个尼姑曾经住在这座山上。夏天发大水时，下面的河水会向山上倒流，所以淹不了村庄。我问她家住哪里，她说，她家就在北边不远处的东上庄。东上庄那条河就是从寺崮山上流下来的，村里人叫它大雁河，这条河由东向西流淌，很快进入陵阳河，流入接水河，汇入沭河。

大雁河水流清澈，站在公路桥上，可以目送大雁河水进入陵阳河，进而可以看见，这股水脉与陵阳河一起被注入一片开阔、肥沃的平原。站在这里似乎可以得出结论：眼前这片被诸多村庄和小镇占有了的土地，曾经是一片雨水丰沛、涓滴成河的地方。在古代，任何一个部落，只要踏足这里，都能安心度日，繁衍生息。

我为1960年夏天，经过一场暴雨冲刷后，从陵阳河露出神秘面纱的大口陶尊而来。多年以来，许多专家陆续发表了观点，有说陵阳河出土大口陶尊的"日月山"图案是太阳、月亮、山脉的组合；有说"日月山"图案上面的圆形代表太阳，中间部分为云气，下面是山峰；更有学者认为，它和随后出土的众多陶器上那些各种各样的符号，是中国最早的文字雏形。他们还对每一个"文字符号"进行了解读。

这个神奇的图案，越是众说纷纭，越让人感觉到一种莫大的诱惑力，它就像一首神秘而朦胧的诗，让人们从不同的角度，领略通体之美。这些专家、学者的观点、学说，各有各的道理。大口陶尊距今已5000多年，它让新石器时代这一地域的古老文化露出了神秘一角。自此之后，许多人围绕着大口陶尊上这个神秘的符号，围绕着这方神秘的土地，反反复复地做了许多深入的考究。有人甚至从寺崮山的影像中，找到了让他们激动不已的吻合点。他们将在寺崮山日出时拍摄的影像和人工标出的图案进行比对，找到了两者十分相似的点。影像制作者倾向于把"日月山"图案中间的符号看成云彩。的确，影像中，当太阳从寺崮山后冉冉升起的时候，天空中泛着七色霞光的云彩，以及云彩下面的山头，与人工所画图标神奇地对应。此情此景，令人称奇。

大口陶尊制成的时期，处在与良渚文化同期的大汶口文化中期，甚或更早。过往，考古学家把大汶口早期文化称为"东夷文化"或"海岱文化"。莒县陵阳河处在这一文化区靠近黄海海岸的地带。这一地域距离黄海海岸线不足七十公里，面朝大海，土地肥沃。那些被专家称为中国最古老文字雏形的各种符号和薄如蛋壳的黑陶，并非人类一时兴起的创造物，文明孕育时间的长度，比自殷墟甲骨文出现，这段有文字记载的历史更为漫长。甚或可以说，人类有文字记载之前，那个漫长的史前文明期，是超乎我们想象的梦一样的存在。

古人曾有"伏羲画卦"之说。作为东夷部落首领的伏羲，他的"画卦说""飞鸟说"大概源自上古时期的鸟图腾崇拜，这与东夷民族的鸟图腾崇拜相吻合。可见那个时候，古人的抽象概括能力已经够强了。陵阳河大口陶尊上的"日月山"图案，或许与这一地域最初的图腾崇拜有关。在这片面向大海、盛行太阳崇拜的土地上，太阳、大海、土地，是人们生命印象中最为深刻的部分。

图腾崇拜是一种非常古老的原始信仰，图腾源于生活中的具体形象，在人们心中具有某种神秘的力量。专家、学者把"日月山"图案最上方那个圆看成太阳是没有疑问的，它应该意为太阳升起的地方。中间月牙状符号很像一只展翅飞翔的海燕或海鸥，它的弯处有一个向上凸起的尖，类似鸟的嘴。如果这个判断成立，那么"日月山"图案中间这个符号——海燕或海鸥，就寓意着大海或面朝大海。

为了验证这种判断的可能性，我在网络上搜集了海燕、海鸥飞翔时的照片，并将它们与大口陶尊"日月山"图案中间的那个图形进行比较，发现它们之间具有相似性，这让我进一步相信自己的判断。而在东夷民族"以鸟为图腾，以鸟名为姓氏，以太阳为神祇"的记载中，"鸟和太阳"与陵阳河出土大口陶尊图案中的元素构成相吻合。商之始祖契，传说由一个名叫简狄的女人吞服"玄鸟卵"后怀孕而生。亦即《诗经·商颂·玄鸟》所说："天命玄鸟，降而生商。"这些传说和记载，都与鸟图腾崇拜有关。

当我们沿着商王朝的来路，逆向寻找它的源头时，很容易与陵阳河出土大口陶尊图案中那只"鸟"的原型联系在一起。商人把水滨的鹬鸟奉为风雨之神，大旱之时，将鹬羽戴在头上，扮成鹬鸟祈雨。古人用刻有鸟和太阳图案的大口陶尊盛装美酒。这些或许都与东夷这个古老民族的鸟图腾崇拜有关。本着这个思路，我们能否把大口陶尊上的图案看作一个与祈雨有关的符号或文字呢？相关历史文献中有"商人焚祭""癸巳贞，其燎十山，雨"的记载。意思是说，大旱时候，商人时常用焚山的方法祈雨。在东夷神话传说中，上古时代就已经有了司雨之神。本着这个线索，把大口陶尊图案最下方那座好似正在燃烧的山，与商人焚山祈雨的习俗进行联系、比较和思考，我们会从中发现某些史前时期祈雨文化的史影。总之，无论是把大口陶尊上的"日月山"图案作为东夷民族的图腾去理解，还是作为东夷地域的象征——"太阳、海鸟（大海）、山脉"去理解，或者把它作为与祈雨相关的符号或文字去理解，它们与面向大海、最先迎接第一缕阳光、以鸟为图腾的东夷民族，都有着极其密切的联系。

为了找到陵阳河出土大口陶尊的准确地点，我又从寺崮山折回，终于在莒县陵阳镇一个名叫河北小寺村的地方，找到了一块山东省1992年公布"陵阳河遗址"的立碑。石碑在陵阳河北岸，石碑东是一条贯穿村庄南北的大路。路东有两位80多岁高龄的老妈妈，我向她们打听大口陶尊的出土情况，她们不知情。我又到对面一家磨面房询问情况。磨面房老板说，陵阳河水过去很浅，下雨后还有人能拾到盆盆罐罐，那些盆盆罐罐都是从黄泥里面被冲刷出来的。现在河水加深了，陵阳河已经不是原来的样子。

站在这里的我如同站在历史的高处，四周苍茫而辽阔。眼前，陵阳河，这条看起来不大的河流，处处流溢着神秘的光影。从这里出土、被黄泥包裹、刻有神秘符号的大口陶尊，内里充满了智慧、梦想和渴望，那是古人通过火光显灵于泥土的存在。它的出现，认证了身处遥远时空中的东夷人在这方土地上所进行的那场极其漫长的精神性成长。

世事变迁，物是人非。我驻足河岸，冥思良久。其间，西北天空乌云翻卷，雷声阵阵，那雷声如同鼓点，越来越响，整整持续了一个时辰，却没有下雨。此刻，在有点懵懵懂懂的我的视野里，天地大时空与史前大时间交织成一种别样的视界，我的大脑的屏幕上跳出了一个亚麻色的精灵，它忽明忽暗，飘忽而来，犹如穿越时空的使者，引导着我的思路，沿着雷声的方向翻过寺崮山，向着汹涌的大海飞去。继而，那雷声与大海的波涛声遥相呼应了。

从莒县陵阳河返回后，一天，我与洪军弟在我家小院相聚，谈及中国历史文化，毫无疑问，中国主流文化当属儒家文化了。就儒家文化而言，最让我感兴趣的是它的生成过程，尤其是它的源头。谈及这些，自然涉及处于大汶口文化核心地带的海岱文化圈，即以泰、鲁、沂、蒙山脉为中心的这一区域。在这一区域，中国主流文化始终处在一个盘旋上升的发展状态，它的思想之光持续不断地向四面八方辐射。但凡研究中国历史文化的人，无论从哪里或从哪个方面入手，都摆脱不了对这一地域的惦记和青睐。

泰、鲁、沂、蒙山脉，冬季寒冷，夏天炎热，春来百花齐放，秋至硕果累累。它关山万重，河流百转，处处刻写着生命本体的留痕，时时闪耀着各种思想的光辉。在这里，每当我登上山巅或者走向田野，总有一股股来自远古的暖风徐徐吹来。那风气息浓郁，绵长悠远。那风掠过山谷、河流，掠过村庄、树林，掠过庄稼、田埂，掠过座座坟茔和古碑……它的每一波吹拂，都能让人感受到源于这片土地的古老思想的震颤。

那些把根深扎在山顶、山坡、悬崖上的青松翠柏和产生于这片土地的思想，带给这片大地一种稳固、坚韧、深远、通透、开阔之感，它们每每成为深刻触动我的感官的事物。这种触动充盈了我的思想，甚至能够将我亏缺了的灵魂补全。

泰、鲁、沂、蒙山脉——它的周围是肥沃丰美而开阔的平原。站在平原上举目望去，到处都是连绵不断、层层叠叠、微微发蓝的远山。那山间的风，那原野的风，从苍茫的大海上吹来，它们时不时地与一团团白云一起，从郁郁葱葱的山谷中涌出。它们每每提醒我，这片伟大思想的产地——它的距离与我如此之近！虽然，许多时候，那些风云中的信息是片段化的、碎片化的，甚至有些是模糊的，但当这些信息以石器、陶器、青铜器的形式出现时，那些器物和器物上的图案，便和泰山、鲁山、沂山、蒙山一起，与浩瀚的海洋遥相呼应了！我因而时不时地登上远远近近的那些山巅，向着四方瞭望。在这些山巅上是可以看得见海洋的，这里的每一座高峰都能让人遥看太阳从大海中跳跃而出的壮观美景。"望海楼子触着天"，这里的人们喜欢登高望远。

距今5000多年前，正是在这方土地上崛起的东夷民族，以泰、鲁、沂、蒙山脉为中心，通过与种种文明的汇聚、碰撞和快速融合，形成了一股雄厚强大的文化辐射力。我深信，东夷文化是因泰、鲁、沂、蒙山脉间的道道河流与浩瀚海洋的对接而诞生出来的一方文明。在这个过程中，泰山脚下的大汶口文化、龙山文化，是东夷文化最初的源流。

《史记》记载：继承颛顼为东夷部落集团首领的帝喾，他的儿子契，被舜帝封于商。司马迁《史记·五帝本纪》中称：帝喾抚教万民而利诲之。仁而威。惠而信。可见孔子推崇的"仁"就源于先祖帝喾。舜时，帝喾的儿子、身为司徒之官的契，十分重视人的品德教育。西汉刘向的《列女传·母仪传·契母简狄》中载："契之性聪明而仁，能育其教，卒致其名。尧使为司徒，封之于亳

（今商丘）。及尧崩，舜即位，乃敕之曰：'契！百姓不亲，五品不逊，汝作司徒，而敬敷五教在宽。'"由此，契凭其仁德、智慧和敬职，在推行品德教育方面取得了很大的成就，他也因而被称为我国历史上第一位教育家。之后，以玄鸟为图腾的东夷分支，建立了中国历史上第一个有文字可以考证的殷商王朝。商王朝"重仁、重教、重商、重廉"的做法，同样让人印象深刻，后来，殷商王朝虽然败落在商纣王的手里，但从被孔子赞为"殷有三仁"的比干、箕子、微子身上，我们不难发现，在漫长的历史之河中，东夷文化——这股源头活水所发出的声响和光亮。

再后来，来自西北黄土高原的周王朝，则得益于对东夷文化的传承与创造，更得益于来自黄海之滨的东夷族人姜子牙的谋划。姜子牙在回答周文王时指出："德之所在，天下归之。"并提出了"三宝"与"六守"。"三宝"与"六守"不仅是周王朝，也是中华民族求生存谋发展的瑰宝。姜子牙的"三宝"即"大农、大工、大商"。他说："农一其乡，则谷足；工一其乡，则器足；商一其乡，则货足。三宝各安其处，民乃不虑。无乱其乡，无乱其族，臣无富于君，都无大于国。""六守"则是"仁、义、忠、信、勇、谋"，被后来的孔子视若珍宝。

姜子牙去世400多年后，身为商王帝乙长子微子后裔的孔子出生了。孔子被尊奉为"天纵之圣""天之木铎"。孔子对周礼情有独钟，一生都在研究周礼。孔子在《论语》中说："周监于二代，郁郁乎文哉！吾从周。"并且一改惜字如金的习惯，不厌其烦地一再褒扬周礼。孔子之所以崇尚周礼，"一是提倡一种人性的光辉——仁，二是自觉遵循社会的秩序和规范的总和——礼，三是追求一种美好的社会境界——和"。孔子这些伟大的思想，为人们展现出了一幅和谐共鸣的图景。

孔子去世百年之后，在泰、鲁、沂、蒙山脉以北的临淄城内，在姜子牙开创的这片齐国土地上，中国最早的官办学府——稷下学宫诞生了。稷下学宫——这座由官方举办、私家主持的特殊形式的高等学府，堪称中国学术思想史上最为耀眼的学府。它开创了中国学术思想史上不可多见、蔚为壮观的百家争鸣局面，带来了春秋战国时期思想和文化辉煌灿烂、群星闪烁的时代。后来，历时150多年的稷下学宫，伴随着秦的统一而终结。至此，东夷民族围绕着泰、鲁、沂、蒙山脉进行的这场声势浩大的文化旅行，在临淄画上了句号。

我与洪军弟谈及这些时，又不约而同地把目光聚焦在莒县陵阳河出土的大口陶尊上那个中间形似鸟的符号上。那个符号看起来很像一只驮着太阳飞翔的鸟。每当看到这个神秘符号，我就会产生一些懵懵懂懂的遐想。这些人类生活中的真实，不论被如何诠释它，都能让我真切感知到这幅图景中，那种富有生命本体的动感和源于生命内在的鲜活色彩。尽管相关尧、舜、帝喾及其之前部落、族群之间的关系，各有说辞，众说纷纭，但是，莒县陵阳河出土的众多陶器上的神秘符号，是一个个来自远古的摸得着、看得见的文化存留，为我们寻找古老中华文明源头提供了一条十分重要的线索。

莒县陵阳河，这个出土了远早于甲骨文的神秘"陶文"的地方，它的形成并非一蹴而就，需要极其漫长的时间，才逐渐孕育了"中国最古老的文字雏形"。可以设想，在那个极其漫长的历史时空里，有一个甚或多个已经觉醒的部落、族群，长期生活在黄海之滨，生活在以泰、鲁、沂、蒙为中心的这一地域。无论这一地域的部落、族群，在其之后的发展变迁过程中出现多少次碰撞和裂变，我想，凭借莒县陵阳河出土的"陶文"和大汶口文化、龙山文化提供的证据，我们有理由相信，黄海之滨，泰、鲁、沂、蒙山脉，很可能就是孕育中华文明的子宫。

东夷民族面向大海，围绕泰、鲁、沂、蒙山脉进行的那场声势浩大的文化旅行，在泰、鲁、沂、蒙山脉画了一个大大的圆。它的影响力持续不断地向四周辐射和扩散，我们因而看到，历史的天空中有一双文化的巨翼，自东向西，高飞远翔……在这个以陵阳河为起点的古老文化旅行路线图里，透过历史的尘烟，我们可以隐隐约约地看见太昊、少昊、后羿，帝喾、尧、舜、禹、伯益、契、比干、箕子、微子，姜子牙，孔子、孟子、荀子等人的身影。而所谓中原文化，它与东夷文化有着共同的源头，由于有了这个共同的古老文明的源头，中国文明才不至于断裂，不至于消失，才能够在华夏大地的文明演进过程中，成为世界范围内少有、具有连续性的文明，才有了"充满力量的、真正的、普遍和永恒的汉文化主流"的呈现。这种主流文化的呈现，让一辈又一辈的人们满怀希望地期待未来，并且满怀信心地去关心更为广阔的世界。

高原之思

　　每一次从沂蒙来到陕北高原，我总是思绪难平。我在想，陕北，这座与沂蒙遥遥相望，有着千丝万缕联系的黄土高原，它那千沟万壑的黄土塬是从哪里来的呢？那些层层叠叠、像面粉一样细密的黄土，它们堆成岭，长成山，生成壑，抱成团，连成片。它们是怎么形成的呢？这颇具蛮荒意味的肥沃，这极具艺术感染力的宏大，是何等神奇之造化？

　　据说，这土是风搬过来的，如果真是这样，这风够任性，够强大的了。这片世界上黄土覆盖面积最大的高原，难道是那一阵阵称不出任何分量的风所能做到的吗？然而，眼前的一切似乎正在告诉我："是的，正是这样。"亘古至今，那些一年一度从西北天空刮来的铺天盖地的黄色烟尘，就是一个明证。当黑风骤起，天地闭合，当沙尘弥漫，黄褐色的沙尘翻卷成庞大的云团，从西北天际浩浩荡荡而来时，这个答案就有了。

　　这土是从哪里搬运来的呢？新疆？内蒙古？甚或更远？应该是吧。如今，那里好多地方只剩下了沙漠。

　　回望浩渺时空，遍览苍茫大地，好一场持久的大地灵魂相约的游历。中国中部偏北——这座全球最大，覆盖山西，以及陕西、甘肃、青海、宁夏、河南、内蒙古、青海部分地区，面积多达64万平方公里，占世界黄土区总面积的70%，海拔800～3000米的黄土高原，何其浩大而宏阔。亘古通今，经年累月，西北大风，那种目空一切的自负和铺天盖地式的跋扈飞扬，硬生生地吹出一个大漠，筑起一座高原。这苍凉、悲壮又粗犷豪迈、撼天动地的力量，令人惊叹不已，人们不得不佩服这风，不得不佩服这股神奇的自然之力。这是天地间罕见的，一次神奇、伟大、悠久、雄浑而壮阔的大地的迁移。

漫漫时空中，那些漫天飞舞的黄土，它们自空中来到这里后，大多安顿了下来。在这个过程中，应该是天上的雨出手了。那雨不大不小，恰好把一团团自西北天空而来的黄色尘烟缠住，它们结成伴，抱成团，一点一滴，一辈一辈地做大了起来。这风与雨的默契让人吃惊。雨如果太大，一下就会把那些滚滚而来的烟尘冲走；雨如果太小，那些烟尘不等落地就会被大风卷走。它们只有配合得恰如其分，才能合成眼前的黄土高原，也才有了大秦恢宏磅礴的气象，才有了大汉、大唐的气魄，才有了苍凉悲壮、悠扬高亢的信天游，才有了黄土里生长出来的柔情和那些汹涌澎湃的激情。

我已经不是第一次来黄土高原了，每一次到来，我的思绪都会深深地陷入这片广袤无垠的厚土；我的内心都会被这片立体、硬朗、肌肉感爆棚的高坡深沟所征服。在这里，我在想一个也许在许多人看来难以接受的问题，那就是中国历史上有关匈奴、氐、羌、羯等游牧民族南侵的问题。在时光的隧道里，那些曾经生存在西北大漠上的人们，如同滚滚的沙尘暴一样，持续地朝这个方向席卷而来。当他们赖以生存的土地日渐消失的时候，"南侵"就像随风而来的漫天黄土烟尘那样，成为一个必然的趋势。这些游猎于"天苍苍，野茫茫，风吹草低见牛羊"的草原的游牧民族，从远古开始，就像沙尘暴一样持续不断地袭来。他们是带着嫁妆来的，是带着自己的全部家当来的，是带着粗犷、豪放的歌喉来的。他们中的绝大多数人就像这些黄土一样，与这里的人，与这里的所有，天然地黏合、凝聚在一起了。他们与这里的人和事物一起构成了一幅新的图画，在这幅画里，这里所有的人和所有的事物，已经越来越分不清你我。

在黄土高原，我喜欢独自沿着挂满红枣的深沟，找到一个岔口，然后，顺着黄土高坡那条通向蓝天的道路向上攀登。待到登高望远时，茫无涯际的时空中，有一种"独与天地精神往来"的意境，让我的思绪踏风而去，自由逍遥，了无束缚。

行走在这个连接着中原农耕民族和草原游牧民族的重要通道上，我总能真切地感觉到，数千年来，从西北、东南两个方向奔涌而来的那股慷慨激荡的悲壮力量。来到这里的我，更愿意把这里看成我们这个民族的熔炉，并心存敬畏。我喜欢在这个尚有余温的巨大炉腔里，倾听在那灼热的悲情中孕育出来的歇斯底里的呐喊，仰视伴随各种爱恨情仇而来的死亡和再生。

黄土高原，这种血与火的灼烧，熔炼出一种独具特色的民族性格和魅力。它让纵横起伏的山岭、锯齿交错的沟壑，无不彰显着自然的神功。那些分布其间的一块块黄土塬，韧劲十足，它们让庄稼、枣树、沙棘、荒草和迷人的兰花花，生长出满地的茁壮和瑰丽。眼前，庙宇中那棵古老的柏树，像过往时光的遗像，默默地立在那里。它粗大、宁静的树干，透着千年以前的消息；它坚韧的古枝、过冬不落的叶子，伴随着人世间的生死与愁绪、梦想与渴望，静静地"独望千年的遥远，执念回忆的深陷"……高原过往，穷年累月，历史烟尘浩浩荡荡，这里有一股不可阻挡的力量与滚滚黄河一起奔流不息。历史的场景中，陕西人，不，整个中华民族在这个数千年来不断冲突、碰撞、交融、相爱相杀的熔炉里，有幸从血液、相貌甚至秉性上得以重生。

公元前 1046 年，一股始自远古"祖先踩到巨人的脚印，而后感孕而生"的力量，从黄土高原出发了。高原之上，这股农耕民族与游牧民族长期碰撞、融合的力量，爱恨交叠，催发共荣，在中原大地上建立了第一个具有封建制、宗法制、井田制、礼乐制，对以后两千余年的中国社会产生了深远影响的周王朝。公元前 247 年，从这里席卷华夏的秦王嬴政，建立了中国历史上第一个统一的封建中央集权制国家。公元 618 年，在这里出生的李渊，一举缔造了中国历史上光彩照人的大唐。

每一次来黄土高原，我都会在壮伟的黄土高坡上停留很久。走下高坡后，在沟壑间的道路上时常遇见头戴白毛巾、赶着牛车的陕北人。见到他们以后，我才懂得了什么叫土生土长。他们那些让人听不懂却能让你看得懂的陕北方言，他们那种热情到让你无法抗拒的真诚，给人留下深刻的印象。

这里的农作物主要是谷子和红高粱。坡底和坡上，那一片又一片灿黄的、又粗又长的谷穗，远远地就能逮住人的目光。这里的谷地不像我们老家的谷地那样，为防麻雀需用网子罩着。这里几乎看不见麻雀，只有野鸡不时地从脚下突然飞起。另有三三两两长着长尾巴的小鸟，不时地在枣树枝上跳来跳去。或许这里的谷地太多了，即使有几只麻雀也没有大碍，所以农人们并不特意设防。

高原的村名大多带有沟、坡、峁、梁、崂、砭、畔、蒲、台、滩、河、湾、坪、川、渠、岔、塌、塬、岭、墕、嶕、岘、圪塔、圪暗、圪堵、圪崂等，看来都是根据地势起的名字。村居大多是窑洞，你不用担心它会坍塌。这如面粉一样细密、被人称为特殊岩石的黄土层，它们历经亿万年的沉积，已经完全成为一个整体。

秋天的黄土高坡到处都是枣树，地上落满了熟透的红枣。公路上有许多从坡顶上滚下来的大枣，护路员懒得捡，直接清扫到路边上去了。我在一个名叫郭家圪崂的村庄，遇到一位老太太。那个下午我在拍照，老太太看到我后，用我听不懂却看得懂的方言，让我捎着几个南瓜。我脖子上挂着两个相机，确实不太方便。老太太坚持，硬把我领到她家窗台前，给我拣了两个成色最好的扁圆形南瓜，我被感动了，蹲下身来用两手把那两个南瓜托了起来。没想到老太太还没完，她又领我到了一间小屋前，用手指着小屋顶上的两筐大红枣，比画着让我往兜里装，看她那么热心，我又弯下腰来，放下手中的南瓜，抓了一把大红枣装进兜里，老太太才算满意。

返回住地的路上，黄土高原开阔而沉静，沟壑两侧悬挂在黄土坡上的一孔孔窑洞，像一双双智慧的眼睛，在夕阳余晖的照射下显得深邃而迷人。这时我想起一百多年前，来到黄土高原的英国传教士史密斯说过的一番话。他说："我的调查工作渐渐让我产生一种近似敬畏的谦卑。中华文明进程中几乎所有重大事件都与这个地方密切相关。对这个地方了解越多，敬畏也与日俱增。它的历史比亚伯拉罕还要古远，我们是各种各样访客中最晚的，也是最微不足道的一员。"是的，一百多年前的史密斯感受到了，每一个有着敏锐直觉的人都感受到了。不仅如此，在这个沟壑纵横、山高沟深、天高云淡的高原上，每一个来到这里的人，都能从这片厚土和滚滚东流的黄河中，感受到一个民族碰撞交融过程中迸发出来的史诗级的力量。可以说，高原过往的历史，高原民歌中的信天游、《兰花花》和高原流传其广的"米脂的婆姨绥德的汉，清涧的石板瓦窑堡的炭"……这些从黄土塬上生发出来的声音和图像，已经成为我们这个民族的地理文化名片和历史文化符号，它有着别样的丰富和深厚。

黄土高原天高地阔，处处弥漫着诱人的野气。黄土崖上，我举起了相机。蓝天厚土之中，猛地有一种声音在我的耳边响起。咚！咚！咚！那声音越来越大，那是冲锋的鼓点，也是将士凯旋的乐曲。这种沉浸于激情中的爆发力，深深地根植于陕北这块古老的高原和我们这个民族的血液里了。站在这里的我，好似经历一场内在而私密的神性体验，真切地感觉到鼓点内在的旋律。冥冥中，那鼓点伴随着激烈的冲突、挣扎与压力，在苦痛中呐喊，在激情中宣泄，在爱情中奔放，在愤怒与欢乐中丰富着自我，在诗意中释放着鲜活生命里永恒的精神力量。

在陕北期间，我多次走进黄土高坡下的窑洞。那窑洞历尽沧桑，几经风雨，依然站立。窑洞是黄土高原特有的产物，它有靠崖式、下沉式、独立式等各种样式。靠崖窑是在天然土崖上横向挖洞，一般宽 3 ~ 4 米，深可达 10 多米。相关资料上记载：陕北建造窑洞，始于周代，属半地穴式，秦汉后发展为全地穴式，也就是现在看到的土窑。由此可以想象，过往历史中，那一辈辈、一茬茬沉浸在朦胧而神秘的漫漫时光中的人们，当他们用懵懂而清澈的目光，环顾为他们挡风遮雨、细密而结实的黄土时，他们定会生发出许多感慨来。

窑洞的寿命一般是 200 ~ 300 年，如果长期住人和定期维护，寿命可达千年。由于它的整体性和牢固性，窑洞又是最典型的抗震、减灾建筑。我的眼前，这些古老的窑洞大多已经废弃，村民们已经搬进了楼房式的新窑洞，但是，我还是喜欢在这些已经废弃的窑洞前徘徊。这里更能让我在《兰花花》、信天游的歌声里，感受到来自遥远历史时空中的悲欢离合和深藏其中的痛楚、欢乐、激情和眼泪。

黄土高原，一代一代的人们，像漫天的黄土一样，一波一波地构成了黄土塬厚厚的积层；又像庄稼、树木、花草一样，从这片厚土里发出新芽，抽出新枝，开出鲜花，结出果实。他们不断地在历史的漩涡里更新自己，那是一场场生命轮回的壮歌，更是一次次嬗变的华章。站在黄土高原上，回望生命的过往，在《兰花花》、信天游的歌声里，莽莽苍苍的黄土高原，有一种跨越时空之感贯穿始终。它的内里有一场悠久的、群体性的、带有悲怆意味的合唱。那是发自心底、深入到灵魂的乐曲，又是一种富有人间情味的深沉而辽阔的共鸣。站在黄土高原上的我，犹如接受一场神圣的精神洗礼。我也因而更加真切地感受到我们这个浴火重生的民族，那种根深蒂固地潜蕴在血液里的感性、韧性和骨性。

那个遥远的过去

　　立足当下，回眸人类的来路，我总希望找到那些与自己密切相关的过往的身影，尤其渴望走近那些如今连一点影子似乎都难以看到，却又实实在在地存在过的，过往时空中人们所依存的那些落脚点。

　　在人类赖以生存的这片土地上，人们走了太多太多的路。在这个过程中，每一个人，每一代人，都在他们的路途中、驻足处，编制着属于他或者他们的故事。那些故事与生命息息相关，与他们赖以生存的天空、大地、山川、河流息息相关。

　　在历史的时空中，行走在苍茫大地上的我，每当想起人类那些饱含生存深意的种种欢乐和磨难，每当停下脚步来，静静地在一条河流、一条道路旁伫望，或者站在一片土地、一座山、一个村庄旁静思，甚或在睡梦中漫游时，过往那些层层叠叠的影子，时常让我陷入一种既熟悉又迷茫的境地。每当这个时候，我的目光时常在一个朦朦胧胧的空间里，与某个飘忽而来的目光交会。

　　天风惚惚，冬阳恍恍。那飘忽而来的目光是否就是走失在五千年前的那个？是否就是曾经消逝在永恒黑暗中的那个？这个时候，我大脑的屏幕上会有一些熟悉又无可名状的影子纷至沓来，并让我隐隐约约地感觉到，有一股源自本体生命的暖流萦绕其间。那股暖流是无声的，是恒久的，那股暖流贯通我的全身，悠远而绵长。这是否就是那股持续回旋在这个孤独星球上的生命潜流？我想应该是的，因为每当这种感觉来临之际，眼前的一切，很容易让我的心中产生出许多无限的遐想。

东柳沟，这是一个村庄的名字，这是一片古人偏爱的土地，也是我看到的人类过往的一个站点。2021年岁末，我来到了这里。我把汽车停放在村子中央一个宽敞的车位上，然后带上相机，沿南北大街，由北向南行走。近乎走出村庄时，遇见一位中年男子，他叫刘洪波，人很热情，当我问起村庄的历史时，他告诉我，这个村子东南方不远处，有一个名叫古董沟的地方。前些年他在那里种菜，时常从地里翻出各色各样的神神秘秘的陶片来，那陶片有的很薄，甚至薄如蛋壳。他还告诉我，打从老一辈那个时候，村里就流布着古董沟有八角琉璃井的传说。村里有很多人带着好奇之心，时常去古董沟寻找那口八角琉璃井，却没有一个人能够找到它。

听刘洪波讲述这些时，古董沟的那些陶器碎片，还有那井，它们在我的意念中像流星一样地掠过。此刻，太阳当空，天气晴朗，我沿着宽敞的街巷，走访了几位坐在街头晒太阳的老妈妈，她们告诉我，这个村庄以前不叫东柳沟，而是叫团瓢峪。

团瓢是古代老百姓最简易的住所，一般用较细的木棒搭架，黄草葺顶，土坯围墙，呈上尖下圆状，内里可以安床、支灶。后来，团瓢一般作看瓜、护林之用。我想，与东柳沟的村名相比，团瓢峪这个名字或许更贴近这个时常从土地里露出陶片的村庄。而八角琉璃井的传说，则让这个村庄增添了许多来自遥远过去的神秘色彩。

在东柳沟这片土地上，那些各形、各色的陶器、陶片，在农人的镢头、铁锨下陆续地显现了出来。这些陶片被好奇的农人捡起，有的被拿回了家，有的被扔在了地头。人们不知道那些陶片是从哪里来的，也没有心思去在意这些，他们并不晓得这些陶片的价值。这些看起来并不起眼，但沾满历史风尘的陶片，它们是四五千年前，那个万物有灵的时代伸过来的一双双手。那双手有温度，有骨骼，有脉动。人们如果静下心来轻轻地抚摸它，"那双手"能让人隐约感觉到那层或粗糙或细腻的"皮肤"下所蕴含的生命质感。

正是因为这样，来到这个看似平常的村庄时，我的心中竟然萌生出一种莫名的悲怆感。数千年来，这里的人祖祖辈辈耕耘着这片土地，同时也在耕耘着历史，这里的每一寸土地，这里的一草一木，都留有历史的残痕和余温。当我的双脚踏入这片土地时，我感觉到与这片土地和这片土地周围的山山水水，所存在的那种天然的亲近感，甚至一度感觉到我的心化入了这片土地，这片土地也化入了我的灵魂。

来到古董沟的我，整个思绪被远山、河流，被眼前的石碑、荒草，被裸露在大野中的一块块、一片片细腻的红土打动了。那思绪的长线把我拽到了一个混沌未开、物我不分的年代。那是一个滋滋孕育着人类文明的年代，又是一个人类文化母体不断阵痛、不断生育的年代。在那个极其漫长的史前文明期，我们的祖先经历了严寒酷暑的煎熬、野兽的侵袭、疾病的折磨、饥饿的困扰，恰恰是在这个炼狱般的生命过程中，我们的祖先经历了无数次的蜕变，最终迎来了人类文明的曙光。

东柳沟地处东汶河北岸，所谓的古董沟在村子东南方一公里处的大野里，那是一个不断发现，不断出土古陶片、古陶器的地方。古董沟北依棋盘山，东、西有溪水奔流，南被汶水环抱。这片阡陌纵横、地域开阔的土地上，有一个面积达12万平方米的古陶片出土区。据专家考证，这个出土过大汶口文化时期的鼎足，出土过龙山文化时期的夹沙红陶碗、罐、背水壶、石斧、石凿的地方，有1.7米厚的文化堆积层。透过这方土地深厚的红土层，我依然能够隐约感觉到那股阴阳未开的混沌之气，以及那些经火焰烧炼的陶片中迸发出来的生机。

东柳沟自1999年被沂南县政府作为大汶口文化遗址立碑后，山东省临沂市政府、山东省政府又先后立碑。如今，这个出土过大量陶片和陶器的地方，它的中心地带被一个面积庞大的生态园占据。它的南面不远处是东汶河，东汶河由起源于青山北麓的东汶河和起源于岱崮雪山北的梓河汇聚而成。东汶河、梓河这两条从深山跌宕跳跃而来的河流，在蒙山腹地的重山交汇后，随即变得舒缓起来。待进入东柳沟时，水流在村庄的前方再次放慢脚步，并于不经意间，在村庄的东南方缓缓地由北向南，再由西向东，进而由南向北，画出了一个半圆形的河湾。

说不清从什么时候起，汶河水开始在这个四季分明的纬度里流淌，说不清在这条宽阔而干净的河床上有过多少次冰封冰解，有过多少次水涨水落。历史的时光里，这个平展的河湾中，这个有山可依、泛着淡淡红润的深厚土地里，有一群直立行走的人在这里落脚了。也许是万年，也许是几万年，也许是十几万年，也许是更为渺茫的远古，这里开始成为一群懵懵懂懂的人繁衍生息的理想之地。这里，春夏秋冬，寒燠燥湿，那是他们每个人都可以感受到的存在。他们和今天的我们一样，有爱情，也有疼痛；有欢乐，也有悲伤。他们活在这个世界上的时间很短，随时随地都有可能离开。他们当中有相当一部分人，甚至还没有看清这个世界的模样就匆匆离开了，但恰恰就是匆匆过客的他们，担责了族群之赓续，孕育了今天的我们。

在这片大野里，当农人们在淡红色的土层中初次看见来自远古的那一双双手时，时光已经轮回无数个春秋了。茫茫大野里，那"一双双手"制作的源自远古的文明碎片，是一种历久弥新的展示，是一缕缕史前照来的人类文明的光束。那些经历祖先双手加工，继而经过炉膛的炼烧，之后又历经五千年沉寂的各色、各形的陶片、陶器，它们像计划好了似的，渐次出现在人们面前。它们那种不掺杂任何造作的质朴、纯粹，那种不含任何杂质，蕴含着艺术追求的原初之美，令人惊叹。

眼前，汶河水静静地流淌着，我下意识地向铺满金光的河流望去。在闪烁着阳光的河水中，我仿佛看见了一个个从窑厂奔向河边沐浴的矫健身影，那身影，带给我一股生命原初的热度和活力，同时又让我感受到一股来自蛮荒的意味。清清的汶河水缓缓地流淌着，两只在水面上追逐的野鸭，腾起一串长长的浪花。眼前，波光粼粼的汶河水，河岸倒映的树影，两岸山脉下的红土地，宛如一幅优美的山水画，处处透着浓烈又不乏淡雅的生命气息。世事无常，古往今来，有过多少追梦的路人，在这里来来往往？生命易碎，过往的一切都远去了，消散了，难觅了，它们都被淹没在岁月的风尘里，包括农人在田间劳动时发现的那些大大小小的陶片，我找了好长时间，也没能找到它们。

遥远的时光仿佛是一个深不可测的黑洞，伸手不见五指，不过，我仍然用向后转的姿势，向着那遥远的过去凝望，那里面既有星星的陨落，又有新星的升起，这是人类的宿命，也是历史过往的现场。这个现场很大，大得容下了几千年，几万年，几十万年里，一次次住进来的所有人和所有事物；这个现场又很小，小到几千年，几万年，几十万年来，一直被一个不大的河湾环抱着。回望人类过往的现场，循着那些陶片的来路，我们可以寻找到过往人类的影子，发现一些平时被我们忽略了的、隐蕴于有形下的生命续延的元质。

大汶口文化，龙山文化，那是一个非常遥远的过去，那个"过去"已经很难找得回来了，但是那个遥远的过去又的确在我的眼前。那个过去，那座山，那条河流，一直住在这里。古董沟——众多史前遗留下来的陶片、陶器，仍然记忆着曾经的过往，这些时光的留痕、生命的物像，与活着的我们一脉相承。而今，在沂蒙这片古老的土地上，被一方水土养育着的一代代人，依然坚守着亘古不变的河流、土地和山川。这河流，这土地，这山川，这村庄，依然记忆着千年前、万年前那些即使残破，却被赋予了生命意义的遥远过去。

时光流转，世事轮回，我们每一个个体都是渺小而短暂的存在。古董沟那些从厚土中不断露出来的陶片，是来自遥远过去的一个个意味深长的手势，暗喻着生命主体的本来面貌，打破了人们客居尘世的不实感。我们或许就是历史炉膛中那个经过烧制，有着独特内在结构的陶器。正是那一双双神奇的手，让我们变得能够思考，知道珍惜，懂得周围事物的方方面面。这一切，正是那一双双神奇的手，以种种短暂、饱含苦与乐、极具生命原初美感的姿态，给我们留下的一种生命的呈现。

面对遥远的过去，面对滚滚洪流一样的种种世态，我想，我们活着的人，之于自然，之于历史，之于人的整体性，在人生的路途上是否应更加审慎一点，更加懂得珍惜一点？我们的作为，我们的所有，是否应该更加符合生命最深层面的那种人的本体性意义呢？

雨王庙

　　最近，我在网络上读到一篇名为"大禹与蒙山"的文章，文中说："东蒙山上有一座庙叫雨王庙，应该是禹王庙，雨王一称是毫无道理，若说禹王才是有根有源。"读到此处，我想，这种观点是否正确另当别论，但是，"雨王庙"的确值得我再去一趟。

　　前些年，我先后去过两次蒙山雨王庙，都是徒步登山上去的，这次为了赶时间，我把汽车停在山下停车场内，改乘游览车，沿环山路向蒙山云蒙峰方向行驶，大约十五分钟后到达雨王庙停车点。之后，我沿石阶登上一座木制亭阁的右侧，站在这里可透过树林间的缝隙，隐约看见那片用黄色琉璃瓦盖顶、高低错落、闪着金光的庙宇。

　　是日，大雨刚过，天空如洗，视线格外通透，放眼望去，整座蒙山水清石亮，草木青翠，如诗如画。当我的目光由远及近，再次落到雨王庙时，松柏掩映下的红墙金瓦分外醒目。

　　雨王庙前有道士墓和重修的功德碑，大而圆的坟墓，黑沉沉的石碑，稀稀落落的野草，露出黄沙的土路和石阶，让寂静的四周深具沧桑之感。雨王庙是蒙山景区一处有名的人文景观，人们普遍认为，庙中所祀主神是雨神。在民间有仙人羡门子以及鬼谷子、钟离子在此祭神祈雨的传说，但奇怪的是这位雨王却不在《封神演义》诸神之中，也不在民间拜供的那些专司风雨的神仙中。

古往今来，雨王庙几经坍塌和重修，有关雨王的来历众说纷纭。大多认为雨王是神农时代的雨师赤松子，但是，雨王庙旧址上一块碑文上却另有见解。碑文载："传说金明昌元年（1190 年），在颓废的祠中发现有石柱，上书的嘉惠昭应王，被认为是蒙山神颛臾王的封号，并渐变为民望所归的雨王。"这个《东蒙山嘉惠昭应王庙碑铭》，由清末金石学家、文学家、琅琊书院教授尹彭寿所撰。碑文中，撰者把"颛臾王""嘉惠昭应王""蒙山神""雨王"这几个名字串联了起来。也就是说，颛臾王视为雨王的前身了。颛臾王是一个西周时期替周王室祭祀蒙山的官员，他到底是不是雨王的前身另当别论，但将尹彭寿所撰碑文内容与雨王"赤松子说"相较，碑文内容在视野上更具开阔性，在事实考据上更具深入性。蒙山作为一个文化的整体，更容易让这一切融合在一起。

为了一窥蒙山真容，我去雨王庙左上方的一个站点，乘坐冲锋车冲上山顶。从冲锋车站口出来，一下被那种"一览众山小"的视觉感震撼了。我沿着石阶快步登上高处，发现山顶一块巨大的岩石上，有一块不大的方牌，上写"仓颉造字台"。我站在此处向前方望去，对面山峰的结构真的如同"山"字形状，我让游客朋友给我和这座山拍下了一张合影。

仓颉造字虽然是中国古代神话传说，但有其可靠性。《淮南子·本经训》上有"昔者仓颉作书，而天雨粟，鬼夜哭"的记载。蒙山南不远处的兰陵古镇建有仓颉庙，"仓颉造字"之说不会是空穴来风。站在仓颉造字台回看，雨王庙完全隐于山峦树木之中、茫茫山野中，那些已知的和未知的事物，把我的思绪拉得好长。它让我的思绪和遐想沿着时光的来路，逆向走远。这时，有一个身影在我的脑中渐渐清晰了起来，他是距今四千多年前的一位贤者，是舜、禹时代的一个著名人物——伯益。

在这座山上，伯益给我的感觉最近，他仿佛就在这座山的前面，或者说他就住在这座山上。伯益，亦作伯翳，也称大费，他是这座大山前的费县人。伯益是大禹治水时的得力助手，由于治水有功，舜赐伯益为嬴姓，舜禅位于禹后，伯益任执政官，总理朝政。伯益协助大禹治水时，利用低洼地势，指导民众种植稻谷，使水稻种植得以推广。洪水平定后，舜赐伯益以旗帜，并将本族女子许配于他。《吕氏春秋·勿躬》有"伯益凿井"之说。《吕氏春秋》出自战国末年，"伯益凿井"之说大概是从民间传说中搜集来的，但有其可考性。"伯益凿井"有其背景,大禹、伯益之所以治水,是因为对于逐水而居的人们,河流是他们赖以生存的水源,人们离不开河流,却又深受洪水泛滥之害。为了解决这个矛盾,伯益协助大禹疏通河道,进行防洪,并且让人们离开河边容易被淹的低洼处,搬迁到距离河流较远、地势较高的地方居住,这些都是非常合理的举措,而"凿井取水"是解决这一矛盾行之有效的办法。"伯益凿井"意义重大,不仅解决了防洪与吃水这对矛盾,而且让一直逐水而居的人们开始向四方开拓。"伯益凿井"之说,也从另一个角度印证了大禹、伯益治水的真实性。

伯益在沂、汶、泗、沭、淄等众多河流的治理过程中,居于首功,他成为家乡人心目中的"大禹"。伯益和大禹的儿子启都很有才华,论功绩伯益要高于启,在谁是大禹继承人的问题上,多数人看好伯益,但大禹死后,启发兵攻打伯益,伯益被杀。光阴似箭,日月如梭,一段历史就这样过去了。但是,2002 年,周代青铜器遂公盨的出现,又把这段历史拉到人们的眼前,这件由北京保利艺术博物馆从境外购回的周代青铜器内,有一段 98 字的铭文,让大禹治水的事迹再次重现。

遂公盨铭文记述了大禹削平山岗、堵塞洪水和疏导河流的防洪方法,描述了洪水退后,逃避到丘陵山岗上的民众,下山后重新定居平原的过程。可见,大禹治水有功于民众的业绩早已深入民心,还引起了周王朝的重视,所以,铭文中有大段文字阐述大禹的德与德政,教诲民众以德行事。

与遂公盨铭文相关的西周遂国,在今山东省宁阳县西北,距离蒙山 170 公里,同属大汶口文化区。西周时,颛臾王替周王室祭祀蒙山,他所在的颛臾故城就在蒙山西南脚下不足 5 公里的平邑县境内。这个上古时期的小国,相传是东夷部落首领太皞建立的方国。西周初期,周成王在此封颛臾王,并命其负责祭祀蒙山。这个时间与遂公盨所刻铭文的时间,同处在一个时间段上。

一座山被祭拜是有起因的,尤其是由国家设置专门机构进行祭拜的山。周王朝在遂公盨有关大禹治水的铭文中,以大段文字阐述大禹的德与德政,教诲民众以德行事时,显然想到了协助大禹治水的伯益,于是在伯益的家乡——蒙山,修建祠堂,对蒙山进行祭拜,且让祭拜制度化。这种制度设计与周王朝积极推行礼制的做法相呼应。伯益是东夷人,具有宽阔胸怀、秉持"灭其国不灭其族"理念的周王朝统治者,之所以实施这些举措,或许有化解族群矛盾的考虑。这也许正是周王朝统治者的一种政治策略,即"不刻意打乱被征服者的社会纽带"，并以此为工具来黏合、润滑国家、社会的人际关系，这种举措自然包含对东夷祖先的祭拜。

我从仓颉造字台再次来到雨王庙，这时，雨王庙的钟声突然响了起来，那钟声在大山间持续回旋，深沉而悠远。伴随着钟声持续回响的旋律，我的思路又回到开篇提及的"东蒙山上有一座庙叫雨王庙，应该是禹王庙，雨王一称毫无道理，若说禹王才是有根有源"这段话上来。虽然对于该文作者的观点，我不敢苟同，但是，这个观点对我颇有启发。不过如果雨王庙是"禹王庙"的话，就没有必要把"禹"写成"雨"字，直接写成"禹王庙"就可以了。是笔误吗？当然不是，古人在书写方面比我们现代人严谨得多了，那么是否另有可能呢？

这时，天空中有一片白云缓缓移动着，那云由南向北徐徐飘来，让我再一次想起出生在蒙山之阳的伯益，想起与大禹一起治水的伯益，让我的思绪超越时空的阻隔，开始与某种隐喻或通感关联起来。雨王庙最早是否是伯益后人为纪念伯益所建呢？可以设想，假如伯益后人或当地百姓筹划在蒙山给伯益建庙，把这位在沂、汶、泗、沭流域协助大禹治水的有功之臣，把这位被拟推举为王、而后被启所杀的"王"供奉起来，应该是件情理之中的事情，但是，如何给庙起名是需要费一番心思的。对伯益称"王"不可，伯益没有登上王位，对伯益称禹不可，他不是禹，但他又是人们心目中的"禹"。那么是否可以考虑用禹的同音字"雨"字暗喻伯益呢？如果这样，雨王庙就是伯益庙了。当然，这仅仅是一种猜想，一种合于历史和情理的忖度，它或许是，或许不是，包括雨王是否是赤松子或颛顼王、嘉惠昭应王、蒙山神等，也仅仅是种猜想或假说。最初建造这座庙宇的用意，或许只是人们祭拜祖先神明时，将其作为弭灾、求雨、求福、报谢的一种形式，而这种形式往往是历尽各种艰辛和苦难的人们所需要的。

蒙山是一座神奇的山，它是一座来自远古的人文精神的保留地。在这里，人们就像一棵树、一根藤蔓、一棵小草一样地伸长了根须，并且不断地从它的内里汲取养分。雨王庙则成为这一地域文化渊源的精神磁场，冥冥中有一股微妙的磁力，一如山林中的清新空气那样，静静丰盈着人们的内心。

莒　地

莒县，我更愿意把它称为莒地，因为无论它的方言，还是它的民风，以及它所依托的历史种种，都有着鲜明的地域文化特征。

这次来莒地，我与朋友在浮来山东门外的一个村庄做短暂停留之后，没有像往常那样左转上省道，而是右转走乡道，沿着浮来山北段东面山坡下，一条勉强可以会车的水泥路向北行驶。转弯处，手握方向盘的我几乎不假思索地打了方向，驶入此路，恰如履行心灵的契约。朋友说："我觉得也该右转。"

浮来山北段不长，论山势，它与南段相比更显平缓。车子转过几个不大的弯后，前方，路的右侧，紧靠道路处有一小山包似的土丘，朋友说："那可能是莒子墓了。"车子靠近后，土丘南坡有两块大理石碑出现在眼前。两块石碑相隔不远，一东一西立在那里，待我们停下车来，过去看时，发现果然是莒子墓的墓碑。

石碑由山东省政府和日照市政府所立。这两块刻有莒子墓的石碑，虽然立碑时间都不长，但足以让我相信眼前的这座土丘就是莒子墓了。莒子墓由层层夯土筑成，有三个层级，每个层级都很陡，徒步上去需要费些力气，我和朋友从南面上去时，相互搀扶了一下。

莒子墓上方，不知何因，被人从中间挖了一南北向浅沟。沟东有一直径一米多的深坑，根据我的判断，那该是一处盗洞。尽管如此，这里依然能够让人感觉到坟墓的宏大，尤其是站在墓顶，面朝东方，向着远处的平原、村庄和县城瞭望时，更有一种居高临下之感。

数千年来，莒子墓坐西面东，背靠浮来山，安静地端坐在莒西平原上。人生如梦烟雨去，过往的一切稍纵即逝，然而，过往的一切却又走不出这方天地。莒子墓在这儿，谁又能否认过往的一切不在这儿呢？拉瓦锡的"物质不灭定律"是一个伟大的发现，茫茫宇宙，所有的生生灭灭，只不过是换了一下姿势。眼前，草丛中四处觅食的鸭子，田野里安静劳作的农人，白的、红的花朵，远处鳞次栉比的楼群，还有头顶上缓缓运动着的云彩，它们恍如梦幻般地闪闪烁烁，这苍茫时空的内里，似有一双无形的手，正在点拨着人间。

今天，我跟朋友在一位历史老人的墓前焚香、烧纸后，才来到这里，我们一直觉得浮来山是我们的家，是一个关乎前世今生的灵魂栖息地。浮来山东面的莒国故城，曾经有过多个莒子。《汉书·地理志》记载说：莒传"三十世，为楚所灭"。可见莒子之多。目前，谁也说不清楚这座山包样的坟墓里到底葬的是哪个莒子，历史上，莒国由西周所封，出至嬴姓。公元前11世纪，周起兵伐纣后，封兹舆期为莒国国君。兹舆期是东夷族祖先少昊的后裔，莒国也因而成为周朝建立后，少有的非王室成员任国君的诸侯国之一。

莒国初立胶州一带，春秋时期迁至莒县，其间，莒国的版图虽然时大时小，它却绵延了600余年。莒国作为一个诸侯小国，能够在历史的夹缝里存活这么长的时间，实属不易。莒国能够在春秋诸国相互攻伐中顽强地生存下来，与它的宽容和包容是分不开的。齐桓公身为齐国公子时，曾与鲍叔牙一起在莒国避难，他们共同留下的那个"勿忘在莒"的典故，就是相关证据之一。

世事变迁，来去匆匆。三千年过去，过往的一切已经模糊不清。今天，对我和我的朋友而言，莒国那些看似深刻的事情，已经难以发现和辨析，甚至早已无影无踪了。当我们试图寻找一点莒国曾经的痕迹时，发现已经十分困难，我们只有静下心来，沿着先人曾经走过的路线，努力展开想象的翅膀，让各种想象与自己的心跳相呼应，以便在某种意念和直觉中，在这片土地上感受到点什么，并期望能够遇见那个未知的自己。

为了能够找到更多更充分的感受，我与朋友驾车沿着水泥路由南向北行进，然后向西，绕到浮来山西北侧。乡村道路高高低低，曲曲折折，沿途有很多流水的河沟、汪塘和陡峭的土坎、石堰，以及盖着红瓦的民居。在这个过程中，我试图在历史过往的同一片土地上，沿着历史的和现实的路径，让我的思路形成一个整体性的印象。这时，我的眼前一闪，那是一条被夕阳照射的小溪反照过来的光泽，那光泽恍恍惚惚，如梦似幻。它让我想起《诗经》中"关关雎鸠，在河之洲"的诗句，继而又想起去年看到的，一篇有关于"《诗经》与莒子和向姜爱情相关"的文章。

莒子和向姜的爱情故事有据可考。春秋《左传》上记载："隐公二年（公元前721年）春，莒子娶于向，向姜不安莒而归。夏，莒人入向，以姜氏还。"文章的作者认为，对比《左传》的记载和《诗经》的部分篇章，他发现了它们相互印证的关系。他认为《诗经》中的《车辇》《关雎》《蒹葭》是莒子为向姜所作，《鼓钟》系莒子逝后，向姜怀念莒子而作。不过，在我看来，虽然作者自认为是在握有众多论据的基础上，对莒子、向姜与《诗经》的关系进行了论证，但作者的结论是否符合史实，还有待考古实证。不过，此时此刻，作者的观点却引发了我对莒子和向姜爱情的猜想。莒子和向姜的爱情应该是真实存在的，他们的爱情无论悲喜，都是一种刻骨铭心的经历。人世间的生生死死、起起落落、恩恩爱爱，与自然界的生发荣枯原本就是互联互通的。虽然过往的一切在时光的磨砺下，早已灰飞烟灭，他们的魂魄却在，因为这一切都已经贯穿于生命的整体之中了，说不定哪一天，哪一时，哪一刻，它会穿越历史的时空，突然向人间扑来。

人偶尔进入一个路口时，有可能重遇曾经的那个自己，并有可能于懵懂之中捡回前世曾经拥有过的爱。莒地，我又来了，我相信，这是一片有关我的生命，饱含着各种生命元素的土地，百年，千年，万年，多少聚散，多少善恶，多少欣悲。如今，能够在这个温润的初春，和着一缕清风遥看生命的过往，内心几多感叹。

莒地方言，是我所听到的方言中最感亲切的。学生时期，我在浮来山以西的沂南县十二中读书时，第一次听到来自浮来山下那些同学的"莒县腔"。那节奏不紧不慢，不慌不忙；那语调温和而柔软；那声音，让人在一段情景里沉迷，直至随着岁月走远。

莒县方言有着明显的地域特色。就我的感觉而言，莒县方言纯度很高，它的每一个发音，都有一种似曾相识的原始意味。在莒地，我结交了许多本地的朋友，这些朋友当中，有许多画家和书法家，他们说话时那种极具亲和力的"莒县腔"，很容易把彼此的距离拉近。

莒地，像一部厚厚的无法辨认年代的书卷，那些隐藏在书页里的故事沉静而安然。今天，我和朋友一起，一直绕着莒地转，绕着莒子墓转，继而，绕着浮来山转，绕着写出旷世巨著《文心雕龙》的刘勰的校经楼转，绕着那棵天下第一银杏树转……

莒地，我来了。莒地让我感到视觉的局限性，让我晓得了谦逊，懂得了距离沉静之美还很遥远。今天，浮来山寂静无人，水流花开，今天，莒地的天空中有一朵祥云，自东向西缓缓飘来，它一会儿浓郁似雾，一会儿散淡如烟。

天上王城

今年"五一"国际劳动节,纪王崮成为我唯一的出行地,节日人多,这也正是我想要的。我想在这个熙熙攘攘、人头攒动的节日,去感受一下纪王崮,去感受一下这座看似少有人住,甚至一度人迹罕至,只有隐居之人才会过来上下打量的,海拔577.2米,四周全是悬崖峭壁的山头。

这个节日,我试图从这个至今让人感到扑朔迷离的地方,去寻找一下那种贴近过往历史生发地的感觉,寻找一下那种在历史的时光中,一波波地消逝了的,又确实存在过的,在古与今,高与下,静与动的交汇、碰撞、融合中,催生出的那些由生与死、爱与恨、胜与败、兴与亡,纠缠在一起的潮水般的实然之物。

基于此,纪王崮在我的印象里更像一座孤岛,一座有别于其他岛屿的孤岛。正因为这样,每当我站在沂蒙大地的高处,向着四周遥望时,大山间的石头、树林、村庄、田野、道路和空气,它们带给我的感觉,像是大海里波浪的起伏。这些起起伏伏的存在,很容易让人想起"沧海桑田"这个成语。因而,过往那些世事变迁的场景,它们时常影影绰绰地出现在我的大脑里,这些潮水般的涌动,在苍茫的时空中,忽而把崮与崮之间的距离推远,忽而又把崮与崮之间的距离拉近。

崮是四周陡峭、顶部较平的山,在沂蒙大地上有名有姓的崮有72个,俗称"七十二崮"。崮又酷似一座座高高的城堡，它们雄伟峻拔，孤突而立，这些如同戴着平顶高帽的山，四周都是悬崖峭壁，让人很难接近。七十二崮中，孟良崮、抱犊崮、松顶崮、石崇崮、吕母崮、东汉崮等，都有属于自己的故事。纪王崮的故事源自崮顶上的一次施工活动。2012 年 1 月 4 日，纪王崮一处工地上，在挖掘机的轰鸣声中，一座隐于纪王崮山顶南端的春秋古墓出现在人们面前，也是从那天开始，沉睡了 2600 多年的天上王城重见天日。

纪王墓最先出现的是一个车马坑，这个底部和四周全被坚硬青石包围着的地方，里面有十辆马车和一对用于打仗时指挥军队的乐器——青铜镈于。另有众多的编钟、青铜剑、箭镞等，它们被有序地置于各自不同的方位。这座 2600 多年前的古墓，南北长 40 米，东西宽 13.5 米。车马坑南边为墓室，墓室包括椁室、陪葬坑、南北边厢。墓室内有青铜鼎、鬲、罍、敦、盘、编钟、壶、镈于等器物 200 余件。另有江国的媵器、水器、化妆盒、羊头玉毛刷、眉笔、木工凿、象牙骨角器等。其中的七个青铜鼎体形硕大，造型精美，其中一个鼎上还载有铭文。春秋时期有"天子九鼎"之说。"七鼎"足以说明墓主人的身份了。后来，考古专家又发现一处墓道，此墓道长于前者，两者仅隔 10 余米，属春秋时期的夫妻合葬墓。

纪王崮的称谓由来已久。纪王墓被发掘以后，墓主人的身份存有争议，但依据现有的证据，在这座坟墓与纪国是否有关这个问题上，考古专家们所得出的推论还是一致的。纪国作为商朝诸侯国，延续到西周至春秋时期。它位于齐国以东，疆域不亚于齐国或鲁国。史载：周夷王年间，王烹杀齐哀公，据说是纪侯向周夷王进谗言所致，因此导致纪、齐两国结仇。其实，齐国一直伺机吞并纪国，灭纪是齐国扩张的必由之路，也正因为这样，纪国选择与鲁国结好，借齐鲁两强的矛盾来自保。而鲁国也力图保存纪国，抑制齐国的扩张，继而形成一种特殊的三国关系。这种三国关系从公元前 8 世纪开始，直到公元前 690 年纪国灭亡。

我来纪王崮时天已过午，为了赶时间，我与朋友乘索道上山。当时，等待乘坐索道的游人很多，排队多时，才登上索道车。自索道站出口沿石阶登纪王崮，所用时间虽然不长，却如登天梯。登上崮顶，左转不远处就是纪王墓，处在钢架结构遮掩下的纪王墓略显阴沉。棚内被发掘的车马坑和墓穴清晰可见，墓内黄土中，一具殉葬儿童的尸骨和一具殉葬狗的尸骨格外显眼，两具尸骨与尚存于墓穴中的各种器皿一起泛着暗淡的绿光。

墓主人的墓穴内空空的，他们的尸骨哪儿去了呢？有解释说，由于年代久远，尸骨已经风化。也有说是由于大量朱砂的覆盖，尸骨遭朱砂腐蚀所致。但当人们一次又一次地回望那两具用于殉葬的儿童和狗的尸骨时，心中又冒出许多疑问来。

这个被称作天上王城的景区，它所在的纪王崮是七十二崮中崮顶面积最大的，也是七十二崮中唯一有人居住的崮，因而，纪王崮被人们称为七十二崮之首。地处纪王崮顶端的纪王墓的确非同寻常，让考古人员感到奇怪的是，这个墓的随葬礼乐器并不符合当时的礼制，尤其是墓室与车马坑共处一个岩穴，车马坑东侧的柱台上还有几排柱洞，更是前所未有，可以说，这是一种另类的埋葬类型。

这个身份显贵的墓葬主人到底是谁呢？许多人对于墓主人的身份给出了多种猜测。墓葬主人到底是谁？诸侯？国君？王妃？还是公主？春秋时期，同规格的墓葬大多在都城附近，这个墓葬却凿建在偏僻、高耸的崮顶之上，确实十分罕见。

望着眼前这个不合常规的墓葬，我突然有一种感觉：这个在崮顶占地很大、隐蔽在黄土中的墓穴，它的布局更像一座城池的轮廓。那些使用过或正在使用着的车马器、武器、乐器、玉器、礼器，这些十分精美的器物，以及车马坑东侧柱台上那几排既可以立柱，也可以插旗的柱洞……纪王墓像一座城池的缩略图，这是否就是纪国的象征或缩影？如果沿着这条非同寻常的路径，把纪王墓想象成一座已经死亡了的国家墓葬，那么，2600年前发生在纪王崮顶上的那一幕，倒像是一场国葬仪式。甚至这场葬礼的主持人，很可能就是失去这个国家的人。

纪王崮很高，周围都是悬崖峭壁，极少有人来打扰，处在纪王崮顶上的纪王墓，的确是一种罕见的埋葬类型。一个国家灭亡了，它的国君和遗老遗少，来到眼前这个悬崖峭壁之上，在一个不易被人发现、不易被人侵占的地方，巧妙地找到了自己国家的归宿，他们的国家可以在这里安息了。葬礼上，主持人和所有参加葬礼的人，他们一定想了很多。这里面有种种对于生活深意、苦难、矛盾的反思和感叹，有对过往生命和过往生活场景的怀念。夏、商、周、春秋战国，打打杀杀，分分合合。无论是大国还是小国，没有一个得以善终。这一切，所有的祸根都源于人的野心和填不满的欲望，人亡了，国没了。庆幸，这个国家在这里，在一座"孤岛"之上，带着尚有余温的各种器物，带着战车和旗帜，带着各种疑惑，带着各种恩爱情仇，在这里安顿了下来。

人流如潮。"五一节"纪王崮热闹非凡，人们观远山，打秋千，进冰洞，吃快餐……这个节日，登上纪王崮的我，在纪王墓前待了好长时间。这段路好长，这段路在墓的主人之前已经有许多人走过。墓主人的身后，又有许多人在不断地重复着，而且迟迟没有能够走得出来。

走进微山

　　距第一次去微山岛已经十年，十年光阴多变换，许多事物已经面目全非，然而，微山岛的容貌在我的心中依然如故。十年前，那个初秋的早上，小木引我们沂南县的几个文友来到这里。小木是这个岛上的殷姓后人，她出生在这里。那个早上，一身白色装束的她，领我们登上开往微山岛的客船，我们一起在微风荡起层层涟漪的湖面上，观望越来越近的微山岛。

　　一切都像时光的特意安排，船上的我们与白成一道光束的小木，一起站在客船的船首。湖面上，船首宛如犁铧，它以一种不掺杂任何颜色的纯白，缓缓地，静静地，在深沉苍茫的湖泊中，划开了那片由蓝色和暗黄色混融而成的天水大幕。

　　微山岛四面环水，它与我们的距离越来越近，站在船上望去，岛上有一山包微微凸起，山包之上，高高耸立的圆顶塔，各色的建筑，成片的树林，它们在阳光的照射下，反射出层层不同色彩的光泽，那色彩已然构成了立体的、朦朦胧胧的、温润而平和的风景。

　　微山岛够大，九平方公里多的土地，让它成为中国北方第一内陆大岛。船距岛越来越近，大家纷纷登上船顶，扶着护栏向前望去，岛上宽宽窄窄的街巷，穿越林荫的小路，小路上早起的捕鱼人，湖边熟透的莲蓬，还有弥漫在空气中的那股淡淡的土腥味，散发出一股股悠远而神秘的气息。

上午，我们沿环岛路行进。眼前，这个被湖水包围了的孤岛，孤寂却不乏大气。古往今来，历经无数个黑夜和白昼的微山岛，一轮红日，一弯明月，日复一日地从它的上方划过。在反反复复的轮照中，世间生生灭灭的故事，人间起起落落的情感，始终与浩渺的湖泊，与满天的繁星，与自然的枯荣相依相通。

微山岛历经日月的轮照和岁月的积淀，显得厚重而沉静，岛的高处，微子墓、张良墓、目夷墓，被周围那些用石头、砖瓦、钢筋、水泥搭建起的建筑包围。它们承蒙苍天的垂怜，在苍劲松柏的遮掩下，于各自的方位孤独而立。

微子墓是我最先拜谒的地方，与张良、目夷相比，微子是最先在这里落户的。微子在这里的出现和落户，意味着以玄鸟为图腾的商王朝的变灭，以及以微子为符号的东夷原始部族，在这里的永续。

商末，微子作为商帝乙的长子，曾屡次劝谏商纣王，让其保持清醒。由于商纣王不听劝阻，微子愤然出走。很快，来自西北高原的周武王灭商，周武王的弟弟周公旦平定管三监乱后，微子受封于商族发祥地商丘，国号为宋。隶属宋国的微山，后来因微子而得名，微子成为商王朝在周朝统治下的一个具象化存在，微山二字也因而深藏着一段尘封了的记忆。

我到微子墓时已近正午，但是，这里依然被一股阴郁的气氛笼罩，或许是微子的身世和不得不随波逐流的命运使然，苍松翠柏间，形如小山的微子墓，在飒飒秋风中越显萧瑟。微子墓前有古碑四通，主碑由官至丞相的西汉经学家匡衡所立。主碑横额有"仁参箕比"四字，系指微子、箕子和比干三人，它源于孔子对他们的评价。作为微子后人的孔子，他对微子、箕子、比干十分尊崇。"仁"是孔子所追求的最高人生境界，因而他称赞微子、箕子、比干为"三仁"。孔子对微子、箕子、比干三人的评价，足见他们在孔子心目中的位置。在商王朝摇摇欲坠的时候，正是他们不计个人得失，力劝商纣王改邪归正，虽然他们的愿望没有能够实现，但是，由于他们的出现，没落的商王朝在最后时刻闪过了一线光芒。

站在微子墓前的我，仿佛看到了一张安详和蔼的面孔，那是微子的面孔，他的眼里闪烁着慈祥的光，那是一束从遥远的历史转折点上投来的光。商纣王穷奢极欲，暴虐嗜杀，让有着近五百年历史的商王朝众叛亲离，屡次劝谏无果的微子选择了出走。我的眼前，仿佛出现了夜幕笼罩下，在那个迷茫且备受压抑的历史时段，那个孤身行走在大野小径上的身影。那个身影茕孑且无奈，他分明感觉到，他驻足回看的那座距他越来越远的豪华宫殿，很快就要坍塌了。那座距离他越来越远、曾经十分熟悉的宫殿，所带给他的是一种从未有过的陌生感和孤独感。

周武王灭商后，微子"肉袒面缚乞降"了，或许有人对微子的选择颇有非议，但历史证明了他是正确的。周王朝很有建树，它在商王朝基础上建立起来的封建制、宗法制、井田制与礼乐制，对以后两千余年的中国社会产生了深远的影响。而作为微子后人的孔子，正是在周礼的基础上，通过对周礼的阐释和宣教，实现着自己的政治理想和抱负。

当时的微子未必看清身后的一切，但是，我相信他的内心深处是有一种力量在引领着他的，那便是人性的力量。或许是他的庶出地位，也或是他在历史现实面前的深刻反省，唤起了他对人性的思考，总之，他在历史的十字路口，毫不犹豫地确立了自己的道德底线。他成为一个敢于向强权进谏，且在自己的政治理想得不到实现时，敢于不合作而洁身自好的人，并在乱局之下能顺应历史潮流的人。

悠悠过往，那些与我们生命密切相关的过去，已经走得很远，我们只能仰赖于夜空中那些寄寓人间，又遥遥相望的闪闪烁烁的星星了。微子就是其中的一颗星，微山湖于他，就像微山湖之于微山岛那样，那是宛如天空之于星星般的映衬和护佑。眼前，微子墓拜台上方青砖铺地，上置供案宝鼎，正殿内雕梁画栋，古朴典雅，殿前那座高 3.5 米的微子塑像给人以扑面古风。四周的大型壁画《殷微子世家图》活灵活现，栩栩如生。行走其间的我，犹如经历一场时空的穿越，冥冥中，我的心头有一种孤独、惆怅的情愫萦绕。

史料记载：周武王灭商后，微子持祭器造于武王军门，肉袒面缚，左牵羊，右把矛，膝行而前，向武王说明自己远离纣王的情况。这是一个让人不忍直视的场面。此刻，我的眼前出现了另一个画面，那是佛经上所说的"身怀珠玉而向他人行乞"的画面，那是一种"不求诸抓得住的现在，而求诸渺茫不可知的未来"的画面。

微子墓有两个，一座在商丘西南，即今河南省商丘市睢阳区路河乡青岗寺村，一座在微山湖中的微山岛。两个微子墓都有其存在的理由，古时，即使有衣冠冢，一个人有两个坟墓的情况并不少见。

约公元前 1063 年，周成王封微子为宋国国君。"宋"即今河南商丘一带，自此，微子成为周王朝统治下的宋国国君、始祖。《沛县志》《路史》有"九子源明，封于留邑"之说。"九子源明"指的是尧的第九子，相传尧有十个儿子，被封在留邑的"九子源明"是其中之一。留邑在商代为留国，于商朝末期灭亡。周时古留邑为宋国的领地。《广舆记》及《一统志》载：微子墓在微山，张良墓在留城而近于微山。盖言近也，且微子食采于微，而山亦以微名，不妄也。古留邑在微山岛西偏南6公里处，明万历年间，黄河决口没入微山湖。受封于宋国的微子自然知道古留邑和微山岛这个地方，但是，宋国的国都商丘距离微山岛240多公里，山水阻隔，交通不便，微子为何选择这偏僻的一隅，把自己葬在这座几乎与外界隔绝的孤岛上呢？这或许与古留城曾经是殷商治下的留国有关，商纣王在位时，封微子于"微"建立诸侯国，爵位为子爵，由此得名。"微"的都城原在今山西省长治市潞城区，后又迁到今山东省济宁市梁山县。我想，微子与古留城很可能有一段不为人知的缘。微子劝谏纣王不成，留下"邦无道则隐，邦有道则现"这句话后，来到他的封地隐居起来，而古留城附近的微山岛很可能就是微子的隐居地。当时，微山与古留城还是连在一起的陆地，与微山有着深厚渊源的微子，选择死后葬在微山，与微子的身世、经历和他的向往、追求都有关系。这一切所带给他的是无奈和伤感，他不再留恋商丘这个地方。微子走了，他去了一个安静之所，来到一座山岗上住了下来。

可以推断，作为宋国国君的微子，当他走近这个绮丽静谧之地时，他一定有了一种回家的感觉。他发现这种虫声鸟鸣中的山水，才是安放灵魂的地方，唯有这儿才能让他远离世俗的尘嚣，让自己满是伤痕的灵魂得到治愈，于是，微子选择在这儿安息了。两千年后，古留城慢慢地沉入水底，微子被微山湖簇拥在湖泊的中心……古留城的沉没和微山岛的凸显，很像是历史的定数。

千顷湖光绕一丘，昭然幽爽对清流。
诗传《麦秀》心惟恻，义恤宗黄器共留。
山即明微忘得失，湖堪比洁任沉浮。
摩残汉碣追仁迹，浩浩云烟弗胜收。

这是清代诗人高元贞《谒微子墓》诗的上半部分，他在指出微子墓所在位置的同时，也隐喻了微子的心志和选择。

微子墓是全岛的最高点，当地人称其为凤凰台，相传因有凤凰落此而得名。上古传说中有"玄鸟生商"的故事。玄鸟是商的图腾，凤凰台的寓意已经十分明显。

　　《史记·孔子世家》开篇说："孔子，其先宋人也。"身为宋人后代的孔子一定来过这里。孔子从来不以"仁"字轻易许人，但孔子说"殷有三仁"，微子便是其中之一，足见微子对后人的影响。今天，微山岛的殷姓居民就是微子的后裔，几千年来，他们在岛上繁衍生息，虔诚地守护在祖先的身边，他们的诚实和热情给我留下了深刻的印象。

　　微山，我们来了，微山岛是美的，微山湖是美的。贴近细看，那些藏于美丽繁华中的莲蓬，那些像小燕子样饱满的菱角，那些游动在湖水里的鱼虾，每一个形状，每一个动作，每一个叶片，每一个鳞片，每一根经络都美得恰如其分。微山，这里面有微山湖的清冽之水，有微山岛的灵沃之土，有微山人的隽美之神，更有寄寓于微山过往历史中的一颗良心。再见了——微山。十年了，微山岛——我们来了又走了，带不走的是一段缘。

青出于蓝

  "十一"国庆节这天,我去兰陵拜谒荀子墓,爱军弟知道后,偕夫人与我同行。这是我第一次来荀子墓前拜谒,我想,这该是我跟爱军弟的一种缘分吧。

  荀子墓好大,兰陵人称它"坟子青",我跟爱军弟目测后,觉得这座坟墓的直径大概有四五十米,高有十几米。这是一座用黄土堆成的坟墓,整个坟墓的基座是一个巨大的圆,人环绕着它走,难以分清起点和终点。

  荀子墓南侧有一棵粗大的松树,树干上层层叠叠的树皮,似在诉说着年代的久远。这个时候,有秋风劲吹,有嗖嗖声响起,它让整棵树,甚至是整个坟墓发出一种悠远、深沉、浑厚的声音,那声音非同凡响,像是从一个十分遥远的山谷传来,以至整个大地都起了回声,那回声让天上的云彩舞起了双翼,那回声里夹带着一种汹涌澎湃的力量。

  这是一片开阔的平原,在这片平展的土地上,荀子墓如同一座小山包凸现在这片平原上。史前,兰陵这片土地上曾经有一座类似的坟墓,那是一位名叫兰鹰王的酋长的坟墓。兰鹰王因为部落间争夺这片土地而战死,人们按照部落的埋葬习俗,为兰鹰王建起了一座大墓。由于后人逐年祭陵添土,它成了一座与荀子墓类似的巨大陵墓。由于这座陵墓上长满了兰花,久而久之,人们把它称作"兰王陵",后来简称"兰陵"。兰陵地域文化学者王善富先生告诉我们,以往,这里的老百姓也如同给兰王陵添土那样,每年为荀子墓添土,荀子墓因而越来越大，成为这片土地上继兰王陵之后的第二大陵墓。

这天小雨刚过，天上那些灰色的、白色的、灰白相间的云彩，它们像层层叠叠的瓦片那样把整个大地笼罩。路上，荀子成为我跟爱军弟交谈的主题，荀子的儒学理论有别于孟子和后来的董仲舒、朱熹等人，这也是我对荀子最感兴趣的地方。由于荀子提出了"性恶论"，他在许多人看来不像一个儒家人物，但他的确又是。而且在我看来，他才是孔子后人中最具代表性的儒家人物之一。

荀子的"性恶论"是针对孟子的"性善论"提出来的。曾经三次担任稷下学宫祭酒的荀子，对包括孟子在内的诸子百家的观点多有批评。"性恶论"并非否定人性中的善，他是要提醒人们——人性之恶是应当引起重视的。他认为，人的欲望就是恶的本源，因而需要规制。荀子在《荀子·性恶》中强调："为之立君上之势以临之，明礼仪以化之，起法正以治之，重刑罚以禁之，使天下皆出于治，合于善也。"他的这种理念成为法家"依法治国"的种子。后来，许多儒家人物都对荀子的观点提出了批评，甚至拿荀子的学生——法家人物韩非子和李斯说事。不可否认，韩非子和李斯的思想确受荀子的影响，但荀子对他们的影响仅限于二人思想中那些合理的部分。

我跟爱军弟在交流过程中，提及荀子对诸子百家提出批评这件事。当时，荀子对诸子百家的思想都有批评，唯独没有对孔子的思想提出过批评，而且还对孔子崇拜有加，尊孔子为大儒，即圣人。荀子认为，孔子思想的精髓时常被某些"俗儒"歪曲。所以，他十分尖锐地批评了俗儒的儒学道统。他认为，那些所谓的儒学道统已经严重背离了孔子的本愿。由此可见，荀子对孔子的思想是高度认可的。我觉得这件事很关键，通过荀子的态度，循着这个线索，我们才有可能见到一个真实的孔子。

通常，我们认为孟子提出的"性善论"代表了孔子的全部学说，其实未必。孔子在《论语·季氏篇》中说："君子有三戒：少之时，血气未定，戒之在色；及之壮也，血气方刚，戒之在斗；及其老也，血气既衰，戒之在得。"这段话直指人性。通过孔子这些话，我们可以发现孔子对于人性观察之细微，之深刻，也可以发现荀子与孔子之间的承继关系。

王善富先生是个爽快人，我们在荀子庙大门外检疫处的方桌旁相识。当时，王先生在那里负责荀子庙进出人员的防疫安全检查。待我们参观完毕，走出大门时，王先生还在那里。刑警出身的爱军弟，主动跟王先生交谈起来。他问王先生从哪里能够找到与兰陵相关的资料，王先生说："资料当然有，但是我一般不送人，也不卖，只是我看你们认真的样子，可以送给你们两本，不过我得回家去取。"于是，爱军弟和夫人替王先生值班，由我开车载王先生去家中取书。

出乎意料，又在情理之中，王先生赠送给我们的书，它的作者就是王先生本人。土生土长的王先生，青年时期就对家乡的古老文化着迷，这本书凝聚了先生三十六年的心血。当我翻开书页时，那些厚重的文字，立刻把我带到沉淀了数千年的历史文化之中。

两千二百多年前，荀子来到这片位于蒙山山脉以南的广阔平原上，在这里，他先后两次担任楚国兰陵令，晚年，他选择在这里养老和教授生徒，最终被葬在这里。

出生于赵国，曾在临淄城那座中国最早的官办学府——稷下学宫内，先后三次担任祭酒的荀子，在经历反反复复地出走、回归、出走后，让一个时代满溢出来的思想，在经历一次次冲突激撞后，终于找到了它的出口。我们有幸看到荀子与他的思想一起，乘着牛车，由北向南，翻越层峦叠嶂的沂蒙大地，在中国思想史上留下深深的车辙。

作为一个伟大的思想家，荀子做选择时不曾犹豫。他的人生路径，有着与沂蒙大地一样的起伏，最终它又像眼前这片平原一样平展而开阔。荀子走出大山的那一刻，他的天地也更加广阔了。此刻，荀子墓周围那些一直连接着天地的庄稼、树木、村庄，它们像大海的波浪一样，把山脉推远。眼前，一只飞翔在天空中的雄鹰，用坚挺的翅膀划破蓝色的天幕，令整个天地变得辽阔而苍茫，也让我借助它的翅膀，看到了身处天地之间的荀子——他的真实与透彻。

《天论》是《荀子》三十二篇中最为精彩的部分，他的这句"天行有常，不为尧存，不为桀亡"，哪怕拿到科技高度发达的今天，也合乎现代人的思维。而荀子"性恶论"中"人之性恶，其善者伪"的观点，一针见血，振聋发聩。

荀子——这位从历史中走来的伟大思想家，他让我在被粉饰了的历史中，窥见几分历史的真实，更让我对被层层包装了的所谓"儒家文化"有了新的认识和解读。在荀子看来，那些蝇营狗苟的虚伪之相，索然无味，他已经懒得再回过头多看一眼。那些被历史强加于身，身披"三纲五常"外衣的所谓"儒家文化"，在这方有着血性和骨性的土地上被还原了真相。

荀子认为：国家只有以礼仪为本，法治才能奏效，即"隆礼重法"。由此可见荀子对孔子思想理解之深透。据说，1988 年有一位名叫阿尔文的诺贝尔奖获得者说了这么一段话："人类要生存下去，就必须回到 2500 年前，去汲取孔子的智慧。"如果想要找到孔子"仁"这一哲学思想的答案，就必须透过荀子。

天已正午，我们准备返回。返回时，荀子庙对面墙壁上有八个大字出现在眼前——登高望远，青出于蓝。

圣母冢

圣母冢位于山东省沂南县蒲汪镇圣母冢村。这是坐落在长虹岭上的一座宛如小山包状的坟墓，村里人都叫它大墩。

长虹岭左依浮来山，右傍沂河水，蜿蜒南北 150 多公里，千多年前，圣母冢就出现在这里了，它虽然历经无数次的风吹雨打，却依然高高在上。

今天，大雨如注，当我的汽车在这个长有树木和杂草的大土墩附近停下来时，雨也停了。我绕过圣母冢东北角那片密密麻麻的枳树，在立有石碑的南坡停住，南坡有一条小路，引领着我登上圣母冢的最高处。

圣母冢好大。冢顶东西长，南北窄，它的四周点缀着数不清的小草和高高矮矮的树木。我步测了一下，冢的顶部东西长九十多步，南北宽二十多步。站在冢顶向西遥望，透过灰色的云层，可隐约看见起起伏伏的蒙山山脉。向东眺望时，越过弥漫在地平线上的树林，似能感觉到远处灰白相间的云彩下，那片波涛汹涌的大海的存在。

圣母冢，我很小的时候就听说这个名字了。那个时候，住在长虹岭上的我，最早是从去圣母冢赶集的姥爷那里听到这个名字的，然后，陆续听到与这个名字相关的许多故事。自那以后，圣母冢这个名字，于我而言，既是一个梦一样的存在，又是一个立于齐鲁大地上的独特的文化坐标。

如今，圣母冢除了这座巨大的土墩，它的过往，它内在的一切，已经很难猜想和描写了。所幸，考古学家留下了一些记录可供参考。相关资料记载："圣母冢属于土墩墓。"循着这个线索，我查了一下关于土墩墓的历史档案，发现土墩墓属于吴越文化的葬俗。它源于良渚文化，在良渚文化遗址中有百分之六十的遗址属于土墩遗址。考古发现，土墩墓的特点是：同一座大墓的封土下埋葬着好多人，它们大多为同一族人的墓地。土墩墓与鲁中南、鲁中、鲁北等地的墓葬差异较大，它具有显著的区域性特征。在一个时期内，在长虹岭、鲁东南沿海一带，土墩墓很常见，这种丧葬习俗自浙江向苏南、苏北，向鲁东南延伸，进而沿着海岸线，沿着长虹岭，向着东北方向继续伸延，一直延至青岛、韩国、日本。良渚文化，吴越文化，也因而在这里与大汶口文化、齐鲁文化相重叠，相交融。

春秋时期，齐吴两国长期进行拉锯战，越王勾践灭吴后，又在鲁东南与齐国竞争。据《越绝书》记载，越王勾践当时甚至迁都至位于苏鲁交界处的连云港——琅琊城。战国晚期，楚国又吞并越国，并将长江下游、苏北、鲁东南一带纳入它的版图。所以，春秋战国时期，圣母冢所处的长虹岭这一地域，曾有齐、鲁、吴、越、楚五种政治势力先后存在过。后来，又有"汉武帝内徙东瓯越人"，以及汉武帝灭闽越后，将其族人迁往江淮一带，并有两次北迁越人后裔的历史事件发生，这也进一步导致了吴越文化的北移。因而，漫长的历史长河中，齐鲁文化与吴、越、楚文化，它们在这里，相互碰撞，相互影响，交互融合，形成了独具特色的地域文化。

在这里，南北地区文化的碰撞、交融与聚合，其影响是深远的。它在临沂，在沂南，在我们家乡这片土地上留下了深深的烙印。无疑，三国时期从沂南这片土地上走向荆州，后来帮助刘备成功建立蜀汉政权，使其与孙权、曹操形成三足鼎立之势的诸葛亮，他的智慧和他"鞠躬尽瘁，死而后已"的精神，是深受这方故土文化影响的。

一阵凉爽的风吹来，那风让站在这里的我突然想起临沂，想起义乌，想起这两个被一条大江隔开、处于不同纬度的城市，想起这两个被并称为"南义乌，北临沂"的相距790多公里的全国最大的商贸集散地，它们的相似性是偶然还是必然？

至今，圣母冢依然静静地立在这里，历经数千年风吹雨打的圣母冢依然巨大。这时，有位老人一手拿着蒲扇，一手提着板凳，来到墩顶西南角，坐在那里乘凉。老人姓田，他说，田家祖上是明朝永乐年间从河南来到这里的，发现大墩南边不远处地下水源丰富，于是定居下来。如今，包括在外地经商、打工、上学、当兵的田家人，全村已经有四五千口人之多了。

谈及圣母冢，老人告诉我说，他们祖上来这里时，大墩就有了。什么年代有这大墩的？村里人都说不清楚。但是，这是一座坟墓无疑。传说，这座坟墓是孔子其中一个徒弟母亲的坟墓，因而叫"圣母冢"。谈及圣母冢的这个"冢"字时，老人耿耿于怀。他说："看，这个冢全是用土堆起来的，现在怎么少了个'土'字呢？应该写成圣母塚才对！"是的，不仅圣母冢是土做的，它周围被雨水冲刷过的沟坡上，那些裸露出来的黄褐色土壤，离开了土也就都不复存在了。这些泥土才是圣母冢的大本原，我暗自叹服这位田姓老人。

《沂南县志》载："圣母冢封土中多杂物，系从别处移来，人工筑成。"这个说法应该有其依据。我想，圣母冢封土中的这些杂物，或许是清明时节，那些远道赶来祭奠的人们自带土壤添土，或许是祭奠过程中遗留下来的供具、供品残骸，甚或因了其他种种可能的需要而形成。不过，这些掺有杂物的土是就地取材，还是从哪里移来，于我而言并不重要，它不妨碍我通过这些层层叠叠的积土，去感受那些过往。在我的眼里，正是眼前的圣母冢——它层层相积的过程，才折射出了时代的变迁。

老人还告诉我说，大墩被人盗掘过，听说盗贼被抓前都快挖掘到坟墓的棺椁了。老人点上烟，抽了一口，然后说："村南大田里还有好多土墩，老一辈人都叫它们七星墩。"老人说这话时，眼睛望着南方，望了好长时间。

这时，风停了，我顺着老人的目光向南方望去……此刻，远方的云彩好像不动了，什么也不动了……此刻，圣母冢静静地立在这里，圣母冢以及它周围的每一个事物都静静地处在原位。在这里，圣母冢和它周围的每一个事物，都蕴藏着历史的一面。圣母冢——"前一段时间既未过去，后一段时间又早来到了！"

今天的圣母冢已经处在村庄的包围之中。今天，尤其是大雨过后的圣母冢和村庄，它们之间的距离显得更近，近得几乎融为一体了。

明朝，这个村庄的田姓祖上从河南来到这里，从那个时候开始，他们一代一代地守护在圣母冢前。老人告诉我说，往年，每当狂风暴雨过后，村里人就自发地组织起来，拿着工具来到大墩前，把被大雨冲毁的地方修复好，他们也因而成为圣母冢自觉的守墓人。逢年过节，初一十五，时常有人烧纸上香，虔诚膜拜。村里人不知道那里面住的是谁，只知道他们比自己来得更早。在他们心里，圣母冢那些看似虚幻的过往，无时不在。他们把里面住的人想象成一个行德积善、治病救人的母亲，每到清明时节，纷纷拿着铁锹为这座坟茔添土。有时，他们又把里面住的人想象成圣人的母亲，孩子高考前，母亲们来到坟茔前烧香磕头，期盼自己的孩子考出好成绩，也有好事者因而杜撰出一些离奇荒诞的故事。我想，那些住在这座"历史之屋"的人们，在看到眼前的这些人时，会发出会心的一笑的。

长虹岭——神奇的岭，众多的土墩、田垄和沟壑，勾勒出它起起伏伏的轮廓。它曾经吸引了多少驰骋南北的英雄豪杰，它曾经吸引了多少来自不同方向的炽烈目光。站在这里，站在历史的天空下，我仿佛听到了来自千年之前的阵阵马蹄声，仿佛看到了那些疾上疾下的身影。漫漫时光中，一座座宛如山包一样的坟茔，在他们的身后陆陆续续地在出现，又陆陆续续地消失，但是，圣母冢留了下来。圣母冢，是历史过往中南北文化在鲁东南、在山东沿海，不断碰撞交融过程中遗留在这片土地上的坐标。那些遥远年代的身影仍然寄寓其间，它见证了多元文化带来的，特色地域文化中迸发出来的强健活力。

今天，在我就要离开圣母冢时，圣母冢村的街巷上开始流淌清澈的雨水……其中，一处被冲出石头和沙子的地方，竟然生出了细细的泉涌来。

人性的高贵

　　一直以来，人类历史就像是一出戏，这出戏里但凡走上舞台的主角，几乎毫无例外地被帝王将们抢镜，但待锣鼓骤停、大幕徐徐降落之后，一切又烟消云散了。今天当我读罢楚汉争霸的章节，慢慢地合上书本之时，刚刚还是近在眼前的那些英雄豪杰，随即就被朋友打来的一通电话，打得不知去向。

　　夜深人静时，我又静下心来，闭上眼睛，慢慢地试着让自己重新返回书中那个场景。恍惚中，大地空茫，安静异常，突然，远处一个骑着战马、腋下挟着两个孩子的人，向着我飞奔而来。茫茫大野上，那个人的身影越来越大，越来越高，直到在我的视野里高成一座山峰。那个人不是别人，他就是曾在沛府马房掌管养马驾车，后来追随刘邦起兵反秦，时已受封滕公的夏侯婴。

　　事情需要从刘邦说起。秦灭亡后，刘邦平定关中，攻取修武，一路东进。进攻的路上，刘邦乘项羽攻齐之机，占领了项羽的大本营——彭城。进城后，刘邦朝饮醇酒，暮拥娇娃，沉醉在温柔乡里。项羽闻讯后，暴跳如雷，亲率精骑，杀回彭城。刘邦得知后，形色仓皇，舍车乘马，落荒而逃。跟随刘邦的夏侯婴，保护空车，突出重围，与刘邦会合，一起往下邑方向逃跑。

　　途中，夏侯婴在难民中发现有两个孩子似曾相识，便对刘邦说："那两个孩子好像是大王的子女，请大王监察！"刘邦一看，果然是自己的儿子和女儿。原来这两个孩子与祖父、母亲出逃避难时被乱兵冲散，祖父、母亲不知去向。

此时，父子、父女相见，泪流不止，正叙间，有楚兵追来，刘邦急说："快走！"夏侯婴亲为刘邦和两个孩子驾车，一路西逃。

这时，楚将季布率兵紧追。刘邦怨车子太重，走得太慢，情急之下把两个孩子推落车外。夏侯婴见后，左提右挈，把两个孩子抱入车中。一会儿，刘邦又将两个孩子推落车下，夏侯婴又把他们抱到车上。接连几次后，刘邦呵斥夏侯婴道："我等危急万分，难道为了两个孩子弄得自丧性命吗？"夏侯婴答道："这是大王的亲生骨肉，怎么能弃之不顾呢？"刘邦更加恼怒，拔剑杀向夏侯婴，夏侯婴闪身躲过后，见两个孩子又被刘邦踢到车下，于是，索性让其他将领驾车，自己把两个孩子夹在腋下，一跃上马，追随刘邦而去。

星河璀璨，一缕月光穿过玻璃，洒落在室内客厅里。我下意识地揉了揉疲惫的眼睛，轻轻走进客厅，缓缓抬起头来，顺着那缕轻柔的月光望去。窗外，挂在天上的那轮圆圆的月亮距我很近，它仿佛就在我的眼前，清凉的月光之下，两千多年前那个骑着战马，腋下挟着两个孩子的夏侯婴仿佛就在我的眼前。

夏侯婴，这个曾在沛府马房掌管养马驾车的车夫，这个西汉开国的功臣，这个刘邦死后继续以太仆之职侍奉惠帝、高后及文帝的历史老人，他让我想了很多。在和刘邦一起逃亡的路途上，当两个不谙世事的孩子，被情急之下的刘邦一次又一次地推下车，直到最后踢下车时，是夏侯婴一次又一次地冒着来自追兵和刘邦的双重死亡威胁，毫不犹豫地搭救了这两个无助而幼小的生命。夏侯婴之举令我震惊，让我感动。当时，夏侯婴没有意识到危险的降临吗？当然意识到了，但是，他正是因为意识到了这种危险，才不顾一切地采取行动的。

生命是脆弱的，芸芸众生中，许多人在远未到达生命尽头之前，就猝不及防地直面生命的有限。在这个时候，总会有人挺身而出，做出某种选择。而今，回望楚汉争霸的场景，两千年前，发生在苏豫皖交会处荒山野岭上的那一幕，依然让人为之震惊。生死关头，当一双眼睛注视着另外两双童稚的眼睛时，我所看到的不仅是一个人对于幼小生命的担忧，更有萌发于人的心底，那种之于生命的珍惜和敬畏。

夏侯婴是坦然的。在夏侯婴眼里，两个孩子的生命珍贵得无法用价值衡量。正因为这样，他几乎是不假思索地，毫不犹豫地，不顾一切地去搭救这两个孩子，不惜用可能付出生命代价的行动去实现的。在这个过程中，他让我看到了他身上的那种雷打不动的挚爱和坚持。

站在我面前的夏侯婴，他把天地、古今贯通了，把有关于人的追求和生命存在的意义完整地诠释了，无疑，夏侯婴是神圣的。自古以来，人类在困难的抉择面前，想到的大多是哪种选择更有利，哪种选择能够让利益损失最小化。当然夏侯婴也去想了，不同的是，他把注意力全部集中在两个涉世未深的孩子身上。在刘邦逃亡的路上，面对被刘邦数次推下车、直到最后被踢下车的两个孩子，如果说，夏侯婴第一次把两个孩子抱到车上是出于责任，第二次把两个孩子抱到车上是基于人性，那么，夏侯婴第三次、第四次……直至索性让其他将领为刘邦驾车，自己带着两个孩子一跃上马时的那个瞬间，已经具有神性了。

有一位美国作家说："每一个灵魂都是先知——尽管有些人不记得自己的来源或承继。"这句话我信，虽然我们不知道明天会发生些什么，但总有一颗灵魂在悄悄地给我们引路。许多时候，正是这颗灵魂让人自身的良知不致错乱。夏侯婴正是如此。

夏侯婴是汉朝立国功臣中的重要成员。最初，刘邦带领他的徒众准备攻打沛县时，夏侯婴是以县令属官的身份与刘邦联络的，他配合刘邦降服沛县县令，拥立刘邦为沛公。此后，夏侯婴为汉的统一和巩固屡屡做出贡献。尽管如此，但在我看来，夏侯婴把两个孩子夹在腋下、一跃上马的那一刻，才是他生命里的重中之重。这一幕历史的场景，长时间地浮于我的脑际，我历久不忘。虽然在古今许多介绍夏侯婴的生平中，这个环节时有缺失，但其生命中的高贵之处正在这里。

灵魂的边界

　　中国历史上，在楚汉之争这场大戏落幕之后，一直持续回旋在我脑海中的那些形形色色的人，也慢慢地淡了下来。但是，在这场大戏的边缘处，有一个人连同他身后的那一群人，在我的眼前越发清晰了起来。那个人是在这场大戏落幕之时，在应召赴洛阳都城途中拔剑自刎的齐国历史上最后一位齐王——田横，那一群人就是与田横同行，遵从田横遗嘱，并完成任务后自刎的两个门客，以及从齐国一座小岛上赶来，在田横墓前自刎的五百名追随者。

　　古代中国有许多杀身成仁之士，但这种因为一个仁字，在一个人自杀后，紧接着又有两个人、数百个人先后自杀的悲壮场面，实属罕见！这样惊世骇俗的事件，在浩瀚的历史长河中可能仅此一例。

　　当时，在这个由天下大乱到天下大治，社会急剧变化过程中出现的一幕，可以说，是完全超出人们想象范围的。是的，这一连串的殉道场景，震惊世人，摇撼历史，醒悟来者。这种在既无追兵又无任何死亡威胁的情况下所发生的一幕，从本质上来讲，打破了惯常的通则和规律，也有违人们对生命价值的珍重，但是，它出现了，它出现在过往的社会框架被拆解，新的社会结构渐趋形成的过程中。它在历史的天空中，以一种特例的形式，让后人以惊愕的目光，对这一方土地的文化脉络重新加以审视。

　　田横和他的追随者们生活的这方土地，它的都城临淄位于古老东夷的轴心地带。它南依沂蒙，东濒大海，北临黄河，发源于泰沂山脉及鲁山山脉的淄河穿行其间。在这方神奇的土地上，东夷这支以凤鸟为图腾的文化血脉源远流长。

自公元前1045年，出生于黄海之滨的姜太公为齐国君主，至公元前202年，刘邦打败项羽一统天下，上下800多年间，齐国作为一个诸侯国，一直有其文化上的独立性。周之前，齐地即有"衣冠带剑""仁而好生"之称。周时，姜子牙"因其俗，简其礼"的政策，使齐文化得以传承和发扬。

一方水土，养一方人。齐国虽几经历史变迁，其文化却是一脉相承的。始建于齐桓公田午时期，位于齐国国都临淄稷门附近的稷下学宫，与古希腊雅典学院是人类文明"轴心时代"的重要组成部分，儒家代表人物荀子曾三次来这里担任祭酒。可以说，稷下学宫是世界上最早的官办学府，也是我国最早的社会科学院和政府智库。稷下学宫容纳了当时诸子百家中"儒、法、名、兵、农、阴阳、轻重"等学派，其兴盛时期汇集天下贤士多达千人。稷下学宫的存在，开创了中国历史上百家争鸣的局面。在此期间，有《宋子》《田子》《蜗子》《捷子》《管子》《晏子春秋》《司马法》《周官》等学术著作相继问世。

稷下学宫有着150年左右的历史，齐宣王时，被授"上大夫"称号的稷下学士多达76人。稷下学宫坚持"从了解到包容并欣赏其他文化"的立场，慢慢地塑造了齐文化独有的特质。因而齐文化中产生了"礼法结合、义利并重"的互补式政治，形成了有别于先秦地域文化的"变革性、开放性、多元性、务实性和智慧性"的地域文化特色。

汉前，齐国虽然经历了秦始皇残暴的统治，这方深入到人们骨髓的文化根基却未能被撼动。秦末，随着陈胜、吴广的揭竿而起，身为齐国贵族的田横与其兄长田儋，在今山东高青县一带举事反秦，齐文化也因而得以延续。

秦灭亡后，楚汉之争愈演愈烈，身处楚汉之外的齐国，成为楚汉争相占领之地。项羽攻入齐地后，齐王田荣兵败被杀，田横收集残兵，固守城阳。这个时候，被后来的清朝女作家李晚芳评价为"羽之神勇，千古无二"的项羽，亲率大队人马，猛扑城阳。当时，田横手下只有一万多人，项羽连续攻城数月，双方仍然相持不下。田横以弱小的力量直接硬碰硬地面对凶悍的西楚霸王，这是让人印象深刻的壮举。后来，项羽因其他战事牵扯，不得不撤兵。

之后，汉王刘邦派郦食其做说客，劝齐归汉。时任丞相的田横接受郦食其的意见，解除了历下对汉军的防备。然而，韩信却听信蒯彻谗言，发兵突然袭击，一举攻入临淄。田横见汉军背信弃义，一怒之下烹杀郦食其。而后，齐王田广东逃至高密，楚王项羽派龙且带领军队救齐。韩信大破齐楚联军，杀死楚将龙且，俘虏齐王田广。田横遂自立为齐王，转过来与灌婴交战。

刘邦称帝后，田横带领部下逃往黄海中的一个小岛。刘邦听闻，遂派使者赦免田横，召他入朝做官，田横因曾烹杀郦食其，郦弟又是朝中将领，不敢奉诏。刘邦又再次下诏，保证不伤害田横，并说："田横若来京，最大可以封他为王，最小也可以封为侯；若是不来的话，将派军队加以诛灭。"于是，田横和两门客乘驿站马车前往洛阳。

路上，行至河南尸乡驿站时，田横停住脚步，对汉使说："作为人臣拜见天子应该沐浴一新。"于是，在驿站住了下来。在驿站，田横对他的门客说："我田横和汉王都曾是称孤的王，现在汉王做了天子，我却成了亡国奴，还要称臣于他，这是莫大的耻辱，更何况我杀了郦食其，再与他的弟弟同朝并肩，纵然他不敢动我，难道我于心就毫不羞愧吗？再有，皇帝召我来京，不过是想见我一面，现在我割下我的头颅，你们快马送去，我的容貌不会改变，就让皇帝看一下我的样子吧。"之后，田横面向临淄故土，口唱："大义载天，守信覆地，人生贵适志耳……"随即横刀自刎。随后，两门客手捧田横头颅，跟随使者飞驰入朝，奏知刘邦，刘邦看到田横头颅后，流下了眼泪。他封两个门客为都尉，并派2000名士卒，以诸侯王的规格安葬了田横。

安葬田横后，两门客在田横墓旁拔剑自刎。刘邦闻讯，为之震惊，又派使者召岛上500人进京，遂发生了500人集体自杀的一幕。这一令人震惊的画面，让我想起《礼记·儒行》中"儒有可亲而不可劫也，可近而不可迫也。可杀而不可辱也"这句话来。继而，我又想，或源于辜鸿铭所认为的中国古人那种"深刻、广阔与单纯"的性情，以及那种人之秉性的纯粹，他们才选择"宁为玉碎，不为瓦全"。

田横与两门客及追随他而来的五百壮士，他们看起来"不太为冰冷的理智所左右，而有很浓厚的人情味"和"成人的头脑"，又具有"一颗赤子之心"和"宁为玉碎，不为瓦全"的风骨，这一切所带给人们的是一种古朴实在之感和士当弘毅的凛然、舍身成仁的英雄气。在历史的转折点上，他们的归去，更像是一个古老国度的归去。尽管这一历史场景的背后有许多事情朦胧且模糊，但是，正如尼尔·唐纳德·沃尔什在《与神对话》中所言："做任何事情都只有一个原因——向宇宙表明你是谁。"

　　写到这个地方时，我不由自主地站起身来，面向那群远去的背影肃然而立……齐国历史虽然没有给我一个整体上的视觉图像，但是，每当我回看这幕影像时，都会对以凤鸟为图腾的东夷民族生发出许多感慨。在人生的十字路口，田横没有再向前多跨一步，他这种平实、真诚，倔强、伟岸的姿态，给人留下深刻的印象。我想，田横的内心深处该有一种高贵中的挣扎和承担使命后的矛盾和痛苦。田横与他的追随者们拔剑自刎的那一幕，像流星那样在历史的天空中留下了一道道耀眼的划痕。

　　田横们的选择，在今天的我们看来，也许不可思议，那却又是一个真实的历史事件。他们做出自刎决定之前，也许犹豫过，也许想到了父母和妻子、儿女，但是，他们最终还是选择离开了这个世界。今天的我们无论用什么样的眼光去看待他们，无疑，他们在中国历史上已经留下了颜色最为浓重的一笔，这一笔留痕或许正是我们这个民族的生命胎记。

　　在世俗的洪流中，保持住灵魂的洁净，十分困难。田横他们的作为，无论今天的我们作何理解，那都是这方土地上生发出的一束极具本土性的生命光辉，那都是一道源于这方土地"神圣根源"的灵光。

　　如今，人们在田横驻足的地方又向前走了 2200 多年。当我面对街市上那些匆匆忙忙的身影时，我在想，我们能否如那句印第安谚语所言，"身体走太快，要坐下来等一等自己的灵魂了。"

银雀山记

　　早上，我突想独自一人去银雀山汉墓看一看。于是早起，简单用餐后，从沂南开车去临沂市银雀山汉墓竹简博物馆。

　　当我开车行至临沂时，市内交通拥挤，我费了好长时间才到这里。待我把汽车开进馆前小院，周围立刻安静了下来，不大的停车场，空空的，没有几辆车子，也少见游客，我来到北面售票处，买上门票后，进入博物馆。

　　十几年前，我第一次来这里时，人很多，那是单位组织的一次集体参观活动，当时，我们还去洗砚池街参观了王羲之故居。不过，由于行程匆忙，仅是走了个过场。这次进入博物馆大门后，院内一片肃静，我沿着苍松翠柏掩映着的通道向前走着，一会儿，有五六个年轻人随着导游从左边那座暗褐色的汉墓馆中走了出来，待我进入汉墓馆时，馆内只我一人。

　　汉墓馆是我今天必须要去的地方，汉墓馆中央就是二十世纪七十年代轰动一时，出土了先秦竹简《孙子兵法》和《孙膑兵法》的那座银雀山汉墓。尽管自那之后，官方和众多学者都把目光集中到从这里出土的大批竹简上了，但是，这座汉墓才是银雀山博物馆的本原。

　　汉墓馆内，除了周围墙壁上那些发掘汉墓时的照片和简介，就是中间靠在一起，被称作"一号墓"和"二号墓"的墓穴了。眼前的墓穴都是敞开的，为长方形竖穴，两墓开凿在岩石上，深深的墓穴底部各有一椁，椁没有盖板，椁内有一隔板，一侧放棺，一侧为边厢，那边厢就是墓主放置竹简的地方。

汉代时兴厚葬，距离此地不远的沂南县北寨汉墓，如同一座地下宫殿。然而，在这里，在这个被誉为"中国20世纪100项考古大发现"之一的汉墓，却仅有东西紧挨着、简单得不能再简单了的两个不大的墓穴。但是，正是这两个看似简陋的墓穴里，竟出土了7500余枚鲜活如初的竹简。这些先秦竹简包括《孙子兵法》《孙膑兵法》《尉缭子兵法》《晏子春秋》《六韬》《守法守令》《论政论兵之类》等。竹简的出土，打破了先秦竹简这一历史的沉寂，一下震惊了世界。也巧，自此之后，河北定县汉简《儒家者言》、湖北荆门郭店楚简《老子》和《礼记》、湖北江陵汉简《盖庐》……它们仿佛商量好了似的，开始逐一露出真容。

从汉墓馆简陋的墓穴来看，墓主人的家境并不富裕，或者说，墓主人尽管是豪门大族，但是为了保住竹简，刻意薄葬了。但不论何种情况，何种可能，能够藏下如此众多珍贵竹简的那个人，一定是个不凡之人。

今天，来到这里的我，恍若看到了历尽劫难后，那个墓主人的影子，墓主人的身影尽管有些模糊，却真实。在我的感觉里，他好似站在邈远的高处，我仿佛看见他用一双颤抖的手，小心翼翼地捧读竹简时，那种由于激动而难以言表的神情。这种跨越时空的信息传递，让我为之动容。面对收藏了如此众多珍贵竹简的墓主人，我的眼前又出现了一个个给历史文化造成几近毁灭性破坏的场景：秦始皇焚书坑儒，秦亡后，楚汉之争，天下混战，烽火连天……

我走出汉墓馆大门，站在门前台阶上，向东边沂河方向望去，视线被各种树木和建筑挡住。我想，墓主人生前该是住在沂河右岸一处安静的庭院里，那应该是一个严冬过后的春日，当时，墓的主人面对来之不易的一捆捆竹简，心中有着些许不安。他担心一不小心再失去它们，他担心一场久远的文明对话，一不小心就会再一次被猝不及防的暴力所毁灭，他因而倾其全力，将7500余枚竹简悉心收藏，并为它们在沂河岸边，在眼前这个凸起的山岗上，找到一处安身之地。

在这里，这些曾被历史所阻隔、因时间而断裂的文明碎片，它们以一种刻骨铭心的记忆，以一种持续地深入历史骨髓的痛苦感，以一种被重视、被呵护的欣慰感，在大地的怀抱里，在苍松翠柏的荫庇下，在墓主人的身边得到了些许安慰。从此，沂河右岸这座不大的山包上，四周坚硬的石壁护佑着墓的主人，护佑着墓主人视为生命的竹简。在这里，在这座地下宅邸内，墓的主人用隔板将棺椁一分为二，一边是自己，一边是竹简。那宅邸，那穴，凿得很深，那宅邸，那穴，风刮不着，雨浸不着，水淹不着，墓的主人完整地保住了这些竹简。

1972 年 4 月，春意萌动的季节，墓主人把他的珍藏如数交给了我们。那珍藏沉甸甸的，那珍藏光闪闪的，那珍藏保留着一个人一念之间保留下来的、饱含人文精神、恒久而绵长的历史温度。银雀山竹简，每一枚都含有厚重的历史感和沧桑感。它让孙膑和《孙膑兵法》重见天日，不仅解决了历史上聚讼纷纭的"一个孙子，还是两个孙子"的问题，也证实了司马迁所著《史记》的真实、可靠性。

司马迁《史记·孙子吴起列传》记载："孙子武者，齐人也。以兵法见于吴王阖闾。""孙武既死，后百余岁有孙膑。膑生阿、鄄之间，膑亦孙武之后世子孙也。"但是，因《孙膑兵法》失传，北宋梅尧臣始首开疑端。它也引起人们对《孙子兵法》的许多推测和臆断，所以，有一部分人认为孙子和孙膑是一个人。银雀山汉竹简《孙子兵法》《孙膑兵法》的出土，证实了司马迁记述的正确性。

夏日的上午，银雀山汉墓竹简博物馆正在扩建，据说可能更名为兵学文化博物馆。当然，对于银雀山这个先秦竹简《孙子兵法》《孙膑兵法》的出土地，用这种称谓并无不妥，但银雀山汉墓竹简，显然是兵文化涵盖不了的。在我看来，那一片片浸泡在防腐液中，更像一个个不灭的灵魂，它饱含着民族文化深厚的渊源。它已经跳出了现存残篇的具体细节，让我看到一种对于人的生命整体意义上的，对于生活深意、苦难、矛盾的注视和感喟，它需要我们在自然、历史和人文的大坐标上寻找它的支点。

离开博物馆前，我回头望了一眼汉墓馆，那里面有一种毫不矫情的雍容和大气。我仿佛看见墓主人站在那里，墓的主人尽管没有能留下自己的姓名，但他释然了，他最看重的是有关民族文化的传承问题，到此他可以放下心来。

滔滔沂河川流不息，巍巍蒙山延绵不绝。试想人类文明由几多因素化成？那是一辈又一辈的有识之士，用自己的生命一点一滴地生成和积累的文化链条。我们的祖先用双手艰难地削制竹木，以之用作文字的载体，那一枚枚光滑竹简上遒劲隽永的文字，历经千年依然鲜活美丽。而墓主人对这些历史珍贵遗存的挽留和守护，于悄然无息间，让文明得以连接、延续和传承。

我就要回家了，今天，近距离面对银雀山汉墓馆，面对墓主人，面对历史时，我的心情依然沉重。历史过往的每一次重来，虽然都是由那些时势造就的英雄拉开序幕，但是，最终还是得由一个个并不显山露水的人，悄悄地打扫战场，收拾残局。公元前150年左右，银雀山汉墓的主人，在被焚毁的废墟里，默默地，悄悄地，寻找着那些侥幸留存下来的文明碎片。面对这些刻满文字的竹简，他如获珍宝，视同生命，予以珍藏；他用自己的魂魄相依相伴，让曾经断裂的历史得以缀合。至今，人们却不知道他的名字。银雀山上，贤者——无名而安然。墓主人累了，他的这个居所我们还是少打扰为好。

汶河星照

生命的过程中，"缘"可谓一个无处不在的存在。真想不到西汉《礼记》的编纂者——戴德、戴圣，这两个怀抱经卷的圣人，竟是我的同乡。而且，他们叔侄两人创办的那座持续向着中华大地散发迷人光彩的书院，就在我的祖居地——山东省沂南县张庄镇南沿汶村的汶河岸上。

没有什么比回看历史更能让人了解一个地方的文化背景了。当你习以为常地蹚过一条河，不经意地路过一个村庄，或者坐在居室翻阅一本书，甚或随意捡拾一块砖瓦、一块石头时，内里可能有许多让你想不到的故事。是的，那些曾经发生过的一切，许多就是在你的身边发生的。我因而想起年轻时候，一位老领导时常挂在嘴边上的一句话："铁打的营盘，流水的兵。"是啊，茫茫宇宙，就这么点可供人类生存的地盘。过去，现在，那些一辈辈、一代代，走马灯一样闪现的人们，他们虽然大多没有打过照面，其实都生存在同一个地方。历史天空中那些看似十分遥远的星星，其实距离我们很近，甚或就在我们身边。这些有关于人的生存意义的现象之存在，往往于不经意间给人们带来一种仰望星空般的感动，且让人们幽渺的玄思猛然间邂逅了宿发之地。

南沿汶村是一个被汶河环抱的村庄，汶河水自西北方向而来，沿着村西的河道向南流淌。当河水行至村子西南角时，突然打着漩涡转过弯来，进而缓缓地向东流去，大地之上，汶河宛如上苍伸出的手臂，轻轻地把村庄揽入自己的怀抱。那一刻，缓缓而过的汶河水，好似领受了天地的旨意，以一种让人难以察觉的驻足，向着村庄瞩目。一会儿，夕阳西下，橘红色的余晖轻轻地漫过河流，漫过树林覆盖下的村庄，均匀地洒在村庄东面的山坡上。这个时候，河流、河岸、河岸之上的村庄和山脉，整个恍如一片金色的梦境。这一刻，河流停了下来，阳光停了下来，所有的事物停了下来，这是一场有关生命旅行的仪式，它蕴含着一种难以名状的美。之后，河水以一种平缓的律动，一路向着东南方向流淌，直到与阳都古城东面的沂河交会。

我生命的路途连接着这个村庄。父亲五岁时，爷爷病故，奶奶领着父亲从冯家楼子来到南沿汶村。从那时起，奶奶一直生活在这里，直到去世。父亲青年时期参加抗战，中华人民共和国成立后工作在外，每年，父亲会不定时地骑上自行车，带我来这里探望奶奶和张姓爷爷。每次回家，奶奶总少不了打扫庭院、割韭菜、煎鸡蛋……

夏天的汶河，时常发大水，晚上能隐约听到远处传来的流水声。村子地势很高，东面是山，村西、村南是细沙土聚成的高高的崖头。崖头下是黄灿灿的沙滩，沙滩很大，水小时，沿着满是贝壳的河滩，走好大一会儿才能走到河的中央。沙滩和河水都是干净的，站在河水边，可以清晰地看见游在水里的鱼虾。

得知戴德、戴圣是我的同乡，得知他俩创办的"书院"与我的祖居地南沿汶村同处一地，还是近年来的事。过去，我万万不会想到，大小戴编纂的那部"三礼"之一的儒经、古代中国经典名著——《礼记》，就出自这里。

在这里，汶河水一刻也没有停止流淌。它浩浩荡荡地从深山而来，又一刻也不停地缓缓地向着远方流去。每当河水流经南沿汶，来到这个十分平展的转弯处时，就变得温婉、幽静、圆融了起来。其间，有无数个自天上飘洒而下的、自泉中喷涌而出的、自远山流淌而来的晶莹剔透的水珠，它们一个个地悄无声息地渗透到干净的沙滩里，渗透到这片厚实的土地里。

两千多年前的一个傍晚，在汶河左岸，在南沿汶村头的乡间小路上，有两个身影停了下来。这时，眼前隐匿在夜幕中的村庄、黑压压的树林，还有朦朦胧胧的山脉和哗哗流淌着的河水，热情地把他们挽留。自此，这两个身影犹如漆黑天空中的两个星点，从这儿给整个中华大地带来了一缕有着浓厚民族文化意味的星照。他们不是别人，他们正是中国文化史上可谓通天接地的两位贤之大者——戴德和戴圣。

翻开历史的书页,最先引起我注意的是《青州府志》里有关戴德、戴圣的记载。西汉时,南沿汶属青州府管辖,《青州府志》曾列"二戴于侨寓",称"其微时,从后仓,得高堂礼经之传。往来于齐鲁间,慕沂山水,在颜温里立书院,教授生徒"。《青州府志》所记颜温里即沿汶村。沿汶村尹氏、张氏族谱里明确记载:"沿汶村名原为颜温里。"清康熙十一年版《沂水县志》记:"县正南曰会川乡,领社二十六,其中有颜温社。"显然,《青州府志》中的颜温里就是沿汶村了。

沿汶村左靠山丘,汶水环绕,土地肥沃,距阳都故城仅十公里,是二戴理想的立院授徒之地。不过《青州府志》中所说的书院,应该是按照当下称谓而言的,因为书院一词始于唐代,之前没有这种称呼。唐代书院分官、私两类,私人书院最初为私人读书的书房,于唐贞观九年设在遂宁县的张九宗书院,应该是较早的私人书院。而官立书院,初为官方修书、校书或偶尔为皇帝讲经的场所,当然,书院的萌芽可以追溯到汉代,它与汉代的精舍、精庐有一定的承继关系。所谓精舍与精庐,是汉代聚集生徒、私家讲学之所,我想《青州府志》所述书院,即二戴在沿汶所办书院,当属此例。

二戴本是西汉时梁人,活跃于元帝时期,是西汉经学家后仓的弟子。后仓精通五经,对《齐诗》的研究造诣很深。另外,后仓以孟卿为师,对《礼》进行了更深入的研究,著有《后氏曲台记》,说《礼》数万言,戴德和戴圣深受影响。

两千多年前,在颜温里这个碧水环绕的富庶之地上,大小戴登场了。拂去云烟漫漫的历史烟尘,渐渐地,我的眼前敞亮了起来。此时,秦始皇焚书坑儒和挟书令,随着秦朝的消亡已成为历史的记忆。汉惠帝废除了挟书令,文帝后,老儒们依靠记忆,开始了口头传经,他们虔诚地艰难地还原着被秦始皇所焚的儒家书籍的学说。戴德和戴圣的书院因找不到书籍,就用当时通行的隶书,将老儒们背诵的经典文本和解释记录了下来,用以教授学生。后来他们叔侄俩将战国到汉初孔子弟子及其再传、三传弟子等人所记的各种有关礼仪等论著编纂成书,终成为我们所见到的"章法谨严,映带生姿,文辞婉转,前后呼应,语言整饬而多变"的《礼记》。

我想,二戴书院该是靠汶河河岸而建。白天,但听鸟鸣蛙叫,蝉音高远。其间,偶尔有农人路过这里,稍一住脚又迅即离开了。农人有繁忙的农事。夜晚，满天星光从高远处蹒跚而来，扒着窗棂，他们可以看到在一灯如豆的案几上研墨挥毫、捻须沉思的两个身影。黎明时分，风停了下来，河水静了下来，头顶，一缕天光几番轮照，《礼记》——这部与《周礼》《仪礼》合称"三礼"的经典名著，在汶河岸边渐渐生成了。

戴德和戴圣不仅编纂《礼记》，而且各自为《礼记》做了注释。他们进一步阐述了先圣先贤的言论主张，使得《礼记》成为中国古代一部重要的典章制度书籍。遗憾的是，戴德选编的85篇本《大戴礼记》，到唐代只剩下了39篇。东汉末年，著名学者郑玄对戴圣选编的49篇本《小戴礼记》做了出色的注解，后来，这个本子便盛行不衰，并从解说经文的著作变为经典，到唐代，它被列为"九经"之一，到宋代被列入"十三经"之中，成为士人必读之书。

《礼记》作为一部重要的儒家经典，不仅对中国文化有着很深的影响，在文学上也取得了一定的艺术成就。《礼记》认为，文学"在于心之感于物"，并与社会现实密切相关。这一观点为后世文论奠定了理论基础。

汶河水年复一年地流经颜温里。千百年来，《三字经》中"大小戴，注礼记"这句话，脍炙人口，妇幼皆知。《礼记》的问世无疑是一个民族历经劫难后的文化复兴之举，如今，二戴走了，已经走得好远，他们所注的《礼记》和他们的后人留了下来，他们的后人"重修汉儒二戴祠堂"的石碑也留了下来。二戴祠堂在颜温里上游不足十公里处，依汶镇孙隆村一处闲置的学校里。孙隆村是戴德、戴圣后裔聚居地。孙隆村学校大院东墙上，有康熙年间重修碑和施财碑，大院东厢西墙上有清同治重修碑，大院的西墙上有民国重修施财碑。

石碑历经风雨，留下了许许多多漫长时间里沉淀渗透下来的痕迹。碑上的碑文虽然日渐残缺模糊，但是，从那些如同叶脉的线条和具象的文字里，依然能够看到汶河岸边那两个远去的身影所散发出来的文化精神之光。

汶河水在不停地流淌着，两千多年前的那个夜晚，戴圣在汶河岸边的一间茅屋里，借着微弱的灯光，用毛笔在简牍上写下了七个气息高古、篆隶相参的字——"仁者莫大于爱人"。从那个时候开始，历史无论迷失在哪里，都有一颗星星指引着人们在渡口上岸。

历史的无奈

古往今来，过往历史中形成的那些波折和伤痕，就像是命中注定的那样让人躲闪不及。在不断被刷新的历史故事里，那些阴森可怖的画面，不仅让人记忆犹新，更让人有一种无奈的感喟。

历史上以严谨著称的史学家司马迁，在《史记·吕太后本纪》中，对汉惠帝、少帝、后少帝时期的实际当政者吕雉的评价是："政不出房户，天下晏然；刑罚罕用，罪人是希；民务稼穑，衣食滋殖。"公元前195年4月25日，汉高祖刘邦驾崩，身为皇太后的吕雉被历史的浪潮推到政治的浪尖上。当时，独揽朝政大权的她接受了相国曹参"萧规曹随"的建议，延续了"萧曹为相，填以无为，从民之欲而不扰乱"和"轻徭薄赋，自由工商"的政策，使饱受战乱之苦的百姓，得以休养生息。

在中国历史上，吕雉是一个很有争议的人物。吕雉与刘邦结为夫妻之前，吕雉的父亲吕公为躲避仇人，举家投奔老朋友沛县令。吕公是齐国始祖吕尚的后裔，善相术，一天，时任亭长的刘邦登门拜访，吕公见刘邦气度非凡，赶忙起身到门口迎接，并将吕雉许配于刘邦。刘邦即位后，吕雉为巩固刘氏政权，曾参与诛杀韩信、彭越等行动。刘邦驾崩后，吕雉当政十五年，其间，吕雉废除秦始皇"挟书令"，鼓励民间藏书、献书，恢复旧典，在政治、法制、经济和思想文化各个领域，为文景之治打下基础。在中国历史上，吕雉与唐朝女皇武则天并称"吕武"。

由于吕雉身份地位的特殊性、复杂性和宫廷斗争手段的极端性，后人对她的评价和看法十分矛盾。尤其她在处理戚夫人问题上所采取的有悖人性的做法，让人们感到极度心寒、恐惧和震惊。

其实，吕雉人本善良，她曾经是一个听话的女儿、贤惠的媳妇。自从吕公将她许配于刘邦后，她心中的那根弦才开始绷紧，并且一直紧绷着，直至崩断。吕雉的心一直很累，直至高后八年八月一日，吕雉病死，终年62岁。吕雉死后，由她培植的吕氏外戚集团也随之覆灭。吕雉很累，吕雉心中的那根弦之所以一直紧绷着，是因为缺乏安全感。吕雉和其他女人一样，也是一个普普通通、温顺柔和的女子，不同的是，她嫁给了一个花心的丈夫，嫁给了一个胸怀大志的小吏，嫁给了一个起兵反秦、历经楚汉之争、最终统一天下的开国皇帝。也正因为如此，一种冥冥之中的定数，把她推到了历史的风口浪尖上。是命运让她成为一个极度孤独和极度缺乏安全感的女人，也正因为如此，我们在历史上看到了一个和其他女人大不一样的吕雉。

可以说，自从吕雉与刘邦结婚，刘邦出轨曹女并生下一个男孩后，吕雉内心就缺少了一份安全感。楚汉之争时，吕雉被掳为人质，深刻体验到现实人生的残酷。刘邦登基后，所有的内忧外患又让她感受到刘氏政权的危机。尤其是刘邦宠爱戚夫人，欲废太子（吕雉的亲生儿子）的那一刻，她发现她的周围处处充满了危机。从此，她不再相信任何人，她相信的唯有她可以利用的情人审食其和她认为靠得住的吕氏后人，她确信只有自己掌握政权，依靠自己，才有可能保障自身的安全。

这个时候，吕雉觉得自己身处重重危机之中，而最危险的敌人就是屡次劝说刘邦更换太子、公开向她的地位发起挑战的戚夫人。对吕雉而言，戚夫人不仅是潜伏在身边的众多危险因素中最危险的那一个，更是直戳其软肋，让其深受其辱的那个人。

许多人的内心天生不够强大，且容易情绪化，易在经受苦难和刺激之后，产生恐惧、仇恨和报复心理。这种情绪的极端化，容易成为一个人心理扭曲变态的起始点，而孤身处在政治顶峰的吕雉，更是如此。刘邦死后，吕雉已经难以满足于对戚夫人肉体上、精神上的消灭，而是希望一种灵魂上的彻底消失。她让人把戚夫人抓起来，让她穿上破烂衣服，剃光她的头发，用铁链锁住她的双脚，让她在一间潮湿阴暗的屋子里春米，又把戚夫人的儿子赵王从封地召进京城杀害，而后将戚夫人做成人彘，让束手无策的惠帝目睹这不堪入目的一幕，致使自己的亲生儿子——惠帝，精神崩溃，恐惧而亡。

吕雉真的想走上这条路吗？未必。与其说吕雉所处的地位是自己争取的，毋宁说她是在一种不自觉的状态中，被一双无形的手牵引着，一步一步地被安放到这个位置上来的。吕雉担当这个角色后，从未轻松过，她势必不择手段地为自己寻找安全之策。为了构筑自己的安全屏障，她违背刘邦遗嘱，封吕氏后人为王，但到后来，她的这个做法却导致了吕氏一族的尽数被灭。

历史给吕雉上了一课，给所有的人上了一课。如果一个人总想得到本不该属于自己的东西，其结果往往会与自己本来的愿望相反，而且"这样度过的生活是恐惧中的生活——这样的生活是在对你说谎"。它让你因此错过本该属于自己的机会，甚至付出本不该付出的代价。这是一个悲剧，这个悲剧不仅是吕雉个人的，也不仅仅是被她折磨和杀害的那些人的，这个悲剧是历史的创痛。

从心理学角度而言，按照马斯洛需求层次理论所说，在生理需求的基础之上，安全需求是第二个层次的基本需求。而自我认同较弱的人，更是会想方设法寻求安全的环境和氛围。长期缺乏安全感，容易导致人心灵的扭曲和行为上的残暴。我想，我们的史学家大多高看吕雉了，其实吕雉的内心是脆弱的，更多的时候，她是一个没有安全感的女人，是一个缺乏自信的女人。在由男人和女人构成的世界里，女人常常处于弱势，只有获得更多的爱，才会有更强的安全感，而处在权力顶峰的吕雉，女人所需要的这些她一概没有。患得患失、情绪处于高度紧张状态的吕雉，由此所滋生出来的那种极其强烈的控制欲望，很容易暴露出女人在情绪宣泄方面比男人更激烈的一面。而这种情绪的根源，正是吕雉长期缺乏安全感所致。吕雉恐惧是真，外在的刚强是假。吕雉诛杀韩信、彭越源于恐惧；杀死刘邦的三个儿子源于恐惧；被冒顿单于书信侮辱后忍气吞声，也是源于恐惧。而放过一再示弱的齐王刘肥，放过长期失宠的薄姬和她的儿子刘恒，则在于这几个人让她感觉对自己的威胁不大。

无须深度解析，也无须谴责。在"你方唱罢我登场"的历史舞台上，你不知道一件事情为何发生，更不知道它以什么样的形式结束。吕雉由于缺乏安全感，导致内心的恐惧，由于深藏在骨子里的不自信，导致"专断""心狠手辣"，而治理国家上的"无能"，恰巧与曹参的"无为而治"相吻合，有意无意中为文景之治打下了一个好的基础。

吕雉的狠与恨，针对的无疑是那些足以威胁她地位和安全的人。她的这种反应，更像是反作用力，压力越大，反弹得越高，以致僭越理性，违背人性。但是无论怎么说，无论我们怎么想，吕雉所治理的天下，老百姓至少过了一段相对平安的日子。

刘邦去世之前，吕雉曾询问刘邦"谁可接替萧何"，这时的吕雉已经意识到自己必须面对的众多问题了。因而，萧何死后，吕雉按照刘邦的意见，任用曹参为国相，通过吕雉的种种作为，我们可窥见其人格的两面性。可以说，吕雉的专断源于自己这个"中心"，其实，这个"中心"在每一个人的潜意识里都存在。而且，它随时随地影响着每一个人的言行。平时我们大多意识不到这个中心的存在，但是，这个"中心"在人的背后，悄悄地决定着一个人面对种种问题时会怎么去做。当时，走到一个朝代权力最高处的吕雉，她的这个"中心"得到无限放大，专断也就在所难免。对吕雉而言，只有专断才能克服她心底的不自信。

历史上的吕雉是一个悲剧式的人物，被历史一再复制和重演。由此可见，一个社会、一个人的安全感十分重要。因而，构建一个人人都有安全感的社会体系，才是不让人性悲剧反复重演的关键所在。而这些，需要一种对于历史视野和历史心态的根本性转变。

吕雉的名字是一个让后人感到五味杂陈的历史符号，这个符号让人备感沉重。吕雉首先是一个女儿，一个女人，一个人，和所有人一样，安全需要是其最基本的需要，只有这个需要得到满足，才有可能谈及其他。其实，无论是男是女，无论什么人，都很难超越历史的局限，哪怕比吕雉心理强大得多的统治者，当强健的翅膀被历史的绳索捆绑时，也很难高飞远举。

达士遗天地

历史不仅是曾经的昨天，还是一个繁星点点的夜晚，每当我进入这个夜晚，并且静下心来仰望星空时，就会被头顶上方的那两颗星星——二疏所吸引。二疏不是璀璨星空中最亮的星星，但是，从他们身上散发出来的悠悠淡淡的光芒，却注满微妙的磁力之场。而且，他们所处的那个坐标的对应点，就在我站立的这片土地上，他们与我的距离最近。

二疏即疏广、疏受，两人是叔侄关系，他们的祖籍是东海郡兰陵县（今山东省临沂市兰陵县）。汉宣帝时，疏广任太傅，疏受任少傅，他们都是皇太子刘奭的老师。"太傅""少傅"在古代中国有着非常重要的地位，身为正一品、位列三公的太傅疏广，是皇室的最高代言人，直接参与国家大事的决策，并且以皇太子老师的特殊身份，深刻影响着皇太子未来的执政理念。

疏广、疏受二人，最让我叹服的地方，并不在于他们权高位重，而在于他们对世态的洞察和对于生命的领悟，以及对于原则的坚持。疏受被委任为太子少傅后，皇太子刘奭的外祖父，时任平恩侯的许广汉，以太子年少为由，多次向宣帝建议，由他担任中郎将的弟弟许舜作为太子的监护人。宣帝征求疏广的意见时，疏广却予以否定，他说："太子乃国储副君，所交师友应是天下有才能之人，单独亲近外祖父一家是不合适的。况且，太子自有太傅和少傅，如果再让许舜监护太子，那样会让天下人感觉太子浅陋，而不是宣扬太子的德行。"

宣帝闻言后把疏广的看法告诉了丞相魏相，魏相感叹道："此非臣所能及。"宣帝随即采纳了疏广的意见。

疏广、疏受在皇太子身边一共任职五年，皇太子刘奭十二岁时，便已通晓《论语》《孝经》等。一天，疏广对侄子疏受说："我闻'知足不辱，知止不殆'，'功遂身退，天之道也'，现在，我们当了两千石的高官，宦成名立，该退了。如果现在不辞职，恐怕有后悔之时。"并说，"假如我们一起回乡，不是很好吗？"疏受闻言后说："听从您的意见。"随后，叔侄二人以身体健康状况为由，向汉宣帝提出申请，要求辞职回乡。汉宣帝见挽留不成，便同意了疏受、疏广的请求，随赐二人黄金二十斤，皇太子刘奭又赐二人黄金五十斤，让他们回乡安度晚年。疏受、疏广临行时，京城有公卿大夫和众多百姓，在东都门外为他们饯行，沿途有一百余辆车马相送，送者泪如雨下，称疏受、疏广为贤大夫。

疏广、疏受回到家乡以后，一直低调做人。他们把皇帝赐的钱财用于宴请乡亲、宾客和帮助困难人家渡过难关，却不为子孙购置房产和土地。疏广的子孙曾多次求人说情，劝疏广、疏受拿出些钱来，为子们购置些田产，均遭疏广拒绝。疏广说："家中现有的土地，子孙只要勤劳耕种，足以供给饮食，再增值田舍，势必养成子孙的怠惰。"他认为："贤而多财，则损其志；愚而多财，则益其过。"进而，他告诉说情者："富有，往往招致人们的怨恨，我不愿让子孙因此招致人们的怨恨。再说，黄金是皇帝惠养老臣的，我与乡亲分享这种恩赐，不是很合理吗？"他的话说得大家点头称是。

历史上，处心积虑地为子孙积攒钱财反而误及子孙的案例比比皆是。这种所谓的"照顾"很容易扼杀一个人的才能、活力和创造力。疏受、疏广的选择和作为，看起来只不过是为了明哲保身，他们的回归田园既不是精神田园式的回归，更没有一丁点儿魏晋名士蔑视外在一切的叛逆姿态，他们有的只是"功遂身退""置酒捐金广主恩"的理性选择，以及对于子孙后代的生存与发展当有的一份清醒。

疏受、疏广的做法看似平常，他们的经历中，也确实没有常人所说的那种"轰轰烈烈""豪壮激越"，但是，平常之人很难做到这种"平常"。试想，有几人舍得来之不易的权位？有几人不在考虑把手里的财富传给子孙？这一切足以看出疏受、疏广的精神向度和人生高度了。

放眼古今，人为财死，鸟为食亡，多少人因无止境地贪求名利，而落得身败名裂。"从来名利地，易起是非心。"疏广、疏受的举动是一种舍与放的选择、急流勇退的智慧。有舍才有得，舍下了功成名就的显赫，得到的是退居还乡的安宁，舍弃了钱财的浮华，换来回归自然的坦然。也正是因为这种放弃进取、远离纷争、远离尔虞我诈的官场的选择，他们得到了生命中那片开阔的天空。在长期受儒家进取思想教化、毕生致力于"修身、齐家、治国、平天下"的仕人中，这是一种超越世俗、高屋建瓴的大境界。他们这种"生命的真实"，虽然超越了物质和功名，但是，并不回避人的生存方式的存在，也因而有了属于他们自己非常珍贵的放弃和担当。

　　疏受、疏广所做的一切，自然得到了顶层的认可和来自朝野上下的褒扬。他们这种看似简单、实则平实、明哲保身式的选择，很少有人能够做到。如果没有摆脱了精神贫乏后的自由心态，做到这些谈何容易。

　　是的，恰恰基于一种心灵的自由，疏受、疏广二人才能够适时、适度地担当和放下。可以说，二疏既实践了孔子"己欲立而立人，己欲达而达人"的教诲，又参悟了佛学家的慈悲和看破。唐代大诗人李白有诗赞曰："达士遗天地，东门有二疏。"

三山沟凤凰刻石

　　每到傍晚时候，地处三山沟出口的竹泉村上空，都会出现令人震撼的万鸟归巢场景。这气势恢宏的一幕，不是旅游表演，它是自然的、历史的、源于群鸟本能的聚会和回归。

　　竹泉村，每当太阳由东向西，由上向下，缓缓地，安静地降落时，那些成群结队、凌空盘旋的鸟儿，伴随着渐渐隐没于大山深处的太阳，从四面八方回到了村子上空。早晨，这些鸟儿又伴随着太阳的缓缓升起，从竹泉村的竹林中渐次起飞。这些各有志向的鸟儿，迎着阳光，一只只，一队队，一片片地飞向不同的方向。它们飞向几里，几十里，甚或几百里外的地方觅食。黄昏的时候，它们又从不同的方向，沿着惯常的路线，追着太阳赶了回来。

　　二十世纪九十年代，我曾在这里工作四年，后来，我虽然调离了这个地方，但是每年说不上哪一天，我又会回来。夜色临近之时，竹泉村竹林上空那些密密麻麻的鸟儿，像黑色云团一样在我的头顶上翻滚、盘旋，它们如同一片巨大的黑色光幕，一层层地，一波波地，把整个村庄覆盖。不一会儿，热闹了一天的村庄，在闪烁着微微灯火的黑夜里，慢慢地安静了下来。每当这个时候，我总会联想到不远处的三山沟，联想到三山沟路边岩石上雕刻的那一大一小的两只凤凰，它们带给了我无限的遐想和冥思。

　　凤凰曾是东夷人的图腾，被称为百鸟之王。位于三山沟道路北侧、鲍宅山下的凤凰刻石，是中国现存的有纪年最早的凤凰刻石。我想，那里面一定是有故事的，因而，我来到这个地方工作以后，工作之余最先去的地方就是这里。记得当时我还有感而发，写下了几行文字：

鲍宅三月汉时光，铁石金缘锁红妆。恍惚两千载，不见君归来。东安钦元去，凤凰依山立。龙宫空无迹，寂寞断肠处。

三山沟鲍宅山下那一大一小站立在坚硬裸岩上的凤凰，一站就站了两千多年。而今，这块岩石仍然记载着两千多年前的那个日子里，一个人刻在历史时光中的痛楚和梦想。

三山沟极具断裂感，是一个深切于悬崖峭壁之下的沟壑，清冽的山泉，从各种形状、各种颜色的岩石缝隙中流出。进而，那水流从一条条隘口、一条条峡谷中出发，然后汇流成河，急匆匆地从刻有凤凰的那块岩石前淌过。两千多年来，站立在岩石上的两只凤凰，始终凝望着从郁郁葱葱的山谷中涌出的一道道水流，目送着它们远去。

这一大一小两只凤凰，是西汉东安人王钦元于昭帝元凤年间所刻。他以线条阴刻方式，在原生粗糙的石面上施以阴线，让两只凤凰在石面凹凸之间，呈现出充满生命张力的高冠、大尾、长腿，"气魄深沉雄大"。凤凰展开双翅，那状态，似要起飞。

凤凰刻石简约、通透的结构和变化较为丰富的空间，带给人们一种灵动、开阔的视觉感。拨开历史的烟云，回望历史的过往，两千多年前的一天，有一个人悄无声息地来到了这里。那天，伴随着叮叮当当的锤击声，在这块裸露在地表之上的岩石上，一大一小两只凤凰依次站立了起来。从此，凤凰第一次被以石刻艺术的形式留在了三山沟鲍宅山下这块岩石上，亦让汉代石刻艺术转移到对于人的内在本质的关怀和感叹上来。

二十世纪初，大文学家鲁迅先生和郭沫若先生，以其敏锐的目光发现了三山沟凤凰刻石非同寻常的价值，并将三山沟凤凰刻石拓片予以珍藏。可以想象，当鲁迅先生、郭沫若先生，在庭院或寝室，在阳光下或灯光下，小心翼翼地打开包裹，仔细察看这幅罕见的凤凰刻石拓片时，他们一定感到眼前一亮，继而生发出许多感慨。中华人民共和国成立后，三山沟凤凰刻石拓片引起著名收藏家傅惜华先生的注意，并且被收录在他所著的《汉代画像全集》中。

三山沟凤凰刻石顺应时代而生。历经秦始皇暴政和多年战乱之后，西汉王朝需要休养生息，采取了"重农抑商"的政策。西汉相当长的一个时期，除去少数特例，文学艺术作品大多秉持以农业经济和儒家伦理秩序为基础的审美。像"上言加餐饭，下言长相忆"等，这些以汉代乐府诗形式表达人情之长的诗歌很常见。石刻画则大多描绘农耕、狩猎、采桑、捕鱼、战争等场景。三山沟凤凰刻石罕见地展现了西汉前、中期相对稳定的体制下，深藏在人的本体生命中的艺术梦想和对于个体生命的心灵观照。也正是这个时期，西汉扩大乐府组织，广泛地采诗合乐，以至东汉末年出现《古诗十九首》，及至后来的唐诗宋词，使中国的文学艺术一步步走向巅峰，东汉石刻艺术也因而创造了历史的辉煌。

凤凰亦作"凤皇"，是古代传说中百鸟之王。雄的叫"凤"，雌的叫"凰"，合称为凤凰。凤凰亦称为丹鸟、火鸟、鹍鸡、威凤等，常用来象征祥瑞，"凤凰齐飞"是吉祥和谐的象征。古代东夷部落曾以凤凰为图腾，及至商代，殷墟甲骨文文献中有凤凰被帝王捕获的记载。周代时，周王室利用天与凤、凤与君之间的神秘联系，以"凤鸣岐山"之说来阐释君权"受命于天"。秦汉开始，龙成为帝王的象征，帝后妃嫔开始称凤比凤，凤凰的形象逐渐被"雌"化，在民间，凤凰的意象也被女性化。

两千年前，一个春暖花开的季节，居住在东安县的王钦元从家中出发了。他跨过沂河，向着三山沟方向走来，他带着锤子，带着凿子，沿着铺满鹅卵石的河床，一步一步地在水流湍急的河道上艰难地前行。王钦元为凤凰而来，此刻，大山深处，春风扑面，山花烂漫，然而，这一切，似乎都被"凤凰"二字消解了。王钦元的背包里装满了心事，他要把他的心事，他的怀念，他的痛楚，甚或他的爱，他的梦想，雕刻在一处没有人烟、没人打扰、永远不会消失的地方。

三山沟，人越来越少，山越来越高，沟越来越窄，水越来越急。三山沟，已经无路可走，不见人影，所能听到的只有不远处传来的狼嚎和各种声调的鸟鸣。这时，右前方不远处，一块被树林、草丛掩映的岩石，赫然出现在王钦元的视野里。

这天，王钦元的愿望实现了。他在三山沟鲍宅山下这块粗糙的花岗岩石上，用锤子，用凿子，深深地刻下了一大一小两只凤凰，最后又刻下了"三月七日"这个日子。

面对站在岩石上的两只凤凰，我想了许多，三月初七，这是清明节前后的时日，按照中国的传统习俗，三月是扫墓、立碑的日子。我突然有点担心起来，我担心王钦元在这里刻下的是一个墓碑，担心那一大一小两只凤凰，是王钦元的妻子和女儿的名字。但愿不是这样，但愿这一大一小两只凤凰，仅是王钦元的即兴之作；但愿这一大一小两只凤凰，仅是王钦元的挚爱图像；但愿这一大一小两只凤凰，仅仅是王钦元对于美的展示。

三山沟，这个历经碰撞，历经挤压，历经撕裂的高地，三山沟，这个几经隆起，几经巨浪冲击，几经大海淹没的高山深沟，在我的视觉和触觉上隐含着远古的记忆，但我说不清它的年纪，因为那一切太模糊，太茫然了，那都是一些朦朦胧胧的过去。但是，在两千年前的那个"三月七日"，有一个名叫王钦元的人，的确来到了这里。那一天，他来了，那一天，他用他的锤子，用他的凿子，用他的思想，用他的艺术和情感，在三山沟这块岩石上刻下了有关生命之美的印记。自此以后，在三山沟门户——竹泉村，那些带有灵性，穿戴着各色羽翎的鸟儿们，年复一年，日复一日，上演着一场场万鸟归巢的大戏。

而今，三山沟已经成为交通便利、车水马龙的旅游之乡。在这里，在这块深刻着一大一小两只凤凰的岩石前，那条满是鹅卵石的河流，依然在哗哗地流淌，河床上，一波波石与水的碰撞，正在以一种亘古不变的声音，悄悄地言说。在这里，在两千年前的那个"三月七日"，王钦元在这块岩石上刻下最后一个文字后，顺着流水的走向，悄无声息地离开了，他的身后，一轮橘黄色的落日，洒下了一片怀有柔情的余晖。

凤凰——东夷民族的图腾，在这片古老的土地上，与三山沟凤凰刻石、竹泉村"万鸟归巢"的场景遥相呼应……西汉元凤年间，三月七日这天，东安王钦元第一次以石刻艺术的形式让凤凰出现在这里，"三月七日"该是凤凰的节日。

回望北寨

真想不到，我读中学时的《中国历史》课本上，那幅《豪强地主田庄粮仓图》的出处离我这么近，竟然就在我的出生地山东省沂南县城西山背面一个村庄的地下。

在这片看似安静的土地里，深藏着一座用大块青石砌成的"地下宫殿"。这是一座汉墓，它的上面是一片肥沃的平原，泥土细腻而深厚。这座"地下宫殿"所在的北寨村，就在碧波荡漾的汶河东岸，东面是一座呈如意形状的山脉。这座被视为县城依靠的山，它的北首似这片平原的枕头，亘古以来，自西部山区滚滚而来的汶河水，向着这个巨大的"枕头"猛烈地撞击之后，迅速调头向南。汶河水来到这里后，或许发现自己不该按照头脑里的逻辑横冲直撞，它必须依循着这个"枕头"的指令，以一种持久恒长的力道，年复一年地滋润这片土地。北寨汉墓则以本应有的寂静和安然，处在依山傍水的状态中，这里也因而被人们视为风水宝地。

在这座地下宫殿内，那些用大块青石做成的立柱、横梁、门框、门墩、门楣，以及四周墙壁上雕刻的中国现存规模最大、保存最为完整的大型石刻汉画像，令人感叹不已。我读中学时，课本上出现的那幅《豪强地主田庄粮仓图》，就是北寨汉墓画像丰收宴飨图中描绘的收租部分。粮仓、粮堆旁有几个正往口袋里装粮的仆人，仆人后面是督粮的管家和装满粮食的牛车，整幅画像呈现出农业丰收后的繁忙景象。课本中，这幅图画虽然是以"反映阶级关系的面貌"出现，但是，画面中人们杀猪、剥牛、滤酒、烧火、洗菜的场景，有一种温润和谐的色调。

北寨汉墓是一座东汉时期的墓葬，有专家认为，它是东汉初期伏湛之墓。伏湛何人？他曾两次被光武帝刘秀封侯，建武三年被封为阳都侯，建武六年被封为不其侯。在伏湛所处的年代，西汉渐趋崩塌，东汉开始崛起，这个时期所发生的一切，与北寨汉墓画像中的战争场面和生活场景相吻合。作为名儒之子的伏湛，西汉时曾传承父业，教授生徒数百人，西汉成帝时，伏湛任博士弟子，并担任过平原太守。进入东汉后，伏湛是前朝官员中唯一受到光武帝两次封侯的人。伏湛是西汉旧臣，在东汉时受封阳都侯，如依专家所论，这座坟墓是伏湛之墓的话，汉墓画面中的某些场景，应该含有西汉时期的一些元素。

北寨汉画像汉墓——当地人称其"将军坟"。相关资料记载："此墓过去封土很高，犹如土山，顶上长有合抱大树。"二十世纪五十年代初，考古专家对其进行发掘。北寨汉墓由前、中、后三室及侧室构成，总面积为88.2平方米。汉墓室内布置均衡，石室由多根八角石柱擎起，大跨度的石过梁，抹角结构的藻井，相互贯通的石室，墓门、墓道，以及酷似近代厕所的蹲坑，实属罕见。而且，墓门、室壁、柱、础、斗拱、门额，枋子上，全都雕有画像。画像石共有42块，73幅，总面积442平方米。这些画像分别刻有朝仪、宴饮、舞乐、狩猎、战争等画面，气势恢宏、刻工细腻、栩栩如生。

在汉墓墓门上方十分显眼的地方，是一块横幅画像石，这是一幅胡汉战争图，图中有一座桥，桥上和桥右有众多手执刀、盾、矛、斧的汉代步、骑兵，他们由右向左冲锋。桥的左边有众多手执刀、盾、箭的胡骑、胡卒，他们翻越层层山峦，与汉军在桥头激战。画面上，那些穿越时空，充满血性的人们，从历史的尘烟中走来，他们让我真切地看到，我们这个民族在历史的碰撞交融中留下的悲壮记忆。渐渐地，我的心情变得沉重了起来，那一组组画面，仿佛就是我们自己的过往。眼前这个战鼓擂动、云烟漫漫的场景中，那一个个熟悉的身影和冲锋喊杀的阵势，似乎早就深藏在我们的身体里，流淌在我们的血液里，镶嵌在我们的记忆里了，因为太过熟悉，很容易让人沉浸在对历史过往的回忆里。

画面的下方则是另一番景象。桥的下边有几个划船的捕鱼人，他们正在安静地劳作，近在咫尺的战争场景仿佛距离他们十分遥远，甚至远得遥不可及。再看墓门的三根门柱，东王公、西王母、伏羲、女娲，及羽人、玉兔、蹶张、仙人、异兽等护佑其间，如此画面，让我强烈感受到人类生存的内涵。人世间所有的一切，仿佛有一缕脉络把古今连接，那是一个恢宏的画面，那是被历史所规划，非个人所能把握，牵扯到每个人的生死存亡，谁也躲闪不开的宏大场景。

这里，北寨汉墓墓室主人的具体身份已不再重要，无论墓室主人是胡汉战争图里的当事者，还是其他画面里的参与者，那车辚辚、马萧萧的历史瞬间，那桥下渔人安静劳作、生活的画面，已经以一种血性和悲壮，以一种对于生活的热爱和体悟，悄然渗透到我们这个民族的血液里了，那是一种饱含精神价值和集体人格的存在，又是一种魂魄样的存在。

历史从来没有静止地存在过，一切都在瞬息万变，但是，这些过往的一切，却始终以一种记忆之流的形式，保持着生命整体的连续性。北寨汉画像石墓中，那一个个历史场景，距今已近两千年的时间了，它以一种历史切片的形式定格在地下的石头上，为我们回看自己提供了一个难得的画面。现实中，我们很容易把自我与历史割裂开来，其实就人的生命而言，无论如何变化，无论如何消逝和再生，它也是一个精神性的整体。记得前些年，我在一本书里看到过这样一段话："我坚信一旦远离历史的飞轮，生命便不再是生命。"是的，人类生命进程中所有的风风雨雨、喜怒哀乐，始终以一种记忆之流的形式流淌在人的血液里，从人类的整体性而言，活着的我们，其实从未死过，否则我们不可能活在现在。

北寨汉墓的第二组画像，刻在四壁、立柱、斗拱、过梁及室顶。这组画面以刻于东壁、南壁和西壁横额的三幅吊唁祭祀图为中心，刻出了墓主身后的哀荣。显然，墓主人非常看重自己的地位和荣誉，同时，也清楚每个人总有一天要不可避免地走完人生的旅程。人，当然不希望自身生命局限在有限的今世，于是不断地引申出许多对于死后世界的想象，墓的主人也不例外。人类从远古开始就没把自身生命局限于"现在"，他们一直向着"明天"展望，基于此，人类生命长河中持续跃动着的那颗灵魂，毫无疑问地成为生命存在的依据。也正因为如此，灵魂贯穿于人的生命过程中，概括了生命问题的全部。

苍茫时空中，人的死亡和降生，很像一次次生命的接力，而这种接力所传承的恰恰是人的灵魂。人的生命如同每年一度的花开蝶舞，绵延着一种不变的永恒。墓的主人也是一样，他并没有常住在他的地下宫殿里，他就在我们的人群当中，并且始终影响着我们的言行举止，影响着我们的情感和情绪，并且与我们一起，一再重见让我们感到似曾相识的那些"其人其事"的面貌。

数千年来，人类生活中遗留下的每一个脚印、每一个瓦片、每一个痕迹，都是我们辨认思考自己时最为直观的依据，也是那个曾经的自己一次次留下来的不断创造的物证。历史的长河中，许多时候，人们不经意间的一个动作、一个选择，或者突然而来的一个念头，甚或日常生活中那些看似平常的事情，常常于有意无意间成为历史的亮点。东汉初年，北寨汉墓旁，匠人锤起凿响，阳光缓缓西移，昼夜不断交替，渐渐地，北寨汉墓光滑的石头上，一种奇诡辉煌的生命艺术开始显现。它所放射出来的人性光辉，照亮了历史的时空，让整个汉代艺术成为中国历史上的一大闪光点。

北寨汉墓画像第三组为中室画像石，四壁、中柱、斗拱、过梁及室顶，是由四幅画面连接而成的车马出行图，在北寨汉墓画像中最为壮观。图中，宅院里众多的亲朋、双阙前庞大的车骑队伍、宅院的建筑和车骑队伍后的送者，让人看到了汉时的繁盛和大气，更让人欣喜地发现，在汉代，人们不仅可以用多余的财富和精力做一些文明等级更高的事情，而且将其中许多做到了极致。且看东壁横额上的乐舞百戏图：众多伎艺人在表演飞剑、跳丸、顶橦、走绳、七盘舞、鱼龙曼衍之戏、车戏、马戏，以及敲奏钟、鼓、磬、铎，吹奏排箫、笙、竽、埙和抚琴……人的潜能能够发挥的程度可谓古今叹为观止。中国人民银行2006年发行了第29届奥林匹克运动会纪念币，六枚金币中，第一枚"马术运动造型"图案就取材于北寨汉墓"乐舞百戏"画像石中的马术形象。金币画面上，一马飞奔，四蹄腾空，马背上有一男子，他左手执戟，右手抓住马鞍，身体飞离奔马，服饰飘荡飞舞，整幅画像造型夸张，动态感强，美得似乎比历史的过往更加真实。

在混乱而多变的历史中，北寨汉墓为我们留下了一个宝贵的空间。我们惊喜地发现，一位"左手执手戟，右手扶马鞍，身体腾空"的男子，从遥远历史的地下一跃，呼啸而来。那男子离我们很远又很近，它的影子隐于我们的身体，又远超于我们的肉体，那或许就是我们的魂。

人是不能没有灵魂的，但现实中的我们，却容易在物欲中迷失和沉沦。若谈信仰的缺失，我们缺失的往往是灵魂。回望我们的生命，我们不得不承认，我们是从四足着地到逐渐站立的过程中，慢慢演变而来的，然而，当我们于旷野雷鸣中顽强地站起，并起步狂奔时，那是何等的壮美和欢腾啊！从此，那个颤巍巍地站起的身影，成为我们心灵深处一种超乎时空的存在，一道贯穿始终的风景。

汉代无疑是我们引以为傲的巅峰之一。我们发现，这里有一场深厚博大的心灵与旷远苍茫的历史和自然的交集。北寨汉墓墓室中，上横额下的四壁刻有许多历史故事图和历史人物图，仓颉造字、卫姬请罪、尧舜禅让、周公辅成王、蔺相如完璧归赵、晋灵公纵犬咬赵盾、孔子见老子、荆轲刺秦王、聂政刺韩累等饱含激情、灵动和智慧的故事，应该都是墓主人生前津津乐道的。故事中的圣贤豪杰，是墓主人生前景仰的人物，不难想象，有一种俯仰天地古今的内在冲动潜藏其中。

汶水滔滔，青山作证。北寨汉画像石墓，规模宏大，墓室结构复杂，画像雕刻精美，内容极其丰富，俨然一座庄严肃穆而又富丽堂皇、美轮美奂的地下府第。北寨汉墓画像直抵人的内心，让每一个人都无法置之度外，它既是汉代生活的一个缩影，更是我们回望自己的一面镜子。

九女墩

九女墩在沂南县青驼镇青驼东村，它南邻蒙河，东靠一条小河。站在九女墩东北方的鼻子山鸟瞰，九女墩周围的平原、河流、远山，以及川流不息的国道和高速公路尽收眼底。眼前的一切表明，这是两条自西北方向向东南方向延伸的山脉，及至这里以最大化散开而出现的一片相对平展的地带，九女墩就坐落在这片不大的平原，它被几座稍高的建筑、黑压压的民居，以及周围那些高高矮矮的树林所淹没。

九女墩又叫神仙墩，九女墩是个谜，没人能说清它属于哪个年代，也很难说清它最初的形状和大小。今天，来到这里的我，更难以看清它的真容，千百年来，由于雨水的冲刷和人为的破坏，九女墩已经面目全非，但是，九女墩依然很大，站在它的上面，仍有居高临下之感。

九女墩的顶部和四周长满了杂草和树木，陡坡处有被雨水冲刷出来的新鲜痕迹，从裸露出来的土块中，可以看到不同颜色的泥土和杂质，以及泥土被挤压后所形成的层层叠叠的纹理。我登九女墩是在早晨，草丛里有好多花蚊子绕着我叮咬，待到墩顶时，一群散养的鸡，扑棱着翅膀从南坡飞了下去。这是雨后的第二天，整个墩子湿漉漉的，墩顶几片从土里露出来的陶片很是显眼，这些经雨水冲刷后暴露出来的黑色的、橘黄色的陶片，好像早就等在那里似的出现在我的眼前。

这些陶片都是残缺的、破碎的，在墩顶和墩子周围随处可见。看样子它们来到这里时已经不完整了，但从形状、颜色和各种不同的花纹上，依然能够让人隐隐约约地感觉到它们曾经的模样。这些神神秘秘的陶片，是古代陶制器皿的遗存，事关人类生活的方方面面，它的内里有人影，有梦想，有温度，有故事，或许正是出于这个原因，人们才把这里称作神仙墩。千百年来，人们一辈一辈地在这里繁衍生息，他们告诉孩子，墩里住着神仙，嘱咐孩子墩上的土不能动，谁动了就要鼻子口里流血。

日出日落，时光如梭，茶余饭后，村庄里的人们总会时不时地提起九女墩来，并且不断地重复着一个美丽的传说：很久很久以前，村里人家办公事时，如果缺盘子少碗，只要去九女墩磕头上香，就可以借到盘碗，甚至是，但凡需要的都应有尽有。不过，传说总归是传说，从土墩露出的众多零散的陶片来分析，最初修筑这座土墩时，人们取土的地方很可能是一座规模较大的古窑遗址，也或许这个土墩就是在古窑遗址上筑成的。记得东柳沟村大汶口文化时期古窑遗址，就有类似的情况。眼前这些残缺不全的陶片，大概是修筑这座土墩的过程中，伴随着土壤一起被搬运到这里来的，从这些陶片的陶质来看，它们的年代已经十分久远了。是汉代、秦朝？战国、春秋？还是周、商？或是史前大汶口文化的遗存？只有等待考古学家来回答了。

我从九女墩返回时，在九女墩北不远处的街道旁，遇到一位正在自家院前整理菜畦子的老人。老人姓王，79岁，看见我走过来后，他边干活边跟我聊了起来。

"你是来看前面那个墩子的？"

"嗯，听人说这里有个九女墩，所以过来了。"

"这个大墩子原先比这大多了，我小时候经常上去玩耍，上面能种地，得有半亩地。"

"哦。"

"现在这墩子还剩下一少半了。前些年有盗墓的来过，他们在墩子上打了很多洞，洞很小，洞口很细，那可能是盗墓人打的探洞吧。我过去看过，那探洞周围被打出许多沙子来，以后也就没见什么动静了。我们平时在这墩子附近的地下打井时，挖不多深就是沙子，看来那墩未必是墓。"

"哦，是这样。这地方发过大水吗？被淹过吗？"

"发过大水，也淹过。我家东边那条河是从鼻子山大崖口下来的水。过去下大暴雨时，河水很急，水都上岸了，没到小腿。这条河过去弯弯曲曲的，一发水就漫了。后来，是八几年那个时候吧，镇里有个叫刘乃余的书记，组织一万多人把河直了过来，从那以后水就没再上来过。"

"哦，这地方距离蒙河又近，那墩子也许是用于躲避洪水的吧？"

"可能是吧，或者是做烽火台用的。"

听了老人家的一番话，我非常钦佩老人拥有这么多乡土知识，老人提供的信息拓宽了我的思路。

九女墩前有块石碑，碑文内容有点含糊，看来九女墩的来龙去脉还是有待考证的。由此，我联想到盐城新丰镇的那个避潮墩，古时，海边的人们为了防止涨潮带来的危害，采取用土筑墩的方法躲避海潮，这些土墩俗称避潮墩。明史《两淮盐法志》卷之三载："避潮墩……墩形如覆釜，围四十丈，高二丈，容百人。"另外，距离九女墩不足 200 公里的宿迁丁岗神墩遗址，也是一个土墩，考古证实，丁岗神墩是新石器至西周时期，古人为躲避野兽和洪水，由人工筑成的土墩。由此可见，我们的祖先为躲避洪水灾害，很久以前就开始采用修筑土墩的方法躲避洪水了。地处两河交会处低洼地带的九女墩，是否用于躲避洪水的呢？根据王姓老人的介绍，这种可能也是存在的。

之后，我查阅山东省地图出版社 2009 年出版的《阳都文史纵横》，在《九女墩与大房顶》一文中，有这样一段话："老人们说，先前这个九女墩很高大，上面有一亩地可耕种。1958 年大炼钢铁时，人们沿着墩子一周挖了很多个炼铁炉，炼铁炉坍塌加上人们不断取土，高大的九女墩便迅速缩小。"这是二十世纪五十年代，那个时候的九女墩已经历经千百年冲刷了，由此可见，九女墩初建时的规模之大。

古老的过去，对一个聚落或村庄而言，修筑九女墩是一次规模宏大的工程，在完全依靠人力的古代，人们为之付出的代价是可想而知的。远古时期，战争连绵不断，男人或征战在外，或战死沙场，许多时候，家中的事务都落在了女人和老人身上。我想，假如九女墩用于躲避洪水的假设成立，那么九女墩这个巨大的土墩，无论它生成于哪个年代，都有可能与女人有关。

女人的命运历来如此，数千年来，被历史车轮拖拽着的女人们，在历史反反复复的转折、变迁中，以及由此带来的一次次巨大的颠簸和挤压下，几乎已经习惯性地服从历史强加给她们的命运。从九女墩赶回来的我，开始小心翼翼地梳理许多神秘而难以琢磨的问题，九女墩的存在恰好给了我一个寻找文化解释的参照。

九女墩这个名字，显然跟女人相关，它让我的思路得以沿着女性命题的轨迹前行。人类经历了太多的苦难，每一个都少不了女人。从遥远的古代到现在，众多女人生儿育女，并且用柔弱的双肩挑起了远远超过她们体力和心力的重担，在这个过程中，她们几乎是默默地承受着所有的艰难和困苦，经历着让她们孱弱的身体和脆弱的心灵几乎无法承受的折磨。九女墩，或许就是女人用她们的双手、双脚和双肩，一点一点地筑成的在危险时刻能够保全众人性命的土墩。九女墩的存在或许正是这种力量的凝聚，这种力量恰恰是我们这个民族数千年来能够延续，能够存在、维持和发展的主因。

九女墩的存在已经超出了其自身的意义，她的存在，以及那些时不时地露出来的有着各种颜色、形状的陶片，饱含人文精神价值。而"到九女墩能借到盘碗"的传说，则提供给人们一种发端于母爱，关乎生命关怀，关涉人与自然的神秘诠释，带给人们一种精神上的支撑和慰藉。

洗砚池

2022 年的这个夏天，我来到了临沂王羲之故居。书圣王羲之离开临沂已经 1710 年了，今日一来，我竟一下跨过了上千年的时光。

王羲之故居在临沂市兰山区北涑河南岸不远处，规模不小。它虽处闹市，但很宁静。传说中王羲之的洗砚池，就在羲之故居的晒书台前。洗砚池好大，占去了大院南边的绝大部分，池边的道路、垂柳、碑廊、亭台楼阁，水池北面的假山奇石、曲径流水、古树残碑，以及那座气势恢宏的庙宇，令整个故居显得古朴庄重、恬静幽雅，又略带一丝荒凉，行走其间，让人陡然产生一种穿越感。

洗砚池静静的，过往的一切像穿行在假山奇石间的流水，一波一波地把自己的所有都投放在生命的波澜里了。洗砚池最先吸引我的，是亭阁下那两个分坐在石桌两旁正在认真读书的孩子，他们让我想了很多，也想得很远。据聂邦瑞先生讲，王羲之于公元 303 年在琅琊国治所开阳县城（今临沂）内王氏大院出生，"永嘉南渡"（公元 307 年）时，琅琊王司马睿和琅琊王氏渡江南迁。当时，因为琅琊王母亲夏侯太妃病重，没有南迁，留在开阳城养病。王羲之祖母夏侯氏是夏侯太妃的妹妹，即王羲之父亲王旷的姨母。为照顾夏侯太妃，王羲之和祖母、母亲等人必须留在琅琊国。直至四年后，即公元 312 年，夏侯太妃薨，王羲之和祖母、母亲、三叔王彬等才南迁建康秦河畔乌衣巷（此时王羲之九岁）。南迁之前，王羲之在父辈的影响下，应该在洗砚池仿写、洗砚过，哪怕只是在这个蝉鸣蛙叫，开满荷花的池塘边玩耍了几年，也不妨碍，无论怎样讲，被尊为书圣的王羲之——这棵中国书法史上的参天大树——是从这里开始生根发芽的。

王羲之之父王旷与琅琊王司马睿关系密切，他与后来成为东晋丞相的王导和东晋权臣王敦是堂兄弟。年幼时，王羲之即经父亲和叔父指点学习书法，后师从卫夫人，在学习钟繇的书法过程中，王羲之对书法加以改革，使楷书、行书和草书"终至定型和成熟"。

我在洗砚池西北方一处售卖旅游产品的店铺，用手机拍了一张王羲之《兰亭集序》拓片的照片，拓片给人一种深邃稳重、淡雅忧伤之感。《兰亭集序》是王羲之于晋穆帝永和九年所作，在那个春天里，王羲之约谢安、孙绰等41个文友，在会稽山饮酒赋诗。王羲之乘着酒兴，使用鼠须笔、蚕茧纸，挥毫泼墨，一气呵成《兰亭集序》。《兰亭集序》就这样定格在历史的天空，酒醒后的王羲之发现《兰亭集序》书写太潦草，又重写数十遍，却已无法超越。恰恰是这幅"勾抹错讹近20处"的《兰亭集序》，被宋代书法大家米芾称为"中国行书第一帖"，被历代书界奉为极品。

历史的时光缓缓进入唐代，手捧《兰亭集序》的唐太宗如获至宝，爱不释手。为了让朝野上下体味王羲之书法的独特魅力，唐太宗下令欧阳询、虞世南等人临摹此帖，分别赐给其他诸侯及王孙贵族。贞观二十三年，唐太宗逝世。随着唐太宗的离去，王羲之《兰亭集序》的真迹也随之在人世间消失。但是，大书法家欧阳询、虞世南、褚遂良、冯承素等人的摹本还在，《兰亭集序》得以传承。

历史的时光中，总有一些秉持着文化自觉的人，他们像火炬接力那样传递着美的信息。洗砚池边，王羲之走了，又有好多人来了。明万历二十六年，沂州知府钱达道将《停云馆帖》中王羲之书帖摹刻在石碑上，清朝乾隆年间，知州李希贤在这里倡建"琅琊书院"……后来，启功、沙孟海、高小岩、张鹤云等书法家相继而来，在这里留下了规模宏大的书法碑林。

如今，洗砚池已经不再只是挥毫泼墨后用于洗砚的地方，它已经成为一种带有强烈文化色彩和富有内在精神的存在。这种存在含有一个文化群体贯穿古今的共同记忆和情感。今天，当我站在洗砚池边，遥看千年之前的王羲之，遥看成群结队的人匆匆南下的场景时，过往的一切都伴随着远去的时光随风消散了。眼前的碑林、庙宇和各式各样的建筑，很难说它们之中的哪一处、哪一点，保留了曾经的式样。一千多年里，这里几经战乱、几经变迁、几经风雨、几经时光的消解，一切已经面目全非，我的视线被一座座高楼大厦严严实实地阻挡，但当我的目光再一次落到眼前正在读书的两个孩子身上时，我的内心怦然一震！这些孩子们难道不是那些走远了而后又赶回来了的这片土地上的希望吗？这样想时，眼前的这片水域，周围的树木、花草和水中的荷叶、莲花，以及游动在浅水里的一群群红鲤鱼，它们愈加让人感到熟悉和亲切了。

是的，正是这片土地、这湾水域，正是这些从地里、水里长出来的植物，这些活在水里和地上的动物和人，一下子把所有的时光聚在了一起。因了这些，一束书圣之光聚焦在齐鲁大地东南一隅的沂蒙大地上，聚焦在这个南北文化冲撞最为激烈的地带，聚焦在一个看似平常的水塘边。他们因为流散而重聚，他们因为存在而轮回，眼前，这些孩子们，他们也会长大，也会走远，他们的每一个轮回，都毫无例外地给予了活着的人们新的内容。

东汉末年，三国之争，及至魏晋短暂统一，又迅即走向分裂和对抗，这种分裂和对抗一直延至东晋、南北朝，到隋统一为止，整整 369 年。由于长期的地方割据和连年不断的战争，这一时期的中国就像一个熊熊燃烧的火炉，所有的人、所有的事物，都毫无例外地置于这个熔炉中。在这个熔炉里有刀光剑影，有哭声，有眼泪，有无奈与挫折，有感伤与退避。在这个熔炉里，我们最终看到的是"野蛮被熔化，内美被提炼"。

站在洗砚池旁的我，内心生发出许多感慨，在这片被儒家思想深入渗透的土地上，我所看到的是"玄学的兴起、佛教的输入、道教的勃兴、波斯文化的羼入"，以及种种文化的碰撞与融合。这一切在这里交汇成一个点，一个文化的点，一个出发、归来、再出发的站点。深受儒家思想影响的诸葛亮，从这里出发，辅佐刘备三分治天下，鞠躬尽瘁，死而后已；集儒、释、道于一身的刘勰，从这片土地上出发，在江南完成了《文心雕龙》的创作，让中国文学批评史上的一座高山拔地而起。也是在这个时期，一位名叫乐尊的僧人，向着西北方向，到达河西走廊的西部尽头，找到一座非同凡响的山，那座山在傍晚时分有金光闪耀，如现万佛，乐尊僧人在那座山的岩壁上开凿了一个洞窟，那便是"千佛洞"莫高窟的第一洞窟。从此，集儒、释、道于一身的敦煌艺术开始惊现于世。

我就要离开洗砚池了,洗砚池很大,洗砚池很静,洗砚池轮换了几多主人?千年后的洗砚池,周围一切已经物是人非。洗砚池很大,洗砚池很静,它与四面八方投来的目光相连接,相交融。洗砚池在这里,洗砚池没有走,洗砚池已经化身为一个文化符号,那符号浓缩成一个饱含中国文化元素的光点,那光点为生命的痛楚和烦恼,为一个个生命的现在和未来找到了指引,那光点与周围无数个相似的光点相衔接,相呼应,相延续……

　　它在这里,永远都在这里……

浮来山

浮来山是我心中唯一的幽静之地，过去是，现在也是。

二十世纪七十年代初，我们沂南县郭家哨联中的同学们，在老师的带领下，徒步三四十华里，去浮来山东面的莒县县城拍毕业照。那是我第一次去莒县县城，也是第一次走近浮来山。去时，翻越山顶的一个凹处，之后一路下坡，很快就来到了莒县县城。

当时的莒县县城马路宽阔，房屋低矮，城中大街北面那座孤独而立的四层楼格外显眼。大家驻足望去，发现楼房的门窗玻璃破碎，四周一片狼藉，有同学私下议论，这里不久前发生过一场武斗。

莒县照相馆正常营业，拍完个人照和集体照后，大家各自回返。不知何故，也许是拍照时不在状态，心里惦记着拍出来的照片是个啥样子，也或许是因为知道县城武斗过后阴影未散，心里有些不安。回家的路上，同行的几个同学，趁一辆上坡的拖拉机行驶缓慢，纷纷爬上拖拉机的后车厢，打算乘坐那辆拖拉机翻过山去。我没有跟从，自己一人落在了后面，干脆放慢脚步，离开主路，直奔浮来山的深处。

浮来山不高，却幽深。我沿着树木掩映的山道，走进山谷，这时，几分寒意的风吹来，我停了下来，抬头北望，看见一座点缀着青砖灰瓦、写有"定林寺"三个字的庙门，赫然出现在层层阶梯之上。我的脚步立刻加快，踏着台阶，拾级而上，向着定林寺走去。

定林寺的门是敞开的，站在大门外向院内望去，一棵粗大的树干遮掩了庙门内里的所有。好一棵大树！它那粗大的树干，遮天蔽日的树冠，俨然成为庙宇的全部。我吃惊地驻足门前。这时，一片金黄色的树叶，在我的眼前轻轻地落下，于庙门、树干间，自上而下，滑出一条直线，然后，安静地着地，紧接着金黄色的树叶纷纷落下。刹那间，整个寺院一片金黄，时间仿佛在那一刹那间停住了。眼前，这棵大树，这些纷纷落下的叶子和满地的金黄，一下子定格在我的记忆里。

一晃，四十多年过去了，无论是曾经的宁静，还是今日的喧嚣，似乎都与这座山没有多少关联，浮来山外围的一切，似乎也与我的那个刹那间的记忆没有多少关联。浮来山是孤独的，又是安静的，它已经孤独、安静成茫茫人海中的一座孤岛。它的这种孤独和安静，今天是，现在是；昨天是，过去是。即使传说中莒子曾在此地会过鲁侯，那也只是一种平和的结盟修好，也仅仅是一缕安静的历史光影罢了，整个过程没有留下点滴的痕迹。

浮来山距离莒县县城很近，站在山坡上即可清晰地看见县城的轮廓。浮来山又名浮丘，位于莒西平原的尽头，海拔仅有 298.9 米，是莒西平原上一座孤突而立的山，这座山看起来并不高，却很有来头，据传："远古时代，神仙浮丘公驾鹤来到洪水泛滥的莒地，适逢一山自东海而来，于是用道法定住。因该山从水上漂浮而来，故名浮来山。"浮来山，好神奇的传说，好动听的名字，或许正是因为这样，浮来山注定是一座天开神秀之山。

浮来山虽然不高，但是很容易让人想起"山不在高，有仙则名"这句话来。那条虽不算长，却给人幽深之感的谷地，总让人感觉有一种清空静谧、悠远苍茫的气息迎面扑来。身处其间时，哪怕是远处传来的脚步声，也能听得出步伐的频率，说话时更得小心，否则就会向整座大山泄露所有的秘密。然而，当你真正壮起胆子高谈阔论时，一阵风吹草动，又淹没了所有的声音。浮来山，距离莒国故城如此之近，距离莒县县城如此之近，但当马蹄声近，当汽车的轰鸣声滚滚而来时，那些声音悄然消失了。哪怕熙熙攘攘的旅游团队蜂拥而至，也即刻显得稀落零散，直至一个个消失在林间小道上。

深入浮来山中，你会发现心中的烦躁和不安恍如烟云一样，在不经意间被一种恒久的安静感悄无声息地稀释了，以至于变得干干净净、空空荡荡。当你站在岩石上，或是站在山间空地上，向着整座山望去时，你会发现一位身披袈裟、于诸种经法中随顺而无争的法师，正在安静地微笑着面向你。他正是刘勰，正是与这座山融为一体了的刘勰。

相关史料记载：刘勰，字彦和，祖籍莒县。他出生在宋明帝泰始元年（465年），经历了宋、齐、梁三代。刘勰家境贫寒，自幼丧父，20岁又丧母，他居丧3年后，24岁投靠沙门高僧，寓居南京钟山的定林寺。刘勰一生笃志好学，未婚娶，他除了校经、读书以外，还倾心于文学理论研究。大约33岁，刘勰写成我国古代第一部系统的文学理论著作《文心雕龙》，但在当时，这部著作却不为"时流所称"。不过，刘勰对自己的著作充满信心，他决心面交当时的文坛领袖沈约，可沈约位高，门阀观念重，刘勰没有资格直接拜访，于是，刘勰身背书稿，装成小贩，等沈约车出，终得相见。

沈约读了《文心雕龙》后，大加赞赏，认为刘勰写得"深得文理"，并将《文心雕龙》置于案头，便于随时翻阅。由于沈约的称誉，刘勰及《文心雕龙》渐为世人所知，天监初年，刘勰离开定林寺，走上了仕途。他先后担任和兼任过中军临川王萧宏、南康王萧绩的记室，车骑仓曹参军，太末县令，步兵校尉，东宫通事舍人等职务。任太末县令时，刘勰"政有清绩"。任东宫通事舍人时，他受到另一位文学家昭明太子萧统的"爱接"，他们共同讨论篇籍，商榷古今。

毫无疑问，1500多年前刘勰《文心雕龙》的问世，在我国文学理论史上树起了一座丰碑。晚年的刘勰把目光投向他的祖籍地——莒县，投向浮来山——这座孤突而立的山，的确是想"放下"了，浮来山也因而成为刘勰的归宿地。我想，刘勰虽然是在南京选择出家的，但是，真正的出家应该是在浮来山的定林寺，在这里，刘勰为自己找到了一个合适的去处。

浮来山位于刘勰的祖籍地，更是刘勰灵魂的栖息地。刘勰选择在浮来山隐姓埋名，并非失意之后的精神填补，刘勰收获得过多，负担过于沉重了，他需要放下，需要抛却烦恼与妄念，获得解脱。他已经不把名声和功利放在身上，理所当然地远离了喧嚣，让自我彻底地处于官方和朋友的关注之外，也因而有了像浮来山一样的恒久和宁静。

从此，刘勰的一切归于浮来山中，他所有的成果和喜悦、顾虑和期盼，都被浮来山的宁静清洗过滤了。过往，每一次来到这里的我，都仿佛看见大树背面有一个孤灯相伴的身影端坐在校经楼上，那身影，以放弃一切的从容和气度，消解了所有的贪欲和妄念。

以后，每当来此，每当站在这棵历经四千年风雨的银杏树下，我总能感觉到这里的宁静，感觉到这种宁静中所蕴含的空寂、深邃和大气。我想，与其说晚年的刘勰选择了出家，不如说刘勰选择了宁静，但为寺庙取名"定林寺"也许是刘勰的一大疏忽，他本来想把自我隐蔽起来，但我们于"定林寺"这三个字中，还是发现了那一脉与天地相接的高峰。

徐公店

　　徐公店是山东省沂南县青驼镇的一个村庄，因古代官方设置在这里的一个驿站而闻名，因盛产备受文人墨客喜爱的徐公砚而广受关注。

　　来徐公店是我不急着实现又放不下的愿望，是装在心里却不急于解开的谜。2022年6月17日上午，气温高达37℃，我来了。徐公店地处蒙山东部，忽高忽低的道路、起起伏伏的丘陵和偶尔冒出来的青石，让它仍有蒙山延绵而来的余韵。路边，大大小小的店铺、红瓦盖顶的房屋、郁郁葱葱的树木和庄稼，在酷暑烈日下蒸腾着滚热的气浪。在岭顶停下车来的我，面对这个古老驿站的遗址，内心生发出许多感叹。

　　徐公店驿站旁，这条绵延数千里的古道，从北京开始，由北向南，跨越黄河，绕过泰山，穿过蒙山，渡过长江，通达南京、福州……历史的尘烟中，徐公店——这片位于高岭之上，开阔而又高低不平的土地，在阳光、风暴、雨水、河流的交互作用下，历经漫长岁月的冲刷，形成了现在的模样。而今，古老的驿道已了无踪迹，这座几经日晒、几经风化、地表已经碎成沙子的丘陵，似在诉说着那个遥远的过去。

　　徐公店南，路西不远处，有一个不起眼的小土包孤零零地立在光秃秃的岭顶。附近一洗车店老板告诉我，古驿道正是经由这个小土包的旁边，由北向南延伸的。他说，这里曾经有一棵古老的柏树，它足有两抱粗。相传小说《说唐》

中的人物，燕王罗艺之子罗成，曾在那棵柏树上拴过战马。他说，他记事时，柏树向着西南方向的那根树枝已经枯死，但柏树还活着，其他的枝干还活着……洗车店老板话语未了，一阵热风吹来，这风竟让洗车店老板的叙述和那棵已经不在了的老柏树，在我的眼前清晰了起来。那棵老柏树在我的眼里很像是这条驿道上的坐标，它粗大的树干冥冥中有一种微妙的磁力，吸引着南来北往的人们。行走在旅途上的人们很远就能望见它，他们来到树下时，会不自觉地停住脚步，抬起头来，看它一眼，然后，下意识地朝着老柏树树枝的指向，继续走下去。

岭上的土包不大，却格外显眼，这是一个足可瞭望四周的高地。站在土包之上，向西、向北放眼望去，天空邈远悠长的深处，有黑的白的云彩交替翻滚，那里似有一种细微不可觉察的东西，与山与水，与古与今，与苍茫大地，一起构成了一幅意境深远的画。那是一幅有关自然与生命交互回应、持续演进的画，画面中，有小小的土包，岁月像流水一样穿梭于这里。千百年来，遗落在这里的马蹄印和马蹄声，如同流水和它的声响，永远不会改变模样。在过往的历史中，这个南来北往的通道上，有许许多多包含生命意味的故事，在这里，任何一个看似平常的事物，都可能在不经意间让人陷入遥远的回忆。

洗车店老板从小土包外围坍塌处捡到残缺的灰砖、灰瓦。我接过手来，感觉沉甸甸的。那灰砖、灰瓦隐含着一种源自古老时空的气息，它似乎想告诉我一些什么，却又很难说得明白。我在土包周围凌乱的废墟中寻找时，又发现了许多片露在乱草中的灰色砖瓦，这些残存的砖瓦积淀着不同时代的尘土，它的内里让人捉摸不透。我想，那里面该有许多过往的时光，许多过往的风霜、雨雪，许多呐喊，许多欢笑，许多爱恨情仇，许许多多贯穿人性本体的原始意味。

这个小土包就是人们时常提及的那个烽火台吗？我用手轻轻地抚摸这些残存的灰色砖瓦，试图感受一下内在的温度，天热得很，这些灰色砖瓦与大热的天气一样滚热烫人。走下高坡，公路两侧隔不多远处就有一处建筑，它们有的是盖着红瓦的平房，有的是两层、三层或四层楼房式的店铺。那些店铺几乎毫无例外地挂有写着"徐公砚"的招牌。

洗车店老板名叫刘一成，47岁，未婚。他告诉我，那些店铺中摆放的各式各样的砚台，都是从这座岭的地下挖掘出来的。砚石出土时外包一层泥巴，边缘有着各式各样奇奇怪怪的花纹。那些砚石每一块都是独立的，每一块的形状都是独一无二的，它们似乎从一开始就是为那些有着独立人格的文人墨客生成的。如今，这样的砚石已经少见了，但是，人们依然不停地在这座岭上寻找着它们，虔诚地期盼着那些浑然天成的石块再一次出现。

这些个性和质感特别的石块，据传与唐代一个叫徐晦的人有关。徐晦赴京赶考时，曾在这里捡到一块质地细腻、形状怪异的石头，会考时，徐晦把这块石头制成砚台带进了考场。当时，恰是严冬，砚墨结冰，书写大受影响，考生中只有徐晦砚墨如常，书写流畅。最后，他考中进士，官至礼部尚书。

一天，落日西下，天幕欲合，大岭之上，一个熟悉的身影出现了，他——徐晦。这天，徐晦携着砚石，在这里停住了脚步，从此，这座岭上的这个村庄，因徐公的归来，被人们称为徐公店。

今天，来到这里的我已不能像徐公那样在这座岭上随意捡一块可心的石头了，那些石头已经成为商品。徐公店的店铺内那些有着各种形状，或大或小，或薄或厚，独立天成的徐公砚，它们的边缘一概保留着原生的状态，那些神秘的图案，像水流，像波浪，像树枝。这些砚石无一例外地带有混沌初开时的印记，这或许才是它们千年万年潜伏不出，偶尔才露峥嵘的原因吧。

千年之前的那个日子，徐晦与那块陪他赴京赶考，后来又陪他来到这儿定居的石头是有缘的，他们的相遇又是破天荒的。京都考场，徐公与那块石头，在那个严冬生发出一种跨越时空的心灵感通，有一股陌生而又熟悉的暖流充盈其间，正是从那个时候开始，这块精细光滑，充盈着浓浓墨汁的石头，启动了一个人面向内心的凝视。

刘一成一直陪着我，他用手指着岭顶小土包南边不远处的一棵小松树说："那棵老柏树原先就在这棵小松树的位置上。前些年，老柏树被人盗伐了。"刘一成紧接着说："那棵老柏树的内里是红色的，是那种深色的红。十年了，老柏树被盗伐后，柏树周围留有一层厚厚的深红色锯末，那锯末散发出一股浓浓的松香味儿。"刘一成说这些话时，流露出一种深深的无奈和惋惜，说完这些话，他眯着眼，看了看头顶上毒辣的日头。

对于那棵老柏树的遭遇，刘一成好像还想说点什么，却欲言又止。顺着刘一成的目光，我的眼前出现了那棵古老柏树的原始轮廓，那是一棵跟徐公在同一朝代出现在这里的树。高岭之上，柏树粗壮的柏枝间有乱云翻滚，有太阳轮照，有群星闪闪，有明月高悬……我想，徐公该是到过这棵柏树下的，或是雨后的夏日，又或是在冰雪覆盖的冬天。

这时，公路上传来了一阵刺耳的汽车喇叭声，那声音把我从遥远的过去拽了回来。眼前，老柏树的枝干不在了，人们随手可以捡拾到的砚石不在了，但是，老柏树扎在地下的根，在地下与老柏树的根相处的石头、土壤和水分还在。它们比裸露在外的那些，比高高在上的那些，更显深厚和博大，这或许才是真正强大而恒久的存在。这种强大和恒久，也许无法被感知，甚至无法被清楚地界定，但它的确隐藏在所有生命的背后，也在一切生命之中。这座岭，这些石头，跟那棵古老的柏树和陪伴徐公进京赶考的那块砚石一样，本来就不是炫耀在高空的，地下，才是它们的根，那根扎入大地的深处，不动声色地同土壤、砂石、水分亲密相处。也许只有这种相处，才能让人感到踏实。

刘一成告诉我，往北不远处有一个修车铺，在修车铺西拐，下坡后有一个泉子，人称饮马泉，传说是马蹄刨出来的。那泉因古驿站用于饮马而得名，近年来，村里有几位病危老人喝了饮马泉里的水后，病情出现好转。一传十，十传百，村里人纷纷到饮马泉取水喝，几个得肾结石的病人，喝了饮马泉的水后，肾结石竟然消失了。后来，村民们出工出力，用石头垒砌了泉池。如今，饮马泉，这眼沉睡了数百年的泉眼，突然火了起来，每天都有人挑着水桶，或开着汽车、拉着水罐奔向这里。

在清朝和清朝之前，当地人称徐公店驿站为"马号"，进入民国以后，邮局取代了驿站。今天徐公店逢集，我遇见正在赶集的闫玉德老人，他告诉我，清朝时期，徐公店马号有马半棚，32匹；蒙阴垛庄有马1棚，64匹。我想，老人所说可能是后期情况，据《临沂县志》记载："徐公店驿，走递马60匹，马夫30名，飞递马夫2名，抄马牌2名，药材兽医1名。"由此可见，徐公店驿规模之大。

闫玉德老人还告诉我说，古时候，驿道上每隔二十里设一站，到站换马，持续传递，有"跑马20里"之说。那个时候，驿站的主要任务是传递军事情报，要求风雨无阻。据说，一次徐公店北河发洪水，飞递马夫渡河时被洪水冲走。

徐公店人称驿丞为"行头"，任姓人家祖上曾在驿站做过行头。徐公店村的任玉成是徐公店驿丞后裔，我在徐公店街头与任玉成谈及徐公店驿站时，他的脸上流露出一种基于祖上事业的自豪感。任玉成，71岁，中等身材，机敏精干。他告诉我，任家是徐公店老住户，在这里已经有一两千年的历史了。他的祖上就是徐公店驿站负责人，在他小时候，家里还有马镫、马铃铛等。

驿道是贯通历史的动脉，在徐公店驿站这个站点上，任家的祖先一直守护着，一辈一辈地传递着人间信息。他们来了又走了，走了又来了。他们骑在飞驰的马背上，从一个站点到另一个站点，以接力的方式来回飞奔。当下回看，徐公店的过往恍如梦境，但不妨碍我走进这个隐藏着许多故事的地方，在这里，我依然能够真切地感觉到徐公店驿站的来来往往，真切地感觉到一个家族根深蒂固的存在。

徐公店，这里的每一个存在都牵动着人的情感和情绪，这里的每一个存在都留有历史的余温。纵使过往的一切渐行渐远，但一切毫无例外地嵌入这片土地的记忆。这一切，一直穿行在驿站古道上，一直穿行在村巷街里。今天，在这里已很难搜寻到有关驿站的蛛丝马迹，但在我的大脑里有一些东西是清晰的，那便是古驿道旁那棵缠满岁月影子的老柏树，那便是古驿道上的阵阵马蹄声，以及徐公与徐公砚故事里萦绕着的缕缕墨香。

这次来徐公店采风，我用了两天的时间。第一天来时，我在墨香斋徐公砚艺社前遇见艺社老板高化征，高老板心直口快，待人热情，知道我的来意后，带我参观了他经营的徐公砚，又领我去不远处的公路边上，参观了高家店遗址。高化征跟我说，他祖上开的高家店也是远近闻名的，过去南来北往推盐的、经商的都住这里，店内厨房、客房、马厩一应俱全。

我从徐公店回家了，当我使用手机把徐公店相关种种记录下来之后，陆游的词《卜算子·咏梅》浮现在我的眼前——

驿外断桥边，寂寞开无主。已是黄昏独自愁，更着风和雨。无意苦争春，一任群芳妒。零落成泥碾作尘，只有香如故。

孱羸的恒流

　　我的"家"在哪里？这个问题一直困扰着我，和许多人那样，我最初的那个"家"也不是在这儿。二十世纪五十年代末，我出生在一个小县城，这个小县城最让我难忘的是那条长年流水的小渠和几湾长满藕叶、开着荷花的汪塘。后来，因为父亲的工作调动，我跟母亲、妹妹去了一个县城西南方卧着一对石驼的小镇——青驼镇。而后，我又跟母亲、妹妹和在青驼镇出生的弟弟，去了县城东北方一个丘陵下的村庄。那是姥姥家所在的村庄，整个村子只有我们一家姓冯，村里由此多出了一家外来户子。再后来，二十几岁的时候，我在沂南县城一处只有一间平房、一个小窝棚，由八户人家共享一个院子的地方安家，之后又一搬再搬。家在哪里？我很难说得清楚。

　　家在哪里？小时候父亲领我去的那个家在县城的正南方，那是奶奶所在的沂南县张庄镇南沿汶村。给爷爷上坟时，父亲领我去的是当时属于砖埠公社的冯家楼子村。也许正是因为这样，我格外在意自己的家，总想知道自己的家在哪里？我在满是荒草的冯家大林，循着一座座历经风雨侵蚀的墓碑，在残破不清的碑文中查找祖先的踪迹，发现来到这里居住的冯家人，没有早于明朝的。我时常在想，在茫茫历史时空中，先辈们是从哪里来到这里的呢？我的家在哪里呢？

　　过往工作间隙，我曾多次询问本地不同姓氏的同事和朋友。当我问他们的家在哪里时，无论"赵孙李杜"还是"张王周马"，他们的回答大多是山西。是的，山西。他们中的大多数人，祖上几乎都是明初大移民时，从山西洪洞县那棵大槐树下搬迁来的。我的家在哪里呢？还好，经过一再询问和查找，我发现我的家没有像我的同事和朋友的家那么远，它就在沂南县城以北，相距县城不足 150 公里的老龙湾。

老龙湾属于临朐县，是山东冯氏发祥地，二十多年前的那个春天，我循着祖辈的足迹来到老龙湾。那是我第一次来。那个中午，天气格外晴朗，当我走进老龙湾大门，悄悄来到绿荫环抱下的那湾水域时，被眼前湖湾中那些数不清的纤细泉流震惊了。偌大清澈的湖湾，密密麻麻的泉涌，那水泡如同珍珠，一个接着一个地从湖湾底部的清沙中跳跃而起，它们连成一条条线样的珠串蹿向水面。它们时而摆动，时而直行，时而交汇，及至水面时，生成了一个个梦幻般的涟漪。

这是我第一次见到水线如林般的泉涌，那一串串水珠，相互打着招呼，时而碰撞，时而拥抱，时而在嬉戏中交融。它们生动活泼的样子，让这湾透明的水域显得格外鲜活。

老龙湾在临朐县城南七公里处的冶源镇，冯氏的先祖可以追溯到元代。元代万户侯冯才兴是冯氏家族最早出现在这里的代表人物，《战国策·齐策四》记载："有能得齐王头者，封万户侯。"汉时，万户侯为侯爵中最高的一等。唐后，万户侯成为高爵位的泛称。及至冯才兴时，万户侯的地位已在侯爵世侯之下，但在故土乡里，万户侯还是颇具影响力的人物。在老龙湾，循着这条线索寻找，家似乎隐约可见了。

明朝嘉靖之后，冯才兴家族中有一支戍卫辽东的后人返回临朐，冯裕是其中的代表人物。冯裕聪颖好学，1508 年考取进士，任贵州按察司副使，史志记载：其"官抗直，有裁断"，且"不谋身家，不讨好他人"。

冯裕才华横溢，爱好文学。年老归家后的他，与挚友八人结成海岱诗社，在老龙湾边把酒问盏，吟诗作词，辑有《海岱会集》。而今，当我站在泉涌如林的老龙湾边翘首回望时，已是"逝者已去，阴阳两界路茫茫"了，尽管如此，行走在泉水竹影间的我，在那些数不清的纤细泉流和竹林间的小道上，仍能隐隐约约地感觉到先人们曾经的过往。湖水边，亭阁下，那一个个身穿长袍、拈须吟诗的体姿和容态，仿佛就在眼前。冯裕晚年诗作颇丰，他留存后世的诗歌，多达 128 首，辑有《方伯集》。后来，冯裕的曾孙冯琦，将冯裕诗作分别编入《五大夫集》和《北海集》。

冯裕秉性刚直，从不阿谀奉承、溜须拍马，他非常钦佩刘勰的创作观，对《文心雕龙·指瑕》中"若掠人美辞，以为己力，宝玉大弓，终非其有"这段话，十分赞同。冯裕的诗"直抒胸臆，不事雕琢"，与当时"台阁体的歌功颂德"和"那些一味以模拟剽窃为能，成为毫无灵魂的假古董"截然不同。冯裕继承现实主义传统，深入生活，创作出具有自己特点的文学作品。魏允贞在《海岱会集》序中，称其"异乎今君子诗矣"。后人称：冯裕诗风开启了临朐文学之先河。由此可见，冯裕诗歌之不俗。

临朐冯氏家族是明清时期著名的文学世家。家族之中，从第一世到第六世，有 17 人出仕为官。其中第六世冯溥，曾任文华殿大学士，正一品官员。另有进士 10 人，举人 31 人，贡生、监生、庠生 343 人。更有 5 人的作品被采入《四库全书》。

冯裕信奉"学而优则仕"，强调"忠孝传家，兄友弟恭，清正廉明，不阿权贵，文韬武略，才智兼备，进退适宜"。有研究者评论称："正是这种不迷恋权势的心态，能够让冯氏的官宦子弟，在官场上进退自如，没有受到皇帝的猜忌与同僚的排挤。"清人刘树谈及冯氏家族时认为："临朐冯氏之所以能够成功，与其第一世冯裕有很大关系。"冯裕之子——明散曲家冯惟敏是我印象最深刻的一位，相关资料记载：冯惟敏聪颖好学，才华富赡。他自幼跟随父亲游宦南京、平凉、石阡等地，与兄冯惟健、冯惟重及弟冯惟讷，同以诗享名齐鲁间，时称"临朐四冯"。冯惟敏于嘉靖十六年中乡试，由于累举进士不第，居家 25 年，其间曾因得罪山东巡按段顾言而被捕。后来，冯惟敏任涞水知县时，又因惩办"豪民"，触及地方邪恶势力的利益，遭到诬陷，被降职为镇江府学教授，不久又任保定府通判。隆庆五年末，冯惟敏被改任鲁工府审理时，放弃官位，辞职回临朐老家。回家后，冯惟敏在老龙湾南岸建"即江南亭"，他自称海浮山人，时常与朋友饮酒作诗。其间，冯惟敏著述有《海浮山堂词稿》和《石门集》，并主纂嘉靖《临朐县志》、万历《保定通志》等。

冯惟敏对后世影响较大的作品，是他的散曲集《海浮山堂词稿》。其中《农家苦》《忧复雨》《刈麦有感》等，"或讽贪，或刺虐，或戳弊，或揭恶，均为警世醒民之作"。他的杂剧《僧尼共犯》，通过僧尼私通，后被官府判为夫妻的案例，指出"男女居室，人之大伦"，"传流后嗣，繁衍至今，乃天经地义之事"。他的散曲，被清初诗人、文学评论家王士祯评价为"独为杰出"。可以说，晚年的冯惟敏用文学的形式，把所有的同情和忧虑都给予了这片他生活的土地。

无疑，在山东大地上，冯氏家族已经深深地扎下根来，这里已成其履历中十分重要的部分。在这里，他们拒绝了喧嚣，融入了宁静，在这里，他们以其品格和个性，以其才华和诗性，以其气节和韧性，为这方土地注入一股浓烈而鲜活的文脉。但是，从历史的角度而言，山东仅是冯氏家族的重要站点之一。在历史的时空中，冯氏后人像滚滚的江河不停地向前奔流。史载：冯氏"五十六世才兴公，由湖北江夏（楚地）迁山东青州（临朐）"。显然，临朐老龙湾还不是我要寻找的那个"家"，"湖北江夏"是否就是我要寻找的那个家呢？也不是。"家"一直作为我的期待，我的遥望，我的向往，存在于我的心里。

此刻，天色已晚，万物进入沉睡，身处异地的我难以入眠。面对手机随手敲打着文字的我，忽而萌生出一种懵懂飘忽之感。我想起许多有关冯氏家族的往事。在漫漫云烟中，老龙湾，以及几千年来祖先们经历过的一个个站点和那些映射着祖先身影的事物，时不时从历史的记忆中跳了出来。那些近在眼前又如梦似幻的过往，时远时近，时隐时现。这时，在苍茫时空中，先祖冯惟敏的一首诗——《望远曲》，由远而近，渐渐出现在我的眼前：

朝上西风楼，莫忘夕阳津。夕阳照草头，荡漾平无垠。借问天低处，无乃大块滨。茫茫飞鸟外，望望离群人。离人不可望，一望泪沾巾。

伴随着这首诗的出现，我的内心开始循着一条屡羸的恒流逆向而行，"茫茫飞鸟外，望望离群人"……借问苍天，我的"家"在哪里呢？这时，我突然想起前些日子，翻阅著名学者流沙河老先生所著的《诗经点醒》一书时，在他的《秦风·蒹葭》部分发现的一个人——冯夷。

冯夷是文王第十五子毕公高的后裔，古代传说中的黄河之神。关于他的传说很多，他的称谓也很多，如无夷、冰夷、河伯、冯循等，后人泛称冯夷为江河湖泊之神。流沙河老先生说："《秦风·蒹葭》中提到的那个'所谓伊人'，正是西晋干宝写的《搜神记》中的冯夷。"他认为：以往有关《秦风·蒹葭》的解释"虽然美，但不真实"，真实的情况是牵扯到悼念一个古人、一个贤人。那是秦襄公时期，秦国违背周朝礼仪，搞军事专制。大臣冯夷起而抗争，结果失败了。之后，冯夷弃官归隐，并于八月初五投水而亡。《秦风·蒹葭》所描写的，是人们在河边悼念冯夷的场景——

蒹葭苍苍，白露为霜。所谓伊人，在水一方。溯洄从之，道阻且长。溯游从之，宛在水中央。

蒹葭萋萋，白露未晞。所谓伊人，在水之湄。溯洄从之，道阻且跻。溯游从之，宛在水中坻。

蒹葭采采，白露未已。所谓伊人，在水之涘。溯洄从之，道阻且右。溯游从之，宛在水中沚。

读着《诗经·秦风·蒹葭》，沿着流沙河老先生的叙述路径寻找，苍茫大地上，那个敢于与强权抗争的冯夷走了，冯夷身后的人们来了。人们来到河边寻找冯夷，悼念冯夷。八月初五，"蒹葭苍苍，白露为霜"，这时，"所谓伊人"已经去了水的那一方，"溯洄从之"的人们顺着"洄水"溯流而上，想找到冯夷，然而"道阻且长"。

尽管这样，每年八月初五，人们又重新集结起来。他们成群结队来到河边。"蒹葭萋萋，白露未晞"，这个时候，露水还没有干，"所谓伊人"在远处那片长满水草的地方时隐时现。"蒹葭采采，白露未已"，"在水之涘"的冯夷，让人无法接近，然而，人们却忘不了他，忘不了这位为了坚持自己的政治主张而投河自尽的贤臣。光阴荏苒，巧合的是，数百年后的五月初五，在与冯氏祖居地和出发地同属楚地的汨罗江畔，屈原也投江而亡。

《搜神记》中记载："冯夷，华阴人。"并说"华阴在陕南"，"以八月初五渡黄河始"，八月初五成为民间节日——白露节。流沙河老先生说："八月初五节，古书上没有记载，但是两个端午是有记载的。"根据这个说法，民间最早就有两个端午，一个是八月端午，一个是五月端午。这两个节日，一个是用来纪念冯夷，一个是用来纪念屈原，由于两个节日内容相似，后来，纪念冯夷的八月端午节消失了，但是，人们没有忘记冯夷。《搜神记》中说，冯夷"服八石，得水仙"。唐朝钱起在《湘灵鼓瑟》中云："善鼓云和瑟，常闻帝子灵。冯夷空自舞，楚客不堪听。"钱起诗中，波浪滚滚的江面上，冯夷起舞弄清影的身姿清晰可见。庄子在《内篇·大师宗》中写下"冯夷得之，以游大川"，更让人看到一个栩栩如生的黄河之神的形象。

写到此处，夜晚格外沉静，一股冷风从窗外吹来，轻轻吹拂着窗帘。我下意识地放下手机，走出屋门，院内有蒙蒙细雨沙沙飘落，不一会儿就打湿了我的衣服。站在院内，我努力透过夜幕向西天望去。淅淅沥沥的雨，在秋风的吹拂下，让我的思绪走得好远，以至于与先人的身影在阴沉沉的天空中互动了起来。我仿佛看到了泉，看到了河，看到了江，看到了海，仿佛听到了大地发出的各式各样的流水声。那水声如琴如鼓，那水声如泣如诉，那水声有对生存的渴望，有对天人合一的追索，那水声让我的思绪于天地之间，追随着一个个时而清晰、时而模糊的身影跳动。

同所有家族一样，冯氏家族命运多舛。我们脚下的这片土地，承载了过多的饥荒、瘟疫和战乱，祖辈的身影像头顶上的云，时聚时散。历史的路途上，一代代先人的身影，大多被断裂的历史所尘封，所埋没。但是，他们的身影又始终盘旋在神州大地上。他们从洪荒中走来，在混沌中创建了秩序，他们如同鸿鹄展翅，从大海飞向高原，从黄河飞向江南。

大雨继续下着，"家"在哪里？"家"勾起了我心中潜藏多年，对于人生命题的遐思，"家"也因而以一种朦胧的磅礴和大气兼容了当下的小我。伴随着哗啦啦的雨声，冯夷的名字又一次出现在我的眼前，有关冯夷的"夷"字，东汉许慎在《说文解字》中称："夷，从大从弓，东方之人也。"清朝朱骏声在《说文解字通训定声》中说："东方夷人好战好猎，故字从大持弓，会意。大，人也。"也就是说，"夷"字的本义是持弓的东方之人。所谓"东方之人"亦即"东夷人"，身处古老东夷之地的我，心想，冯夷的"夷"字与东夷的"夷"字，不仅同形、同音，而且同根同源，如果以这个"夷"字为线索慢慢地寻找我的"家"，"家"或许就要渐露其形了。

查济古村听乡音

　　查济古村是闻名全国的古村落，地处群山环抱的安徽省宣城市泾县桃花潭镇境内。最先引起我注意的是这里的查姓人家，查姓祖上自唐朝末年从山东济阳来到这里后，口音和生活方式早已徽化，但是，在他们的语言里有一个字的至今未改，那就是山东话里的那个"俺"字。山东人常说："老乡见老乡，两眼泪汪汪。"身为山东人的我，不需牵扯别的什么，这个"俺"字一下子就拉近了我与查济古村的距离。

　　查姓祖上来到查济后，很快就扎下根来。这里的人们大部分都姓查，查姓的读音为"zhā"，但是他们最早并不是这个姓。据说查姓的祖先原来姓姬，名叫姬延，在周朝时期被封于山东济阳的查地，后来这一族人也由姬姓改为查姓了。

　　我查了一下地图，按高德导航路线搜寻，发现经由省道和高速公路，从查济到山东济阳的总里程是889.2公里，这些路程在古代算是够远的了。但是这些人还是从山东来到了这里，而且还在这个偏僻的山间谷地里，建成了一座有108座桥梁、108座祠堂、108座庙宇的规模庞大的村落。我深为这些远道而来的"山东老乡"而骄傲。

　　今天的查济古村，历经时间的剥蚀和人为的毁坏，已经今非昔比，但尚存的古代建筑仍有140多处。比如，雕刻细腻、结构精致的明代涌清堂、进士门，尚存的 40 余座石桥、30 座祠堂、4 座庙宇，以及建于元代的德公厅屋，毫无雕琢之痕的水郎巷，建于清朝中期的那座精雕细琢的怀素堂等，它们在初冬泛黄的色调中，更显古朴典雅、厚重苍茫。

　　早上，行走在查济古村那条左转右拐的清一色的石板路上，我一直在想一个问题，我们的这些"山东老乡"到底是怎么来到这里的？目下，我的脚下那条被无数个脚印打磨得溜光锃亮的青石路面，在太阳的照射下闪烁着古老、深厚、温柔的光泽，它好像在提醒着我，唐末那次北人南迁，是我国历史上第二次大规模的人口南迁浪潮。唐后期，战乱频发，生灵涂炭，身处动乱漩涡的北方民众背井离乡，被迫来到相对安定的南方避难。那次南迁规模很大，迁移人数有 100 万人之多，而且持续时间很长，直到唐末和五代十国时期才结束。莫非这些山东老乡是那次南迁过来的？在关于查济古村的一份资料中，一个很不起眼的地方，有这么一句话："当年查姓盐商所盖房屋占据查济村东二分之一以上的土地。"莫非这些山东老乡的到来与盐有关？唐朝末年，盐税征收特别严重，许多人为了逃避官税冒险贩卖私盐，结成了一个个贩卖私盐的群众团体。公元 874 年，也就是唐僖宗即位那一年，河南濮州盐贩首领王仙芝聚集数千农民起义。不久，山东冤句（曹县以北）盐贩黄巢也起兵响应，查姓老乡是否与这次起义有关呢？不得而知。但有一点是肯定的，即查济古村的繁荣与查济盐商的存在密不可分。

　　查氏族谱中记载："自唐宋以来，查氏族人在这里订立了一系列家规、家训及家理。明嘉靖年间，族人查绛又进行了整理，订立家规 10 条、家训 14 条和家理 5 条。"而事实上，在当时，这些家规、家训和家理就是查济人的"法律"。那个时候，查氏家族势力庞大，拥有对其成员立规立法的权力。这种权力的力量甚至超越了执政当局的法律效力，这些家训、家规在宗教礼仪上，也就具有了法律替代不了的功效。由此可见，唐末迁居此地的查氏家族，一开始就有相当的实力了。显然，这些"家训、家规、家理"不是一挥而就的，它的形成可能基于家族传统的继承，也可能基于某种社会组织活动的需要。

　　关于查济的来历还有一种说法，即唐初任宣州刺史兼池州刺史的查文熙，发现查济这个地方山川秀丽、风景优美、气候宜人，于是，晚年在这里定居了下来，查姓人氏也随之来到这里。当然，也有说查姓在隋朝就从山东来这里的了。但无论怎么说，在历史的长河中，查姓家族的确来了，的确从山东长途跋涉而来了，而且，他们很有实力，从一开始就出手不凡，并且一代一代地用汗水和智慧，为我们留下了一座经久不衰、古意盎然的村落。

历史上，一个家族的兴亡和衰败是十分常见的，在我的印象中，许多大的家族都好景不长，很容易步入某种"周期律"的魔咒，用不了多少年就开始走下坡路了，甚至衰败到销声匿迹。过去，老人常说"穷不过三辈，富不过三代"，这似乎成为一条千古铁律。不得不佩服查济古村的查姓家族，它应该算是个例外。查姓家族唐朝末年从山东迁移过来以后，就在这里站稳了脚跟，及至明末清初，人口达到十万之多。查济人好学向上，一旦中举、进士及第、做官、封诰、发财，就会出资建设祠堂，以光宗耀祖、鞭策后人，因而众多的祠堂成为查济古村的一大特色。几百年来，查济古村虽然历经战乱和浩劫，却顽强地延续至今。现在查济古村规模依然很大，整个村子的布局像个迷宫，它那七弯八拐的巷道处处相通，自成一体。外来人行走其间，忽东忽西，时常掉向。

查济有岑溪、许溪、石溪三条河流穿村而过，徽派建筑鳞次栉比，街巷两旁黝黑的屋瓦，浅灰色的马头墙，古朴典雅，错落有致。而且，这些几百年前的建筑，多数依然有人居住。在这里，你可以一览历史遗留下来的真迹，你可以感受到源自古老岁月的宁静，你可以随意拍照，不必担心主人的责问或呵斥。房主可能早已习惯了这些，我们所在的客栈，包括许多小店，主人自管忙活，许多时候店门大开，却不见人影，或许所谓的"防范"或"隐私"，对他们而言压根就不值一提。

这次与许嘉鸿兄来查济古村，获益于沂南县画院副院长郭峰提供的信息。在从广西桂林去江西婺源的路上，郭峰通过微信告诉我们，查济是一个非常适合写生的地方，他正随临沂市画家采风团在查济写生。得到这一信息后，我们调整方向，追踪而去。到达查济后，被太阳晒黑了的郭峰，饶有兴趣地告诉我们，查济古村的狗跟别处不一样，它是属于整个村子的，它蹲到谁家就在谁家吃，走到谁家就在谁家住。我想，这也许与这个村子的村规民俗有关吧，或者说这与一个家族长期形成的"大家庭观念"有关。这种"大家庭观念"能够吸引你与它一起向着生活的深层探掘，进而窥见查氏家族文化形成和延续的脉络。

来查济古村，我所能看到的虽然仅是一些外在的表象，但是，溪水边洗衣的村姑，窄巷中慢行的小狗，石阶上半睡半醒的小猫，桥头屋角专注于写生的画家和学生，街上闲散的行人，端着饭碗站在大门口慢悠悠进食的男女老少，以及迎着晨光打开店门的各种店铺,唤醒了这座古老村落的记忆。查济古村——这个持续繁衍了上千年的村落,让人于平静的生活中窥见一种别样的繁盛和大气。那些远道而来的旅人们,刚一落脚,就被眼前徽式的建筑和幽深的古老街巷吸引了。是的,查济古村留给人们一段绵长的光阴,作为纪念的凭证,在它的每一角落里,岁月的苍苔依旧墨绿如初,那一道道、一湾湾清澈的溪水,让一身旅尘的人们,即刻安静了下来。

查济古村,那一栋栋古老的建筑,那一条条古老的街巷,那一座座古老的石桥……这些查济人遗留下来的,无声无息的,但又饱含血脉传承和精神指向的"作品",大多在生活的挤压和对生存的抗争中产生。在这个过程中,查济古村在特定的价值尺度中,逐渐形成了一个统一的价值框架和一种富有文化意蕴的生存方式。

今天,行走在查济古村青石铺垫的街巷里的我,想起这些早已徽化了的山东人,想起他们那个有别于安徽人的发音,那个始终未改的"俺"字,或许就是这座古老村落所折射出的另一种视像和姿势,又或者说这个"俺"字正是查济人拼搏奋进、守望历史的印记。

永远的寻找

下午，我与朋友在我家小院内品茶，谈着家族文化的延续与传承问题，其间，提及南蛮子破风水一事。类似南蛮子破风水的传说，在我们这里很普遍，这些传说由此生发出了许许多多神神秘秘的故事，这些故事给家乡这方土地增添了许多神秘的色彩。长期以来，在这些神秘色彩的内里，一直隐含着许许多多有关人的血脉和根源的疑惑和猜度，它以一种启示和关怀的形式，以一种焦虑不安的心态，弥漫在这方土地上。

沿着历史的河流追根溯源，我们会发现，所谓"蛮夷之地"只不过是人类在特定境遇中的一种叫法。古代，长江以南生产力低下，有些地方几乎没人居住，所以被称为"蛮夷之地"。"蛮"的称谓最早来自周代的《礼记·王制》。"东方曰'夷'，被发文身，有不火食者矣。南方曰'蛮'，雕题交趾，有不火食者矣。西方曰'戎'，被发衣皮，有不粒食者矣。北方曰'狄'，衣羽毛穴居，有不粒食者矣。"这段文字是周王朝对周边少数民族的描述，但是，确切地说，"南蛮子"这种叫法源于明末清初。清初，清军占据长江以北，明朝遗老遗少逃亡绍兴、福州等地，清廷称南方反清起义人士为南蛮子，这在当时是一种带有歧视性和侮辱性的称呼。

我小的时候，仍时常听到许多有关南蛮子的传说。这些传说大多与风水有关。在北方流浪的被称为南蛮子的人，我也遇见过。他们大多单独行走在村庄的大街小巷里，很少结伴而行。他们有的耍猴，有的卖货。他们行踪诡秘，像风像云那样时出时没、飘忽不定，你不知道他们从哪里来，更不知道他们要到哪里去。一位比我年龄稍大一点的朋友回忆说，他小的时候，也在村庄大街上常见那些被称作南蛮子的人，他们放洋片，说话快得别人听不懂，给他一捧瓜干，可以看两张洋片，多给他一些可以让你看完。那些所谓的洋片，装在一个方形的盒子里，类似于我们现在所说的幻灯片，通过观察镜可观看里面的影像。

在我的印象里，那些走街串巷的南蛮子，每个人都带着一个包裹，那包裹通常背在身上，即使偶尔放在身边，也不许他人靠近。大人们说，那些人很精明，懂风水，那包裹里的东西千万动不得。大人们的话，似乎话里有话，像是隐藏了一些不便言说的事情。后来我想，说这些在北方四处流浪的人为了破风水而来，是站不住脚的。在我的感觉里，他们好像也不是单纯为了谋生而来，许多时候，我隐隐约约地感觉到——他们另有使命。

所谓南蛮子，大多是来自黄河中下游的难民后裔。他们的祖先迫于战火或饥荒，陆续离开了家乡。他们的根其实就在我们这里。记得小时候，有一个问题让我百思不得其解，我当时居住的下房家沟村竟没有一户人家是姓房的，他们去哪儿了？问母亲，母亲摇摇头，用一种好奇的目光打量着我。后来我发现离我们村庄不远处的房家岭村，竟然也没有房姓人家。有好多好多的村庄，他们原来的主人早已不知去向。

他们去哪里了？只能去历史的过往中寻找答案了。在中国历史上，中原及山东一带曾经有过三次人口大规模南迁。史料记载：永嘉之乱西晋灭亡时，中国历史上出现了第一次大规模的人口迁徙。随着东晋政权在南方建立，北方人口向南方迁移的规模更大。截至南朝刘宋初年，南渡人口已近30万户，达到90多万人，占当时南方总人口的六分之一。中原人口南迁的第二次高潮，发生在唐朝安史之乱以后。当时，黄河流域因"安史之乱"遭到严重破坏。而后，北方少数民族进攻中原，并趁唐朝边备空虚之机大量内迁。待到唐末五代时期，少数民族与地方割据势力因争权夺利而引发的战争连年不断，北方百姓家园被毁，只好背井离乡，举家渡江，来到相对安定的南方寻找安居之所。地理学家胡焕庸教授认为：由安史之乱引发的中国第二次人口大迁移，从根本上改变了中国人口地理分布的格局，使南方人口第一次超过了北方人口。中国人口地理分区的中心首次由黄河流域转移到长江流域。

进入宋代，北宋靖康之变及宋室南渡，导致中国第三次人口南迁高潮。钦宗靖康二年，在金军的强势攻击下，徽、钦二宗被俘，北宋覆亡。康王赵构逃到临安即位，建立南宋。北方广大沦陷区的百姓，由于不堪忍受金朝贵族的统治，纷纷举族迁移。江南相对安定的社会环境和许多尚未垦种的可耕地，也吸引了那些渴望安居乐业的人们。北方大批王族、官员、士民，接连不断地拥向南方的荆湖、两浙等地。这一时期，在中国历史的版图上，出现了"中原士民，扶携南渡，不知几千万人"渡江南下的难民潮，以至于出现了"建炎之后，江浙湘湖闽广西北流寓之人遍满"的现象。

随着北方大量劳动力和先进垦殖技术的南迁，原先的蛮荒之地逐渐变成鱼米之乡。南方的经济文化、社会环境很快超越了北方。但是，在历史的路线图上，南方这片已经远比北方富饶的土地上，总有那么一群人，依然持久地回首北望。尽管他们不是大批的，甚至仅是零散的，却义无反顾地踏上了回乡之路。因而，长江以北，中原大地，沂蒙山间，出现了一个个让当地人觉得神秘莫测的人。他们身背包裹，一辈一辈地，在中原大地，在沂蒙山间，寻找他们的故乡。他们背上的那个包裹沉甸甸的，那包裹里装满了先人的灵魂和嘱托，他们要为它找一个适合安放的地方。

中原大地，沂蒙山间，已经今非昔比，所到之处都是陌生的面孔，他们唯有把自己的心事深深地隐藏。曾经的故乡已经面目全非，生活在这里的人们开始用一种警惕的目光打量着他们，甚至把所有的不幸都归罪于他们。他们那些寻找故乡的举动，在当地人看来怪怪的，是那么不可思议。他们太精明，太神秘了，以至于坏了当地的风水。

最近，我在翻阅史料时发现，宋时，金军强势攻占江北以后，山东所剩人口仅有200万人，原住民更是所剩无几。可以想象，在历史上那个风声鹤唳的夜晚，仓皇出逃的人们，几乎来不及回看一眼家乡就消失在夜幕中了。这个时候，少数有心人急匆匆地抓上一把泥土、捡起一块小石头、一块瓦片，又或拿起一本经卷塞进包裹。自此，许多村庄消失了。在能够延续下来的村庄中，有的村庄的名字前依然保留着原有姓氏的印记，如"韩家庄""王家湖""尤家埠子"等。但是，那些村庄名字前的姓氏，跟他们的身份和去向一样，已经成为后来者心中一个永远解不开的谜。

传说中的南蛮子，是徘徊在江北大地上的一阵阵思乡的旋风，是穿越时空的魂魄一样的存在。那些身背包裹、神秘兮兮的人们，他们的寻找，是一种对于人间悲喜、离合的注视和感喟，那是一场追根溯源、久久凝视着远方的漫游。他们的寻找虚无缥缈，他们的寻找是再也找不到家的寻找，是自己也不知道是在寻找的寻找，却又是经久不息的寻找。

古槐因缘

　　朋友村里的这棵老槐树，谁也说不清它的年纪，朋友告诉我："爷爷说，他爷爷的爷爷在世时就有这棵老槐树了，那个时候老槐树的树干就已经空心了。"但是，直到今天，老槐树依然枝繁叶茂。

　　某日，朋友约我到他沂河西岸的一个园子里喝茶，与在别处喝茶不同，朋友为我沏的茶的颜色类似于红茶，却有一种别于红茶的清香味。朋友微笑着说："这是我自己制作的国槐茶。祖上一直喝这茶，而且都是早上空腹喝的。"进而，朋友又强调似的跟我说："早上空腹喝国槐茶，是祖上传下来的习惯。"

　　朋友谈及的国槐茶，我有所耳闻，并且见过。那是前些年的一个夏天，我在同学茶庄喝茶时，见货架上摆放着贴有国槐茶商标的茶盒，却没有太在意。国槐茶有别于普通的茶叶，主要原料是槐米或槐花，槐米、槐花生于大树，凝聚了土地的精华，据说"国槐树十年开花结果，槐果在树上二年不掉不坏"。

　　如今，经省政府公布，国槐茶已经成为国家非物质文化遗产。有着悠久历史传统和清晰传承脉络的国槐茶，至今仍以活态的形式存在，它能够成为国家非物质文化遗产，自然是实至名归的事情。国槐茶所具有的"清热去火、延年益寿"的功效，自不待言，但是，国槐茶作为饮用茶，并且能够一辈辈地传承下来，我想，这里面应该是有许多故事的。

　　记得小时候，大人们总爱说，咱们是从山西洪洞县大槐树上的老鹳窝底下来的人。而且，为了证实这种说法，大人让孩子们看自己的小脚指甲，并说："但凡小脚指甲两瓣的人，就是从老鹳窝来的。"待孩子们掰开脚趾，看到那个长着两瓣的小脚指甲时，纷纷瞪大了好奇的眼睛。不过，大人们说过这些话后，并不当真，至于"小脚指甲两瓣的人"是否真的是从"老鹳窝"底下来的，也没人太当回事儿。但是这些传说的背后，的确有许许多多让人心酸的往事。

历史上，中国社会常常动荡不安，尤其是宋朝灭亡后的一百多年间，中原大地战乱频发，民不聊生，加上连年的水、旱、荒、疫，山东、河南等地人烟稀少。明朝建立后，在洪武初年至永乐十五年间，先后组织了八次大规模的移民活动。山西是人口稠密之地，洪洞县又是晋南人口最多的县，自然首当其冲成为移民县。史载：明永乐年间，当地官府曾七次在大槐树左侧的广济寺，集中没有土地的农民和人多地少的百姓，要求他们迁往人烟稀少的山东、河南、河北、安徽一带。

明朝移民是带有强制性的，据说，官府为了防止移民半路逃跑，将几个人捆绑在一条绳子上，由押运的官差牵着行走，其间，如果有人要大小便，需要向官差报告，先解开手上的绳子。后来，只要有人要求"解手"，官差就知道他的意思了，久而久之，"解手"二字成了如厕的代称。

今天，我们依然可以想象得出，在那个遥远的历史时空中，当一队队被用绳索拴成串的人们扶老携幼，从老槐树下含泪告别故土时，那难分难舍的情景。现在，当我们站在历史的高处远眺时，茫茫大野里，那一长串密密麻麻的人流，越走越远，越走越小，他们头顶上的那弯月亮越来越大，越来越显冷清。土地一片一片地后退，一块一块地走远，我是什么，我的明天会怎样，不知道。直到今天，漫漫长路上，他们在历史典籍上踩下的那一串长长的痛苦而迷茫的脚印，依然清晰可见。每当翻开这段历史的书页，我总能够隐隐地听到从那棵老槐树上传来的老鹳的哀鸣。

迁徙的路途上，那些远离家乡的人们，经过千里奔波之后，来到一个十分陌生的地方，总算有了个着落。在荒草萋萋的地方落户的人们，一直忘不了藏在心中的那些往事，尤其忘不了出发地的那棵大槐树，于是，有人在村子中央宽敞处栽了一棵国槐树。伴随着国槐树的成长，渐渐地，人们自发地向着这棵国槐树聚拢。这是一个有温度，有怀念，又颇有几分凄美意味的现场。村子的中央，从故乡走来的这棵老槐树，它的树干渐渐地变粗变大，枝叶渐渐地变得茂密起来，人们看到它，就像看到了故乡。因为它，夜深人静的时候，人们常常在一个有关于老槐树的梦里惊醒。

秋天，饱满的槐铃铛几经挤压后，溢出了一滴滴黏稠的土黄胶状物，那是最熟悉，最亲切的颜色了，向前追溯，我们会发现，那土黄与黄土地，与爱，与伤口或疼痛粘连在一起。傍晚时分，村里的老人们就像接到通知一样，手拿板凳、交叉、木墩，来到老槐树下集合。他们喝茶，抽烟，谈农事，拉家常，他们有的间或眯起眼睛，望着头顶上朦朦胧胧的树冠发呆。那是一双眼睛在注视着另一双眼睛，那是无数双眼睛在注视着无数双眼睛，那一双双眼睛里面有一个自己与另一个自己，他们在进行着一场超越时空的对话。这个时候，那目光中的树冠，有一种因凝视产生的敬畏，有一种因紧密地靠近所带来的亲昵感萦绕其间。那树是不能随便砍伐的，从树根、树干、树枝、树叶，直至槐花、槐米，每一处都隐含着一种真实的情绪和情感的波动。那是一种永远深扎在黄土里、恒久不变的生命根源。

秋天，老槐树上的树叶一片片地落了下来，村庄的人们捧起它时，就像捧起了一片片无法还原的岁月。如果人有灵魂，在告别故土时，那个瞬间的回眸，以及由此留在心里的记忆，也许就是灵魂了。因为，那记忆是一种有疼痛、有动感、有温度、有液汁、有灵气、有爱恨、有不舍的存在，那也许正是从内心深处涌向外在的虚空后，又返回头来从头顶贯穿到脚底的乡愁了。

夏日，一位老人在老槐树下乘凉，一大朵槐花不偏不倚地落在了他的手心，他舍不得扔掉，用双手小心翼翼地把那朵槐花捧回了家。他把槐花轻轻地放到茶碗中，然后烧开水，让槐花在水中慢慢地浸透、复活。刹那间，一缕清香扑鼻而来，他就是朋友爷爷的爷爷。记得有人说："'人'字在草木中构成了'茶'字，也诠释了茶最本真的模样。"我对此说深信不疑，并且通过这棵老槐树上飘忽而来的茶香味，对茶有了更加深刻的理解。品茶更像是人与自己内在生命的互动与对话，是人的生命路程上，一种关于生命深意的停顿和回眸，一种自己与另一个自己的亲近，一种人生历经生命苦涩之后的释然。而眼前这杯盛满乡愁的国槐茶，足以让一颗心在一杯散发着幽香的茶水里安顿下来。

苍茫大地，几多荒芜，在时间的跑道上，那些从荒芜大地上突然冒出来的乡村，它的历史尽管没有写在纸上，却生长在大地上，并且深深地扎根在泥土里了。那一棵棵老槐树，那一碗碗散发着阵阵清香的国槐茶，不正是乡村历史的真实写照吗？

　　朋友的园子静静的，所有的一切都静静的，不远处的老槐树上偶尔传来几声鸟鸣。园子正中，树林间的敞篷内，有阵阵幽香萦绕。在这里，老槐树已成为一块刻满乡村记忆的村碑；在这里，国槐茶和它的故事世世代代传承了下来；在这里，国槐茶的清香味与周围所有的事物一起，散发出一缕缕来自一个族群的那种亲切、熟悉而久远的人间情味。

一个王朝的痛点

明初大迁徙，有疼痛，有眼泪，也有收获，它让几近荒芜的土地重新得到开垦，人口得到增加，经济得到发展，民生得到稳定，由此可见开国皇帝朱元璋的眼光和作为了。

历史很像是一个人，每一个朝代几乎都毫无例外地有生有死，或者说历史就是一个人，无论身处哪一个时段，都会与一个个生命的过去、现在和未来相关联，他甚至于每一声呐喊，每一场欢笑，每一滴眼泪，每一次无奈，每一声叹息都息息相关。

有时候尽管你不想回到过去，不想直面和重复前人的经历，它却如影随形地跟你在一起，让你在不知不觉中重走前人走过的老路，待你离开以后，又会有人和你几乎一样地继续走下去。因而，每当我驻足回望，并且仔细打量过往历史的足迹时，内心总会生发出许多无奈和叹息。

许多时候，明朝——这个历史的站点最让我感到眼熟，因为，在那里我很容易找到华夏民族最为真实的那个自己。历史的过往中，生命犹如一年一度的花开花落，生死就像日出日落一样随意而密集。这一切，看起来似乎没有多少变化，早晨，醒来的人们又早早地出行了，那些不知疲倦地忙碌着的人们，似乎没有太多别的想法，他们似乎仅仅是为了活着，仅仅是为了一个家，仅仅是从家里出发，然后再回到家里。正是基于这种印象，在过往的历朝历代中，我把明朝与自己拉得最近。

　　每当提及明朝，我们的史学家们总感觉五味杂陈，这段历史太过真实，这段历史太过深刻。这段历史最离不开的是它的主角朱元璋，对于朱元璋这个人，一旦提起他来时，总少不了褒扬或鞭挞的声音。朱元璋是个很有作为的皇帝，他做了皇帝以后，认为其子孙关系到天下之安危，一再告诫他们"蓄养德性，博古通今"，并且十分自信地说："庶可以承藉天下国家之重。"但遗憾的是，最后的结局与他的愿望恰恰相反。

　　在朱元璋的观念里，那个以血缘关系为纽带、用"亲亲之道"拱卫大明一统江山的路线图是天经地义的，他认为"家"才是"国"的根本。因而，直到今天，当我"重返故乡"，去回望和寻找华夏民族生命里那些蛛丝马迹的时候，依然能够清晰地看见那些鲜活的血缘亲情和亲情怀抱里的"家""国"之痛。

　　谈及朱元璋，我无意从政治的角度对他做过度的解读，朱元璋首先是人，然后才是皇帝。我之所以很容易走近他，是在于我与他有一个璞之本然的故乡，这个故乡依存于大地，无论时间如何推进，也改变不了它的本然属性。于是我惊讶地发现，现实中那些让人容易忽略的事情，一旦把它们收集起来加以提炼，我们就会发现我们的生命如此真实，如此简单，人与人如此相似，人与人的距离如此之近。朱元璋是真实的，也是简单的，尽管看起来他高高在上，尽管在许多人看来他的人格很复杂，甚至有点"阴险毒辣"，其实，真实的朱元璋远没有我们想象的那么复杂。从一个穷小子到皇帝，对朱元璋而言，身份转变所引起的改变，尤其是给他所造成的心理之差太大了。这一切，一度让朱元璋觉得自己生活在梦里，因此，他对周围的事物多了一分清醒，多了一些警惕。

　　茫茫人海，芸芸众生，人都是有个家的，做了皇帝后的朱元璋自然也会想到这个"家"字，很快，他在铲除异己的同时，开始大封诸王了，要让他的子孙"皆据名藩、控要害，以分制海内"。他认为，只有这样，家才更有个家样。虽然，这一切从表层上看，是因为他吸取了前朝覆亡的教训，觉得"外人不可靠"，只有把权力分封到自己最信得过的儿孙手里，才可以让政权永固。但是，我觉得更深层次的原因在于，他想以这种方式，让皇权永远惠及他的子孙。

　　据明朝人王鏊所说，明朝"正德以来，天下亲王三十，郡王二百十五，镇国将军至中尉两千七百"。可见明朝分封规模之大。在"王鏊说"中，虽然对于朱家中尉以下，王鏊未做详细叙述，但按照明制"五世孙辅国中尉，六世以下皆奉国中尉"的规定，随着时间的推移，朱元璋的子孙在大明国土上形成了一支庞大的宗藩势力。

朱元璋非常重视家族的繁衍，史载：从洪武二十五年（1392 年），到弘治年间的百余年里，仅山西大同的代王的后代，男性有 570 余人，女性达 300 余人。而洪武十一年（1378 年）就藩的太原晋王，至嘉靖初年，其子孙已增至包括郡王、将军、中尉等 1851 名。张翰的《松窗梦语·考宗正籍》中记载，明隆庆初年，朱元璋家族宗藩人数"属籍者四万，而存者二万八千五百有奇"。但是，由此带来了问题——这些宗藩的耗费实在是太惊人了。以嘉靖初年为例，嘉靖中叶，全国所供京师之米 400 万石，山西一省存米麦不过 152 万石，仅山西晋王一府便"岁支禄米 872300 石"，大量的米、麦被皇族所占有。大明王朝就是一个货真价实的家天下，而这个家天下所滋生出来的那些整天张着嘴吃皇粮的庞大群体，注定会成为压垮大明王朝的最后一根稻草。

历史一再证明，以血缘关系为纽带的皇室统治是靠不住的，吴楚七国之乱的教训，朱元璋不是不知道，尤其是历史上兄弟为争夺第一把交椅，时不时地演绎出的骨肉相残的悲剧，更是屡见不鲜。这些，朱元璋在世时已经有人提醒过他，最典型的例子莫过于叶伯巨的万言书了。当时，时任平遥县训导的叶伯巨恳切地跟朱元璋说："分疆愈制，祸患立生，援古证今，昭昭然矣。"他建议："诸王未国之先，节其都邑之制，减其卫兵，限其疆里……"但是，朱元璋听后勃然大怒，他说："小子敢间我骨肉，我见且切齿，可使吾儿见乎！速取来，吾将手射之，且唉其肉。"可见，一旦涉及亲情，即便是身为皇帝的朱元璋也丧失了理智。朱元璋的这种"丧失理智"，也许恰恰是因为他骨子里的那种"清醒"，所以，即使明朝后来相继发生了大大小小的诸王谋反事件，也没能改变明王朝的"亲亲之道"。

我想，这些正是朱元璋想要的，"亲亲之道"是朱元璋血脉和骨子里的存在。早在《孟子·离娄上》中，古代中国就有"不孝有三，无后为大"的遗训，而且对于子孙，每一个人都有一份任何人都替代不了的骨肉之情。也正因为这样，朱元璋在我的心目中变得人性化了许多。但是，不得不承认，朱元璋忽略了他所处的地位，忽略了他"封建诸子，期在藩屏帝室"以及利用皇权溺爱子孙所带来的危害。

及至朱元璋七世孙朱厚熜，晚年的他不但不在朝堂处理政务，反而深居西苑，迷信炼丹，并且强迫宫女吃桑叶、喝露水，以至于发生了熟睡中的朱厚熜差点被忍无可忍的宫女勒死的丑闻。也正是这个时期，海瑞买好棺材，将家人托付给朋友，冒死呈上《治安疏》，批评朱厚熜迷信巫术、生活奢华、不理朝政等，力主严惩贪官污吏、禁止徇私受贿。朱厚熜收到奏折后，一怒之下把海瑞关进监狱，并将"无父无君，弃国弃家"这八个字送给海瑞，承办此案的大臣在向朱厚熜奏报海瑞一案时，便给海瑞定了一个"儿子辱骂父亲"的罪名。于呼哀哉！中国士大夫的风骨与气节就这样毁于一旦。"亲亲之道"让后来之人少见直臣，随之而来的是"读书做官，封妻荫子"成为父母让孩子受教育的初衷和目的，当官做史的人则在琢磨着怎么样"拉关系、找门路"，"行贿"二字也被冠以"送礼"的美名，堂而皇之！

明末清初魏禧曾慨言："明季天下宗室几百万，所在暴横奸宄，穷困不自赖，为非恣犯法，而南昌宁藩之子孙尤甚。崇祯末，诸宗强猾者，辙结凶党数十人，各为群，白昼捉人子弟于市，或剥取人衣，或相牵讦讼破人产，行人不敢过其巷……"明代这些宗藩的纨绔子弟们，在李自成揭竿而起之时，除极少数人物之外，他们几乎个个暴露出了胆怯和无能。清兵入关时，他们更是不堪一击。之后，更让人们叹息的是，明亡后，躲在南京弘光小朝廷的福王朱由菘，只知在残山剩水间恣情享乐。他用"人参饲犬羊"，并四处收集蟾蜍，制作春药，赚得"蛤蟆天子"的秽名。

写到此处，我抬头转向窗外，已是正午，透过明晃晃的门窗玻璃，可以看到满院暖暖的阳光。今天，在有关一个朝代的叙述中，明朝那个远去的影子里，有一处"无法弥补，无法修饰的黑洞"。那个黑洞的里面，有一处关乎我们每一个人的深入到血脉和骨头里的历史痛点——"亲亲之道"乎？！

怕向东方听子规

    我一直敬拜文字，尤其是那些几经劫难侥幸留存下来的饱满滚烫的诗行，那些诗行虽然与我隔着好长一段时光，但我依然能够真切听到那些由远及近的心跳声，以及深藏其中的幽微而深沉的叹息声。

    初春的下午，老作家高禄堂先生来到我的办公室，用一双颤巍巍的手从包内掏出一本手抄诗稿，郑重地委托我将其转交给相关部门。先生说，诗的作者名叫高玉章，是他祖上八世老姑奶奶，明崇祯年间兵部侍郎高明衡的妹妹，嫁沂水籍京畿五城兵司马张兆圣。随后，先生又补充道："高玉章的诗曾被镌刻在沂源县东里镇张家墓地石碑上，'文革'期间，石碑被毁坏，这本诗稿是根据张氏后裔的手抄记录和回忆整理得来的。"

    高禄堂先生是山东省沂南县大庄镇人。毫无疑问，女诗人就是沂南同乡了。先生走后，我迫不及待地打开诗集，先睹为快。我屏住呼吸，小心翼翼地进入，恍惚间，工整的诗行里，有一股孤独、彷徨之气扑面而来：

> 恹恹细雨又黄昏，人傍凄凉立暮云。
> 残绿渐凋桐树影，啼红不断锦机纹。
> 归期未定休重数，音信难凭怕误闻。
> 销尽水沉香阁晚，长空月冷雁呼群。

这是高玉章诗集《玉映草》手抄本中的七律《新秋》，《玉映草》虽然几经后人传抄，但透过这些文字，我依然能够感觉到内里的温度。我仿佛看到女诗人带着生命中的无奈与感伤，从那个遥远的过去，一步一步地穿越层层历史的屏障，向我走来。这个时候，我的眼前，女诗人于生命的虚妄和变灭中，为我开启了一扇门。她让我猛然感觉到，她所开启的不仅是心灵之门，更是生命中依然鲜活的真相。

明朝万历年间，女诗人出生在沂河岸边的大庄村，是沂河绵软细腻的沙滩、清澈透明的流水，最先在女诗人的身上散发出生命意识的光泽，大家闺秀的她没有别的愿望，只想做一个普普通通的女人，她需要在女儿、小妹、妻子、母亲，这些看似平凡、实则伟大的家庭角色上安度人生。

一个朦朦胧胧的早晨，正当花季的她含泪告别了父母，沿着沂河溯流而上，远嫁百里之外的沂水县大张庄村。然而，正当她与心爱的夫君共同营造甜蜜的爱巢时，丈夫却要远去千里之外的南京任职。明朝官员异地任职是不允许带家眷的，夫妻两人只能天各一方。

还好，她终于盼到了探亲的时日，但很快又要别离了，清江浦口，望着丈夫渐行渐远的身影，她怅然若失，写下了七绝《送兆圣之清江浦口占》：

春尽杨花似雪飞，别君何日画蛾眉。
云山满目愁多少，怕向东方听子规。

然而，更让人意想不到的是，女诗人与丈夫这一别却成为永别。不久，丈夫英年早逝的噩耗无情地降临，从此，孤寂的山村，冷冷清清，每一天都是"昼长慵倦又黄昏"……孤独的女诗人只有"人阻天涯早闭门"了。

女诗人最怕失去的，就这样失去了，从此，几多无奈尽在"花落乌啼"和那个"无限"的"恨"字里，整夜伴随着她的唯有"满窗明月照飞魂"。丈夫偶尔也会回来一次的，但那只是在梦里，而且，说走就走。这时，女诗人的世界里，只有"晚风轻软透罗裳""遥望云山但渺茫"了。

丈夫走了，高玉章的生活里也仅剩下诗了。高玉章的诗是一种真情实感的流露和表达，她没有豪放派诗人的放达，也没有婉约派词人的哀怜，这是诗吗？

这分明是流离转徙的岁月里，一个鲜活生命的感叹！面对夫君生命的消逝，还有什么比之于挽留之虚空的痛切？丈夫的猝然离去，对诗人的打击是毁灭性的，那一道道诗行分明是女诗人痛贯心肝的哀号。这些悲戚的诗行，分明是一个鲜活生命的燃烧，是一种在时光中凝结了自己全部灵魂的羽化。这个时候，沂蒙大山深处，每一间屋顶都铺盖着深灰色的沉重，每一声鸟鸣都发出了生命的悲叹，唯有天上的繁星把诗人的心引向一个可以容纳无边想象的渺远处。

不久，大明皇帝阴冷的目光投向远在江南的东林书院，随后与魏忠贤演绎了一场"东林血案"，明朝的衰败开始走上不归路。接下来，西北黄土高坡上的李自成揭竿而起，差不多也在同一时期，努尔哈赤的儿子皇太极开始向明王朝发起进攻，中国历史上改朝换代的"周期律"又一次演绎着。

恰在此时，诗人的长兄高明衡被推为河南道试监察御史，而后出任河南巡按，在开封与李自成的农民起义军决战。孤独的女诗人开始用诗句把自己的情感与亲人的命运连在一起，在数不清的日日夜夜，她把诗性的目光一次次投向大山之外："蒹葭苍苍白露霜，秋水伊人天一方……青山到处随兄马，梦断魂萦雁失行。"（高玉章《佚题》）

在兵荒马乱的大地上，丈夫早逝，兄长驰骋沙场，年迈的父亲镇守蓟北，高玉章唯有以诗抒情："潇潇雁渡北风高，挑尽残灯夜寂寥；无限伤心愁绿绮，几多别泪织红绡。千般离合都成梦，百种忧烦总为娇；转眼何堪又重九，可怜空对菊花朝。"（高玉章《重阳》）

又有五年未见父亲了，父亲，您好吗？高山之下的油灯下，高玉章写下了数首七绝《父任蓟北相别五年》：

一

蓟城风暖雪初消，极目边云望处遥。
几度伤心愁不见，春风犹发去年桃。

二

鸡鸣初旭晓霜寒，别后空啼血泪干。
万里白云秋一色，鸿书寄到不堪看。

三

杨柳烟霞二月初，春风轻暖雁飞无。

白云何处迷亲舍；红日遥瞻近帝都。

四

望断天涯几度秋，白云飞尽水空流。

蓟门风紧无双雁，谁寄音书到并州。

五

榴花初放乱莺啼，夜静无聊望月时。

几度伤心空下泪，边城何故在天涯。

孤灯清影下，女诗人高玉章的绵绵思念在周身的血液里行走，时不时地幻化成一排排娟秀的诗行，像滚滚的沂河水那样，自深山之中奔流开来。她时而幻化成南飞的鸿雁，时而蒸发成高天上的流云。她紧紧追随着亲人的踪迹，述说着对丈夫、对兄长的无限思念和对父亲的深深怀念。在这个过程中，女诗人高玉章用身体和灵魂联结成情感的通道，持续地传输着生命深处的声音。

此刻，我手中的《玉映草》沉甸甸的，那一排排饱含生命热度的诗行，是一种"自明的、寂然长存的、超位格的存在"，它让生命的倾诉凝练成永恒。

高玉章的诗均系情思之作，语言清绝，字词隽永，如泣如诉。命运多舛的女诗人，终因忧郁过度而辞世，终年 50 岁。崇祯末年，在万物凋零的深秋，因病回归故里的兄长高明衡，来到女诗人生前居住的寝室，在书箧中发现妹妹高玉章题为《玉映草》的诗集。高明衡睹物思人，悲不自胜，遂在沂源东里镇张家大林高玉章的墓前，立石碑一通，并选部分《玉映草》诗，连同自己新撰的《玉映草小引》刻于碑上。石碑高 2.2 米，宽 1.6 米，厚 0.39 米，上刻《玉映草》五言绝句 4 首、五言律诗 7 首、七言律诗 3 首。内容为《题梅》1 首、《送夫》7 首、七言绝句《怀父》6 首。另刻高明衡所作《忆妹》6 首、《寄妹》6 首。

在张家大林，高玉章诗碑历经 300 年的风风雨雨，布满了岁月的皱纹。高玉章诗碑作为一座历史的造型，尽管显得苍老，但它承载了一种足以触及人们心灵的生命意识和情感意识。女诗人的诗碑尽管毁于那个人人皆知的年代，诗人的灵魂却在。一个春末夏初的早晨，星期六，天空的西北方突然黑了起来，继而下起了小雨。不知为什么，女诗人"青山到处随兄马，梦断魂萦雁失行"的诗句，突然跃于我的眼前，我抓起电话，约作家高军和高禄堂先生一起乘车向沂源奔去。

我们原计划直奔女诗人的墓地，快要到达目的地时，高军提议先到镇政府了解一下高玉章的情况，我们就临时调整计划，先去了东里镇政府。接待我们的是办公室的一位小伙子，听说我们的来意后，热情地把我们领进二楼接待室，并打电话告诉他们的宣传委员，结果宣传委员下村了。我们知道乡镇工作很忙，告诉他给我们点资料即可，谁知半小时后，镇里的宣传委员、文化站长，竟然风尘仆仆地先后赶了回来。更让我们感到惊奇的是，两位都是女的。我们是来探寻女诗人的，出面接待我们的又是两位女主人。她们已经下村了，又改辙回来，是巧合，还是缘分？由于我们事先没打算到镇政府，也未开介绍信，高禄堂老师手中的高玉章诗稿便成了我们的"证件"。还真灵，两位女士不仅及时地向我们提供了相关资料，介绍了镇里的基本情况，还很快请来一位老干部向我们介绍女诗人的情况。

东里镇曾是抗日战争时期山东省国民政府临时驻地，1937 年，山东省政府主席沈鸿烈曾躬亲拜瞻过女诗人的诗碑。该镇背靠文山，沂河从镇政府前穿行而过，高玉章的墓地就在镇政府往东不远处。目前，东里镇是全省十大经济强镇之一，2006 年财政税收 3700 万元，2007 年财政税收预计可达 6000 万元。而且，镇委书记也是一位文人，还写下许多不错的散文。另据两位女士讲，镇政府非常重视文化建设，正在筹划女诗人的碑林和雕塑蓝图。

交谈中，就发现两位女主人都很有文化素养，事后，女主人热情地留我们在镇食堂就餐，饭后还执意要给我们带路。我们深知她们工作的艰辛，不忍心再给她们添过多的麻烦，带着感激之情谢绝了。路上大家有很多感慨，或许，是基于所有人心中有的一首同样的诗，才有了今天的会见，这种发自内心深处的文化认同感才是"特别的通行证"啊。

离开镇政府，我们很快到达女诗人高玉章的墓地。张家大林背倚松柏苍翠的文山，面向波光粼粼的沂河，可谓风水宝地。它原是沂水县张家的庄园，主人张时俊是明朝河南开封府的知府，知府的长子就是诗人高玉章的夫君。高玉章墓地在文山前左侧，沂河北岸。文山并不算高，但在山的中段有一转弯处，恰构成一个巨大的坐西北、面向东南的座椅形状。在我的印象中，承德的避暑山庄、莒县的浮来山均有相似的造型，但承德的座椅是帝王鸟瞰华夏大地的所在，浮来山的座椅是出家人超度的处所，而这里，我隐约地感到一种诗性的存在，听！那山的名字，一个"文"字了得。诚然，承德也有诗，那是霸气的帝王之作，浮来山也有文，那是过于理性的文学评论和对于生命的超度，而这里却像山石那么纯朴，像河水那么清澈，像血液那么灼热，它最切近人性，它的吟唱伴随着每一个人的心跳，我因而相信情感才是诗的土壤，心灵才是诗的守护神。同时，我们不得不佩服一种力量，一种来自女性的大海一样的情感力量。近代，愈来愈多的思想者，从女性的身上发现了一种理疗社会弊病的力量。听！歌德曰："永恒之女性，引领我们飞升。"

遗憾的是，随着时代的变迁，女诗人的坟墓、墓碑已了无踪迹。此刻，我们的心里沉甸甸的，我们只有在心中说：玉章先辈，你的娘家来人了，我们溯流而上，沿河而来，只因为这儿有你。万物复苏的季节，女诗人，你在观赏那漫山红遍的桃花吗？怎么没有看见你婀娜的身影？你坐在那唯属于你的座椅上吗？怎么没有看见你？不！温暖的山风正在抚摸着我们的脸庞，那分明是你的气息。哦，那座椅上的片片翠绿分明是你的裙裾。哦，看见了，你时而遥望着故乡，时而面向我们微笑。

我们就要回家了，回到曾留下你少女倩影的清清的河湾，回到曾留下你琅琅书声的沂河岸畔。脚下的温凉河水，是你思乡的泪水吗？请允许我们掬一捧回家吧，我们知道酷夏之时凉的一半是你，严冬之时暖的一半也是你。

天不早了，我们顺沂河而归。在女诗人诞生的地方，沂河与汶河悄悄地交汇相融，一股股源源不断的之于大地母性的恒流，在诗人的故乡汇成了一个大写的"人"字——她像一群南飞雁队的影子，静静地在沂蒙大地上蜿蜒而行……

花之寺

　　惭愧，应该早来这个地方，我站的这个地方——人称鼻子山。此地以地貌特点冠名，顾名思义，这是一座状如鼻子的山，由于加了鼻子的名头，这里便让人觉得多了几分大地呼吸的气息，也让这座山的骨骼与肌肉、血脉与经络多了一丝灵气。

　　这个地方现在是鼻子山国有林场的场部，它三面环山，平展向阳，曲径通幽，是出家人理想的隐居修行之所在。观四周遗迹，显然，这里曾经有一座寺庙，看，不远处那些残存的石碑螭首和赑座、四季不枯的水井、柏树森森的山头，依然弥漫着岁月的神秘，缭绕着清净之气。不过，把这里说成是沂蒙这片古老土地上最早的诗社所在地，你可能不信，但是，它确实又是。

　　过去，这里的确有一古刹，当地人叫它花山寺，史料上记载为花之寺。据未遭毁坏前的寺内碑文记载，花之寺初建于隋，直至明、清依然香火缭绕。古寺庙遗址，在沂南县境内并不少见，如青驼寺、尚庵寺、观音寺等。但佳作频出，文人向往，跨越明、清两代的诗人汇聚之地，却仅此一处。

　　鼻子山国有林场——这个在沂南县境内颇有名气的场部，就是大名鼎鼎的花之寺所在地。花之寺坐落在一座悬崖下的平台上，四周有高大的树木环抱，残碑旁那眼古井，如同洞察世事的眼睛，它的幽深处，晃动着自天空投射下来的郁郁叶影。井的四周，昔日的寺庙已经面目全非，但是，那种诗性萦绕的气息依然寄寓其间。

自明代开始，花之寺就像一个诗性的磁场，把远远近近的诗人们吸引了过来。自此，花之寺的名字从这里源源不断地流出，很快在朝野文人中广为传播，并且以河流奔涌的速度，演绎出一段段诗坛佳话。

每当想到花之寺这个名字，我对家乡这片土地便增添了一份敬意。来到花之寺的这些诗人，许多是当时名声显赫的官员或在社会上担当各种角色的人。他们走进这里时带着满腹的心事，但是，当他们登上山顶，向着山外的天空兀自凝神后，曾经的腹中事、心中思，便悄然散去，山里的路径上不断传来阵阵轻松的清响。

花之寺，它让每一个来到这里的人，心中有一种难以平复的悸动，它让每一个离开这里的人，卸下了沉重的行囊。走进这里，天、地、人一起化成一个生命的整体，这里，上苍深深懂得大地，也深深懂得走进这里的每一个人。冥冥中，经历过被山野晨露亲吻的人，那个外在的他，在这座山崖下的树荫中消逝得无影无踪，平时深藏不露的那个"内在的他"，缓缓地转过身来，向着这个世界的深处走去。

他，杨光溥，沂水县人，明朝成化五年进士，刑部主事。也许是花之寺的诗意过于浓厚了，他辑古人和当代人的诗句，编成《花之寺集古》。他的辑句功力深厚、浑然天成，单从他的"跻阁攀岩入化城（明，林子羽），东南石上柏林青（明，蓝智明）。云生紫殿幡花湿（唐，卢纶），锡响空山虎豹惊（唐，许浑）"的辑句，就可见一斑。他继而又让我们看到"野服乘闲到上方（明，林子羽），六千身色两相忘（金，刘彦昺）。焚香昼静云依屋（明，包师圣），归寺僧稀叶满廊（明，高启）"的情景。

在这里，在花之寺的林荫下，杨光溥的目光像一束玄妙的针线，沿着一道无形的中轴，把跨越数个朝代的诗句巧妙地缝合在一起。这些诗句里，文化被赋予了山野的气质和性格，一下子让不见踪影的花之寺又活了过来。

杨光溥为官清廉，博学多才，著有《剪灯缲谈》《沂川文集》《梅花集咏》《杜诗集吟》《月屋樵吟》《素封亭稿》等诗文集。"雕崖山下是源流，百里南来始负舟，月影恍移湘水夜，涧声遥认楚江秋。派分远浦还同色，浪拍长天无尽头，正是暮春修禊罢，舞雩风里任遨游。"这是杨光溥描写沂水的诗句。好一个"派分远浦还同色，浪拍长天无尽头"。杨光溥的诗句不仅有孔子观看流水时发出的"逝者如斯夫，不舍昼夜"的意味，还有一种超越了"混浊和清澈"，源于天地时空的超然物外的高远情怀。"正是暮春修褉罢，舞雩风里任遨游"，杨光溥的诗句，今天读来，依然让人备感亲切和大气。

明弘治初年，沂水知县张玉等六友同游花之寺。他们中有王懋，字勉之，刑部郎中；武衢，字廷亨，明成化二十年进士，选监察御史，因疏劾寿宁侯骄横，忤旨，落职归里；苗用成，字秀实，东莞庠生，成化年间以贡士入仕；刘昆，字和尚，东莞庠生，成化年间以贡士入仕，官至直隶迁安县知县；张铨，字文衡，东莞庠生。他们相约以"我爱花之好"为起句，每人作一首五言诗。

春末夏初，"岚光翠欲流"的花之寺内，六友即景生情，各赋诗一首。张玉首先吟道："我爱花之好，诗人苦绊留。石床云飞暖，泉窦翠烟流。钟打禅林月，鹤来竹园秋。一声长啸里，破却几多愁。"随之"径曲肠蟠足，林深翠障眸（苗用成）""柳黄僧嫩斫，杏熟鸟来偷（王懋）""有林皆滴翠，无石不云浮（武衢）""洞口哀猿啸，水面落花浮（刘昆）""苔深人不到，花发鹿常偷（张铨）"……花之寺里，六友的妙语佳句，像从泉水中涌出来的，似从山石中蹦出来的，一个个地，一句句地，铺排而来。

以上五言诗，因篇幅所限，除张玉的诗外，其他五人我仅选取了诗的次联，但已足见其景其情了。此刻，花之寺——我脚下的这块土地上，山野一片宁静，不远处的矿山传来的轰鸣声，似乎离我越来越远，我真切地听到了来自数百年前的昂首长歌和低吟浅唱。

下雪了，花之寺下，东莞侍生王缙的眼前，已是"十日浑无一日晴""灞桥驴子几番倾"，但是，"陶家炉底杨花嫩，苏老亭中酒盏清"。看吧，"峯嶂积庭山岳耸，模糊洒野木棉宏。遥知六出呈祥瑞，且喜琅玕大有成"。（王缙《花之寺雪景》）

王缙的《花之寺雪景》，让我想起小时候的雪。那个时候，家乡一直都是有雪的，春节快要来临的时候，漫天飞舞的雪花，由小到大，由疏到密，纷纷扬扬地把整个大地覆盖了。村庄里的房屋、树木、草垛、沟坎……勾勒出一幅朦朦胧胧的雪景。这个时候，你可以把雪攥成雪团打雪仗，可以滚雪球、堆雪人，可以顺着野兔留在雪地上的足迹去寻找野兔的家。那雪装满了我童年的记忆，而今，在花之寺，东莞侍生王缙眼前的那场雪，似乎还在下着，他眼前的那种"十日浑无一日晴""灞桥驴子几番倾"的雪景，彻底地打破了时空的界隔，完全把我美醉了。

物换星移，转眼进入清代，花之寺名声大振。康熙五年，著名文人、学者、书法家、艺术鉴藏家周亮工，由青州海防道调任江南江安粮道，乘船经水路南下时，于花之寺以东的沂河上遥望花之寺，写下了"诸葛沟前雁影疏，寒归海县暂停车。佳名独爱花之寺，隐地谁寻石者居？"的诗句。诗中的"诸葛沟"即沂河，该诗深受后人喜爱，其中，"佳名独爱花之寺，隐地谁寻石者居"两句，受到康熙年间散文大家程哲的极度赞赏，程哲在《蓉槎蠡说》中认为，周亮工用"石者""水向"两对"花之"，"天机妙合"。

周亮工对花之寺情有独钟，他以《花之》为名刊刻，将自己所作之诗收入刊中，分赠好友。康熙四年夏，诗坛泰斗王士祯从扬州回新城老家，顺道拜访了周亮工。他读了周亮工咏花之寺的诗和周亮工之子周在浚的《花之词》后，在《居易录》中写道："天下佛寺之名率用梵典，予所经历其名有新异者，如重庆府有相思寺，青州府沂水县有花之寺。相思寺者，以寺产相思竹得名；'花之'二字不可解。周侍郎亮工诗云'月明萧寺梦花之'，其长子在浚，字雪客，予门生也，遂取二字以名其词，太好奇矣。"

自此，花之寺更为朝野文人雅士所关注，"花之寺"这个名字不断出现在清代的笔记小说中。康熙年间，宋荦《筠廊偶笔》记载："青州花之寺名甚异，见周栎园先生集中。"乾隆年间诗人、散文家阮葵生在《茶余客话》记载："周栎园诗'月明萧寺忆花之'，山东沂水县有花之寺。"

乾隆年间，扬州八怪之一的罗聘梦入花之寺，他梦见自己的前身，在一座繁花迷人的寺庙里当僧人，因而赋诗《花之寺里记身前》，并自注曰："予初生时不茹荤血，常梦入花之寺，因自号前身花之寺僧。"

罗聘在京城卖画时，曾蜗居京城右安门外的三官庙，他的好友曾燠出资修葺了三官庙，将庙中一座繁花似锦的小院命名为花之寺，并题写了匾额。关于罗聘自号花之寺僧一事，罗聘的好友汪启淑在《水曹清暇录》卷二"花之寺"条中记载："友人罗两峰，号花之寺僧。考花之寺，在山左沂水县。"汪启淑的记载，清楚地佐证了罗聘梦境中的花之寺，就是以"山左沂水县"花之寺为蓝本的。

二十世纪初，花之寺的名号像风一样，自鼻子山开始，一再向京城，向海外刮去。1925年，女作家凌叔华以罗聘在京城卖画时的"花之寺（三官庙）"

为背景，在《现代评论》中发表了《花之寺》。此后，借助凌淑华的名气和小说《花之寺》的魅力，花之寺之名漂洋过海，刻在了新加坡的一块石头上。

　　花之寺，大树、古井，荆棵、花草，悄然寂静，站在寺北面的山崖上，可见雄鹰临空盘旋，可见一朵朵云彩从眼前缓缓飘过……在山下朦朦胧胧的景色中，有人骑马趋近，有船缓缓划来……大野之上，纵横交错的土地、弯弯曲曲的小路、零星的村落，迎送着一个个来来往往的诗人们。在茫茫时空中，那些诗人的身影离我们很远又很近。

生命的风度

　　昨天，我翻阅《临沂历史书院》一书时，书中介绍的临沂地区明清时期28个书院创始人中，从波翻浪涌的漩涡中走来的刘淑愈吸引了我，以至于让我好长时间忘不了他的背影。今天一早，我约许嘉鸿兄一起驾车前往刘淑愈创办的书院所在地——山东省费县探沂镇岐山寺。

　　岐山，从远处看并不算高，没有我想象中的那种雄奇险幽之感，那道绵延起伏的黛绿色的山脊，倒透着一种温柔和秀气。顺着山道，汽车很快来到岐山跟前，我把车子停在岐山寺前的一片空地上。

　　刘淑愈创办的岐山书院就在岐山寺内，由于岐山寺处在一个簸箕形状的山峪中，当地人把这座山称作"箕山"。簸箕是一种条编半圆形器具，农村人用于扬米去糠。"簸箕"二字在沂蒙当地方言中的发音为 bò qi，它的标准读音为 bò ji。至于岐山这个称呼，大概是那帮在这里读书的文化人，依据当地方言叫起来的。岐山其实在陕西，原称"凤凰山"，取周文王"凤鸣岐山"之意。凤鸣岐山的典故由来已久，说的是周王朝将兴盛前，岐山有凤凰出现，人们认为，凤凰是由于周文王的德政才来的，岐山有凤凰栖息鸣叫，那是周王朝兴盛的吉兆。

　　眼前，位于费县的这座岐山，清朝时期，也曾被称作旗山。"旗山"这个称谓是否与刘淑愈武装据守过这座山有关，不得而知。岐山称谓很多，现在的岐山寺大门匾额上，后人干脆题写为"其山寺"了。我想，还是以当下官方通用的"岐山"二字为准吧。

刘淑愈是清朝道光年间的进士，他不仅创办岐山书院、教授生徒，更竖起反清大旗，率众起义，后来成为岐山幅军总军师。在中国历史上，像刘淑愈这种进士造反的人极其罕见，他的确是中国古代进士中的另类。

刘淑愈祖籍在今山东省兰陵县横山乡沈坊前村。明末，刘淑愈祖上迁至费县毛家河村。刘淑愈生于清仁宗嘉庆元年（1796年），他自幼聪慧，记忆力超强，嘉庆二十五年（1820年）中举人，道光六年（1826年）中进士。由于他"不会投机钻营，仕途蹭蹬"，直至道光十九年（1839年）才被授予顺天府房山县知县，且任职仅百日，便因"不谙政体，难膺民社"而被革职。之后，朝廷以"该员文理尚优，可任教职"为由，将他降为泰安县教谕。任职不到半年，刘淑愈又因"触怒权贵"遭弹劾。他愤而辞职回乡。

辞职回乡的刘淑愈反而轻松了许多，但是，人是需要有一个远大目标的，而他心中的目标就是"文化"。"文化"这两个字在他的心目中，可以概括为一个民族文化的传承和坚守。不久，刘淑愈来到了香火旺盛的岐山寺，他与住持僧空仙结为好友，在岐山寺正殿开办了书院，几年下来，他的学生中有四位先后考中进士，另有进学、中举的学子难以计数。

创办岐山书院的日子，该是他人生中最为美好的一段时光了，这期间，在岐山书院，在那三棵古老的银杏树下，他手把手地把知识传授给学生们，这也让在精神、学识上有着高蹈境界的他，有了用武之地。然而，好景不长，太平天国起义后，天下大乱，刘淑愈不得不解散书院，居于家中。咸丰十一年（1861年），面对腐败没落的清王朝，刘淑愈竖起反清大旗，率众起义。他手书讨清檄文，"传示蒙山之阳抱犊之阴，有众数十万……"这次起义严重动摇了清王朝的统治根基。同治二年（1863年），清廷调集山东兵力进行围剿，刘淑愈在岐山固守被俘，后在狱中被害。

当年，刘淑愈教授生徒的岐山书院，就在今天的岐山寺这个位置。刘淑愈创办的书院虽然在战火中损毁了，但是，那三棵千年银杏树仍在。那是刘淑愈在这里教授生徒时就在的，这一雄双雌、历经火烧雷击、伤痕累累的大树，坚挺地站立在那里，它们粗壮发达的根系紧紧地抓住山里的石头，深深地扎入暗红色的泥土和窄窄的石缝。

岐山重新修建的寺院稍显简陋，尽管这样，重修已属不易。据说，初次来这里重修寺院的和尚，在施工的一个晚上，被人装进麻袋扔到很远处的一个山沟里。这位和尚被解救后初心不改，毅然返回工地，直到修成这座寺院。进入寺院后，许嘉鸿兄与寺院住持交谈，我沿着寺院西面的山坡向山顶爬去。我想以这种攀登的方式，用我的双脚一步一步地从这些石头和草木中，感受隐秘在这座山里的故事。

周围的地势误导了我的判断，这座看似不高的山竟然很高，整个登山的过程，让我气喘吁吁，中间歇息了数次，才接近当年岐山幅军遗留下来的已经坍塌了的寨墙墙基。我用手机搜索了一下，相关资料显示，岐山海拔有四百多米。

岐山山顶，树木稀疏，荒草萋萋，悄寂无声，行走在大块青石砌成的残垣断壁间的我，突然觉得凄凉。乱石之中，当我踩踏着悬空的石块，穿过荆棘间的缝隙，登上山顶北侧断崖上一块巨大的石头时，随即产生一种登临晴空尽头之感。站在巨石上向北瞭望，远处的蒙山山脉层峦叠嶂、绵延不断。那是一幅让人心旷神怡的画面，画面中，一条闪着微弱波光的河流，在莽莽群山间蜿蜒而行。

突然，迎面一股强劲的风吹了我一个趔趄。这风好像是有意的，像一位多年不见的老朋友，见面后猛然向我的肩头来了一拳。这一拳，于恍惚中开启了我的思路。我开始在大脑中搜索"刘淑愈"这个名字，搜索着岐山寺大殿重修时，刘淑愈所作的《碑序》：

"余尝偕二三贤士大夫，登旗山之巅，慨然而动遐思：东望艾山，则柳毅神君传书处，又其东，抵琅琊，为汉武乡侯、晋王右军故里；转而北望，蒙山在焉，山之下郁郁乎、苍苍乎，是唐颜常山、颜鲁公三昆仲坟墓。苍松古柏，历历可数，非惟人杰，山亦有灵，假使诸先政而在，虽为之执鞭所欣慕焉。"

刘淑愈所题《碑序》意境深远，气势磅礴，其情其景似在眼前。先生真乃才华灼灼，抱负远大，英雄豪迈。这段文字应该是刘淑愈在岐山创办书院那段时间写下的，从中完全可以看出，沂蒙大地山水人文之于刘淑愈内心的辽阔和大气。我想，刘淑愈与他的朋友们，当时就该是站在我站的这个位置瞭望群山的。此刻，历史的光影距我如此之近，他们似乎已不再是流浪于时空中的过客了。

刘淑愈的身影因了一段文字，因了一种情怀，已经深深地刻印在这座大山之中，这其中有文采，有思想，有温度，有胆识，有血性，更有中国文人的硬朗强健。它让我看到了沂蒙历史文化的厚重和清末的黑暗、腐败。

　　风突然停了下来，山野一片寂静，恍惚中，刘淑愈仿佛从历史中走来，站在了我的面前。大山之上，在这个冬日的暖阳下，我庆幸有机会与他进行了一次跨越百年的对视，并有机会感受不乏细腻、清新和率真的刚强的意志、深厚的文化、真挚的情怀。显然，站在这里的刘淑愈对腐败的清王朝彻底失望了，于他而言，大山之上的凝思，意味着一场神圣的洗礼，赋予他的生命以新的指引。扛起反清大旗的刘淑愈，在"岐山幅军议事堂"写下了两副楹联：

一

　　南朱雀，北玄武，左青龙，右白虎，恰成旗山阵势；
　　周姜尚，汉诸葛，唐李靖，宋武穆，居然名士风流。

二

　　东狩获麟，食其肉寝其皮；
　　中原逐鹿，大者王小者霸。

　　又一阵山风袭来，天慢慢地变得阴沉，这个时候，我踏着一块块乱石，沿着山脊由西向东，慢慢行走。脚下，荆棘丛中悬空着的石块时不时左右摇晃，我小心翼翼地，一步一步地走着，感受着一个人在最惨伤、最困顿、最郁闷、最灰暗的阴影中走过的路。我仿佛置身于一个巨大的历史漩涡中，被一种悲壮而传奇的气息，一种自由、独立和完整的个性所感染，我真切地听见了曾经武装到每一个山角的山寨和银杏树下的那座书院，传来的号角声和读书声。

　　是的，清末，在岐山，在灰暗的历史阴影中，"书院"与"山寨"，"读书声"与"号角声"，它们在同一座山上，在同一个人的身上，上演了极其矛盾又极其真实的一幕。这一幕是历史长河中十分罕见的，让我真切了解到一个人的悲喜真相。

往事尘烟

也许是因为与清末民初那个时代距离较近，二十世纪五十年代出生的我，一直对清末民初走出来的那些人物有着别样的感觉，或者说与他们有着一种天然的亲近感，在我出生、工作、生活的这片土地上，有这么几个人物，在我的印象中尤其深刻。

他们不是什么身份显赫的大人物，不是什么名流、名士，也不是壮烈殉国的英雄，但是，他们确实都是与那个时代的历史相关联的人。更为巧合的是，在经历了人生的苦痛和磨难之后，他们最终都走向行医这条路。

他——袁顺斋，民国时期考取清华大学，参加了五四运动。五四运动过后，袁顺斋回家了，因为父亲去世，他必须接下父亲苦心经营的戏班子。

袁顺斋祖上来自河北，从爷爷那辈起就在界湖落户了。界湖是当时沂水县所属的一个镇，袁顺斋的爷爷、父亲，都很勤劳，靠打铁、贩马起家，十多年的功夫，硬是闯下了一番天地。在当时，袁顺斋家的土地、商铺是远近闻名的，他的父亲却不看重这些。1901年，袁顺斋的父亲开始筹建戏班子，办起了拥有60多名演员的长字班。

长字班首次公演就一炮打响，《白水滩》《探金山》《空城计》等剧目，深受人们喜爱。1905年，袁顺斋的父亲又办起了戏班春字班，观众达万余人。1912年，袁顺斋的父亲乘势而上，相继办起了"富""贵"两个戏班，每个戏班60余人。就这样，短短十多年间，袁顺斋的父亲，在当时并不起眼的界湖，让四大戏班联袂，构成了扬名省内外的袁家戏班。听老人们说，当时的长字班男旦角长凤身段柔美，嗓音清润，演技干净利索，被誉为"一滴油"；春字班的春海武功精湛，被誉为"猴春海"。袁家戏班可谓人才济济，气势宏大。

天有不测风云，1923年，父亲去世，袁顺斋不得不放弃学业，自北京回乡接管了袁家戏班。很难说得清楚，当时的袁顺斋是否愿意接这个摊子，但他的确回来了，而且出手不凡。在不长时间内，他就让戏班在父亲的基业上有了很大的发展，袁顺斋延聘名伶，增添衣箱，强化阵容，演出剧目达120余场。袁家戏班除在本地演出外，还在南京、上海、青岛、徐州和东北地区演出，可谓大江南北都有袁家戏班的身影。

然而，历史容不得一个人多想，它随时都会变脸，随时都会改变一个人，改变一个家庭，乃至改变一个国家的命运。1937年卢沟桥事变后，随着一场旷日持久的战争的到来，袁家两代人苦心经营的戏班子一夜之间消失了。很难想象，正值而立之年的袁顺斋，那个时候是怎样的心情？也许密集的枪炮声已经容不得他去多想了，1939年，袁顺斋将袁家积累了几十年，价值3万银元的戏剧服装、道具等，全部捐献给八路军鲁中军区政治部。

袁顺斋是个生活简朴的人，他爱好书画，精通医术，同情弱者。抗日战争爆发前，曾做过沂水县五区区长，后来在共产党人的联络下，他卖掉家产购军粮6万担，及大量枪支弹药，装备了100余人的抗日武装。最后，他把剩余的所有土地和房屋全数捐了出来。

国不成国了，家也不再是家，一天，袁顺斋把家中所有的地契当众焚毁，并放弃了抗日政府留给他的房屋和土地，携带全家住进附近一个村庄的旧草房里，不久，袁顺斋背起行囊去黑龙江行医。他具体去了黑龙江哪个地方，没有人知道，他在那里的经历和结局，也没有人知道。但他去了，从此，再也没有回来。

几乎在同一个时期，从沂河东岸的埠后村走来一个人，他叫刘舒。刘舒家境一般，但读过私塾，后来，他只身闯荡青岛，靠在大街上卖字为生。刘舒有一手好字，特别是他写的"凤凰"的"凰"字，十分出名。当时，在青岛——无论是大街，还是小巷，只要刘舒的身影出现，就会有一群人围拢过来，这个时候，刘舒手中的毛笔缓缓抬起，继而又缓缓落下，霎时，一个栩栩如生的"凰"

字一气呵成。就这样，深蓝的天空下，这个处处飘散着海的气息的青岛街市的一隅，多了一个不停地挥动着毛笔的人。自此，伴随着城市生活的骚动，刘舒的名字连同他的"凰"字，从日出到日落，在青岛的街巷间不断起舞。

青岛的街头，刘舒格外引人注意，那个时候，人好像刚刚睡醒了似的，一旦睁开眼睛看世界，什么都是新鲜的。刘舒在不经意间被一双火辣辣的眼睛盯住，她——一位美丽俊俏的女中学生——被眼前这位下笔如有神的小伙子迷住了，她不顾身为资本家的父亲的反对，毅然决然地跟着刘舒走了，并且跟随刘舒来到了沂河东岸那个叫作埠后的村庄。

这个村庄和所有沂蒙山里的村庄一样，有着延续了几千年的习俗，因而变得质朴、厚道，又有一种源自骨子里的韧性和执拗。当身穿旗袍的青岛姑娘走进这个用黄土筑墙、用草木搭建屋顶的院落时，刘舒的母亲显得极度慌张和不安。晚上，本来不大的床铺上，刘舒和青岛姑娘之间多了一个人——刘舒的母亲，她要用身体告诉这对青年人，他们之间有一道无法逾越的鸿沟。

没有悬念，第二天，青岛姑娘含泪离开了这个村庄。这个村庄厚厚的土打墙，是横亘在刘舒和她之间的一道无法逾越的樊篱。他们如同两个乏味的灵魂，试图探身拥抱窗外新鲜的事物，结果，一切都是空空的。

从这天起，人们见不到刘舒了。刘舒把自己关了一间屋子里，一关就关了三年。他闭门读书，读祖上传下来的那本《黄帝内经》，慢慢地，他发现那里面有一股最鲜泽、最深厚、最让人鼓舞的力量。他发现，那股力量足以让他走出屋门开始新的生活。

三年后，村庄里的人们发现街巷里多了一位医者，他就是刘舒。此时，刚刚踏出家门的刘舒，留着长长的胡须，缓缓地向人们走来。他开始出诊看病，而且专看妇科、儿科病。刘舒为病人看病时，随身带着一壶酒，每次看病前，先把酒壶打开，待把壶中的酒全部喝下去之后，才开始把脉、开药方。很是神奇，但凡经他手的病人，竟然无一例外地手到病除。

一传十，十传百，刘舒一下子成了远近闻名的名医。中华人民共和国成立后，当时的沂水县开始组建人民医院。新任院长慕名而来，亲自登门，邀请刘舒到沂水县医院工作，但不知何故，席间，刘舒掀了桌子。后来，又听人说，刘舒把家中珍藏的八大山人画的一幅《驴》，送给了那位院长。最后，刘舒哪里也没有去，他一直待在村子里，为妇女和孩子看病。

刚刚进入二十世纪七十年代时，不知何故，刘舒总觉得周围的人们在用一种异样的目光看自己，隐约感觉到人们私下提及他的名字时，"刘舒"的"舒"字怎么听都像输赢的"输"。一天早上，街上有人说刘舒改名了，把"刘舒"改成"刘赢"了。那天，刘舒扬起头来，迎着太阳大笑不止。也就是在那天，刘舒走了，打开了一扇通向另一个天地的窗子，那天，路上有许多人为他送行。

　　那个时代的刘舒和袁顺斋都选择了行医，去了自己想去的地方。也巧，三十多年前的一天，我又遇到了一位行医的老人——王老先生。对王老先生，我有一笔欠账。王老先生早已作古，生前，他把自己用钢笔书写的一份手记交付于我。那是二十世纪八十年代末的一天上午，我去先生所在的诊所看病，当时，我牙疼得厉害，牙龈红肿。王老先生看过之后跟我说："不要紧。"然后，从药架上取下一个很小的玻璃瓶子，用镊子夹着一小块药棉，蘸了一下小玻璃瓶内的白色粉末，让我把蘸有白色粉末的药棉放在疼痛最厉害的牙齿上，用上下牙把药棉咬住，果然有效。之后，王老先生顺便跟我聊起他的经历，他说，这是他第一次把自己的经历告诉别人，并且跟我说："你是第一个人，也是最后一个。"随后，王老先生从诊桌抽屉内取出一沓用信纸书写的稿子，那是他的手记。先生递给我说："你可以看看它，无须归还。"

　　后来，那份手记随我去过大王庄、鲁庄等很多地方，直到在一次搬家时遗失，想来，感到过意不去。因为那本手记记录了先生一段特殊的经历。不过先生为人低调，也不想让更多的人知道他的过往，他把手记交给我，也许仅是交给我一份信任而已。

　　中午，我与一位跟先生熟悉的朋友进餐时，又提起先生的那段经历。先生祖上行医，及至父亲那辈，在附近的村庄里已经有了不小的名气。一切本来正常，谁想先生的父亲与一家相邻的药店主人，因为一件事产生了纠纷。事情的起因其实非常简单，先生家的房后有一个垃圾坑，与邻家药店就垃圾坑的去留问题产生矛盾。事情本来不大，邻家店主却心生怨恨，两家矛盾不断升级，直到有一天，邻家店主将先生的父亲绑架到村后河滩上活埋了。

　　先生闻讯后，当夜潜至河滩寻找父亲，于河滩之中，用双手将父亲的尸体扒出，十个手指血肉模糊。他的大脑一片空白，慢慢地，漆黑的夜里，一只蛰伏在心底的猛兽蠢蠢欲动，渐渐地，有一团火在他的胸中燃烧，他要报仇！

　　没有多想，他蹚过河去，在河对面的鬼子炮楼内当了伪军，很快，他由小队长升为中队长。之后，他带人将活埋他父亲的人抓到据点内，亲眼看着他喂了狼狗。整个过程，他就像一把被卷入到一个巨大漩涡的利器，完全被动地卷入其中。在这个漩涡里，他在没有任何标准的状态下寻找着自己的目标，那是一种从骨子里来的，从血液里来的，自己根本掌控不了的东西。他恍恍惚惚地越过了醒来后才为之愕然的界线，如同梦醒后的预期，一度熊熊燃烧着的烈火陡然熄灭。

除此之外，他没有留下别的血债，一切该了结了，他带着队伍投奔了八路军。那是个不小的队伍，有一百支枪、两门小炮，他总算又有了一个交代。在王老先生眼里，那些在他所处的历史时光里所发生的事情变得不可思议，他甚至无法接受曾经发生的一切。随着时光的推移，渐渐地，过往的时光在先生的目光中带有一种悲凉的平静。从此，先生变得少言寡语，过去好像跟他没有了任何干系。

先生晚年，我有幸遇之。他个子不高，花白头发，文质彬彬，无论怎么想象，都难以把他与那段经历联系在一起。

王老先生走了，刘舒走了，袁顺斋走了……他们都走在了行医的路上，他们都在行医的路上走了。我在想，在那个时代，或许正是那些深入到人的肉体和心灵的伤痛，那些历史强加给一个人的境况，那些对于个人才华的偏废和扼杀，以及这一切所导致的心灵的破碎、情感的挫伤、人鬼的混淆、生命的无常，才让他们最终选择走向行医这条路。王老先生、袁顺斋、刘舒，他们都是那个时代经受心灵之苦、怀才不遇的人，在这个世界上为那些不幸的人们祛除病痛，也就成了他们心照不宣的选择。而今，他们的过往对于那个时代来说更像是一场梦，一场不堪回首又挥之不去的梦。

曾经的故事

　　记得我小时候，人们经常挨饿受冻，仅是自然灾害就足以使人沿街乞讨或背井离乡。特别是旱灾，尤其是庄稼拔节的时候缺雨，一年的收成也就大打折扣了。年底，乡村的小道上，村庄的小巷里，随处都可以见到一手拿着饭碗或者端着瓢子，另一只手里拿着要饭棍子，老老少少，成群结伙，四处逃荒要饭的人们。

　　"民以食为天，靠天有饭吃。"祖上一辈辈的都是靠天吃饭。天旱时，尤其是连续干旱时，大地龟裂，草木枯萎，人们的吃水都成了问题。这个时候，村里的老人们开始张罗着祈雨——杀猪、置酒、备香……一番忙碌之后，人们在村头建起祈雨坛，但见"玉皇大帝"坐镇，"雷公""电母""风婆""雨师""四海龙王"全到，村庄的人们成群结队地跪在祈雨坛前，磕头烧香，拜天、拜地、拜菩萨，求云、求雨、求甘露。

　　这个时候，人们把所有的注意力转向天空，天空中除了毒辣的日头，难见一片云彩，那些被晒得满头大汗的人们，看起来距离天空很远。这时，雨师抬头看天，天上静静的，四周静静的，头顶时有小鸟飞过，偶有蜻蜓盘旋。祈雨坛上，雨师开始斟酒，燃香，把香言说。祈雨坛下，所有人跟着雨师对天叩拜，上天仿佛感知到了，随风送来几片云彩，那些云彩忽高忽低，时聚时散。不一会儿，天风浩荡，云朵翻卷，雷声阵阵，人们抬头看天，默默祈祷。这时，天边翻滚起巨大的黑色云团，云团越来越大，继而有白色的云团从黑云顶上压了过来，从山顶上压了过来，从屋顶上、树梢上压了过来。下雨了，豆大的雨点密集地砸在人们的头上、脸上、身上，砸在干裂的土地上……

多年来，每当回想起这些，我印象的底片上总有一朵挥之不去的云团悬浮在那里，而且，那云团时不时地会于时光的推移中把我的思绪拉长，并让我真切地感觉到天地万物牵一动百的颤动，以及某种基于生存意义的诘问。

十年前的一个冬雪之夜，我与许嘉鸿兄在沂南县辛集镇埠后村刘洪涛家围炉相聚。那晚，下着雪，飞舞着的雪片轻轻地打在院内初开的腊梅花上，那雪花与腊梅花好像事先约定好了，在那棵高过屋檐的腊梅树上不断地纠缠着。那个夜晚，我们也像雪花环绕着腊梅花似的环绕在火炉旁。那个夜晚，刘洪涛宽敞的平房里，大家围坐在火炉周围，品着主人用雪水沏成的菊花茶，喝着用雪水自酿的菊花酒，听着主人用二胡演奏的《二泉映月》……

刘洪涛讲义气，易激动，善交友，很有才。他跟我提起最多的是他老父亲传下来的那些名人字画，以及与那些与字画有关的故事。他告诉我说，他父亲手里的那些名人字画，大多是从沟头村他一个舅姥爷那里得来的，舅姥爷姓孙，人称孙老爷。孙老爷是那一带的传奇人物，直到现在还有很多人记得他。前天，我和许嘉鸿兄在东篱居与刘洪涛小酌时，刘洪涛又提起了他。

孙老爷原本家境一般，意想不到的是，他在自家耕地里种地时，一镢头改变了自己的命运。因为那一镢头下去，竟刨出了十八缸银子来，孙老爷便用这些银子大兴土木，盖了远近闻名的孙家圩子。

一夜暴富的孙老爷，有两个爱好，一是收藏字画，二是打猎。孙老爷打猎很上瘾，几乎每天都带着猎枪出去兜一圈。有天下午，孙老爷转遍了整个沟头南岭，却一直没有发现猎物，他有点累，坐在一个草垛旁休息，迷迷糊糊地睡着了。醒来时，睡眼惺忪的他看见一只黄鼠狼，那黄鼠狼很是奇怪，它骑在一只野兔的背上，正优哉游哉地从他眼前经过。孙老爷立即起身，迅疾开枪，黄鼠狼和野兔立马成了孙老爷的囊中之物。

孙老爷喜出望外，很是开心，但是，当他带着猎物往家走时，很远就看见家里来人找他了。家人说："不得了啦，奶奶一会儿昏迷不醒，一会儿说胡话，您快回去看看。"孙老爷顾不了许多，赶紧跑回家。回家后，孙老爷发现老伴坐在床上浑身发抖，嘴里断断续续地说着一些含糊不清的话，孙老爷仔细听了听，大意是："外甥来这儿走姥娘家，出去遛马来，被你打死了。"

孙老爷一想，马上明白了是怎么回事，他立刻找来洋油和辣椒粉，然后提起家中的板斧，带着猎狗，赶到村子西南角的那棵老槐树下。孙老爷挥起斧头，砍向树干，几斧头下去，树干上出现了一个空洞，孙老爷把辣椒粉撒进树洞，然后浇上洋油，点起火来。不一会儿，从树洞里跳出一只三个爪的黄鼠狼，随后，又有黄鼠狼接二连三地往外跳，总共跳出来十二只。这些跳下树的黄鼠狼，被等在树下的猎狗一只一只地全都咬死。等孙老爷赶回家中时，老伴已经好了。但是，从那以后，北边村庄里那个看病很有名的瘸子，看病不灵了。又过了不多时日，孙家圩子起了一场大火，谁也说不清那场大火是怎么起的。那天风势很大，整个孙家圩子都被那一把火毁了。

这个故事，我和许嘉鸿兄多次听刘洪涛讲过，但是，每次和刘洪涛小酌时，他都要再讲一遍，我们都喜欢听他讲完。他讲这些故事时非常认真，每当听到这个故事，我童年记忆里那些白天蛰伏在土里，晚上出来四处乱窜、不停鸣叫的蝼蛄和活蹦乱跳的青蛙，以及飞在头顶上的小鸟、铺天盖地的蜻蜓……它们好似一股旋风从遥远的天际卷来，然后团团地把我包围，在它们中间，似乎能看到那条大黄狗紧追野兔时的影子，还有我家那只狸猫在阳光下伸开前肢打着呵欠的懒散样子，伴随着这些活灵活现的影子，孙老爷——那个走远了的身影，又在刘洪涛的叙述中，再次来到我的眼前。

孙老爷那一镢头，刨出十八缸银子，发了家。后来，又因为一把火，整个家业被毁。在刘洪涛这里，听他讲述孙老爷的故事时，我的脑海里总会一次次地闪过大旱之年的那个情景，继而联想到被孙老爷烧死的那些黄鼠狼，以及那个突然看病不灵了的瘸子和那些跪在烈日下祈雨的人们。每当这个时候，总有一首苍老的歌谣，由远而今，遥遥传来——

小家雀，抖抖毛
拉着棍，抱着瓢
要了饭，喂小猫
小猫喂大了，拿个老鼠就罢了
……

听着，听着，我竟有点恍惚起来，感觉自己仿佛和"小猫""黄鼠狼""猎犬"，处在一个相互贯通的本体里，并且一时间很难走得出来。那里面，孙老爷开的那一枪，孙老爷往树洞里撒的辣椒粉，树下被猎狗咬死的黄鼠狼，看病不灵了的瘸子，被一把不明之火烧光了的孙家圩子,旺毒日头下祈雨的人们……那是一团分不清你我、相互纠缠不清的存在，它似乎在告诉我，这里面的一切，也许是远远超出我认知的另一种尺度的存在。我分明感觉到，在这种尺度的每一条细微的刻痕上，都驻留着数也数不清的，与我的生命息息相关的鲜活生命的存在。这种存在，在永无停息的宇宙空间中，持续演绎着，牵一动百。于是，一件看似平常的事情，就有可能改变一个人乃至一群人的命运，就有可能消磨掉一个人的一辈子。

　　一直以来，正是那些看起来不起眼的事情，消耗着人的岁月，那些看似很小的事情，到底有多大作用，谁也说不清楚，长期以来，这里面有许多细节被我们忽略掉了。一只小虫子的死去，一朵花的凋谢，一只鸟的死亡，一条河流的改道，某一个事物莫名地出现或消逝，有时就足以让整个大地颤抖了起来。在这个过程中，的确有一个个真实存在着而又不为人们所察觉的东西，它们在那里悄悄地改变着这个世界。它们的改变事关人的生命存在和延续，它们的每一个动作，每一次变化，都是一个个惊心动魄的瞬间。

远去的马队

早上，马牧池乡野竹旺村一座老屋跟前，我与一棵看起来有点怪异的老枣树相遇了。是老枣树枝干上那圈结实的铁箍首先抓住了我的镜头，我的目光随后跳到老枣树的最高处。站在这里，我可以让我的目光翻过东面的山脊，向着东海跑去，进而可以从"东口"向着山西洪洞县那棵大槐树瞭望。

东口，是海边产盐的地方。眼前这棵老枣树，它的根，它的枝干，它密密麻麻的经络里，深藏着来自西部高原黄褐色土壤的深厚的养分，深藏着一群从这儿走向大海，从大海奔向山西的人们留下的盐，深藏着一个鲜为人知的沂蒙山马帮与这棵老枣树的故事。

刘从小就在这棵老枣树下玩耍，他用手指着这棵老枣树说："这棵枣树有上百年的树龄了，它是老爷爷跑牲口时从山西洪洞县带回来的。在那之前村里没有枣树，是从这棵枣树分生了村里所有的枣树。"

刘的话让我感到稀奇，我的内心告诉我，从这棵老枣树下开始，我或许能够找到一些我想要的什么。于是，我用我的目光和脚步，在村庄的每一棵树下、每一个角落里搜寻，我很想在那些废弃的用褐色的石英砂岩垒砌的屋子中，在每一棵枣树的根部和枝头，在通往山外的野径上，去发现与刘的爷爷、老爷爷有关的，那些隐藏在村庄角落里，虽不是最美的，却是真实的，具有历史感、亲切的过往的事情。

刘一直陪着我，小时候，刘从父亲那里听到一些老爷爷、爷爷跑牲口的事。那时，刘年少，不往心里拾，如今老爷爷走了，爷爷走了，父亲也走了，老爷爷、爷爷、父亲的过往已经深埋在地下。当下，刘对我而言是一盏灯，我可以借助它的光，去发现一些我想要的东西。

刘五十五岁，中等个儿，身板粗壮，黑红脸庞，目光清澈。我望着他时，很愿意把他想象成一座山，这样，好让我站在山顶之上，极目远望。听刘说话时，我大脑里的某个部分会放开脚步跑得很远，甚至干脆离开我的身体飘然独行。这个时候，茫茫大地上，那队距我越来越远的沂蒙马帮的身后，蒙山、泰山、太行山，在我的视野里起起伏伏，绵亘不绝。那马队好长，那马队带着大海的咸腥味一路向西，那是一条深入地表，由马蹄印串成的很具动感的生命线。站在海边，向西远远地望去时，那群马队很像是一条逆向而行的河流，它与一路向东的大江、大河一起，在昼夜交替中循环往复、交互回响。

一声犬吠，又让我回到了老枣树跟前。老枣树上挂着三个吊瓶，它正在输液，一把铁制的梯子靠在它的背上。老枣树老了，已经"儿孙满堂"，枝头有风掠过，有云影缓缓划过，四周不断传来各种各样的叫声，有公鸡的长鸣，有家犬的狂吠，有牛羊的叫声和十分微弱的鸟鸣。

我得感谢刘。太阳开始变得很毒，他一直站在老枣树旁陪我说话。我闭上眼睛，竭力寻着刘的声音，努力沿着老枣树走过的路，去捕捉那支越走越远的马队的影子。村里的人，从刘的老爷爷开始就跑牲口了。刘的二爷爷好赌，输净了家产，闯了关东。刘的爷爷是火暴性子，有次在家推磨时和奶奶吵架，一脚把奶奶蹬进了磨沟里。刘的爷爷力气大，会武功，三百多斤重的马垛，一个人就能抱到马背上，跑牲口时，有匹马不听话，被刘的爷爷一脚踢倒了。

"跑牲口"是马帮对自己所从事职业的一种称呼。听着刘的叙述，许多有关马帮的影子从我的冥想中浮现出来。这个过程中，我一度觉得自己的思想和情感跟刘重叠在一起了，这种感觉几度让我的眼眶有些潮湿。刘说，爷爷好酒，酒量很大。爷爷跑牲口时，会随身带一个用蜡条编的酒篓，走到哪，喝到哪。有一次，马帮的四个人喝了十斤白酒，醉酒后，牵马赶路的他们迷了路，五十多匹马，驮着盐，在一片墓地内转了整整一晚上，却没能走得出来。那个晚上，墓地被马队踏得稀烂。第二天，墓主发现后不让他们走，爷爷他们赔了十块大洋。

在刘的口中，马队的影子已经被时光撕成模糊不清的碎片了，那些碎片就像天上的云彩，说来就来，说走就走，许多转身就不见了踪影。但是，刘却喜欢上了这种感觉，他一天比一天更乐意地追逐着那片远去的云彩，以至于时常伸长脖子朝着那条古道张望。刘突然笑了起来，说，对了，爷爷经常说起跑牲口住店时的一件事。爷爷好闹腾，有一次，马队驻店后，他不小心把脸盆里的洗脸水洒在地上了，跟帮的一个小家伙说："眼瞎了吗？"爷爷没吱声。下午，小家伙在院内的石台上休息时，爷爷走到小家伙身边，往小家伙头上撒尿。小家伙又说："眼瞎了吗？"爷爷说："瞎眼，瞎眼呢。"店家看到后笑着说："说话不注意，看，得罪人了吧。"后来，那个小家伙不小心脚踝受伤，是爷爷背着他赶到洪洞县的。

马队走远了，但是，这一切距我又很近，近到就在眼前的这棵老枣树下。老枣树如此之近，却又近得让时光如此惊人地遥远，近得让过往的一切隐秘地飞逝。但无论如何，在那段特定的时光里，刘的爷爷与那个跟帮的小家伙的故事，以及有关马帮的那些零星的记忆，就像刘的父亲额头上被马踢伤的马蹄形凹痕那样真实而深刻。

刘的父亲喜欢马，小时候的他，时常好奇地围着那些高头大马转。有一次，一匹马抬蹄时，一下子踢到刘的父亲额头上，留下了那个马蹄形凹痕。那个马蹄形凹痕，成为一个家族永远抹不掉的印记。

眼前的老枣树，可以称得上野竹旺村所有枣树的老祖了，然而，刘的老爷爷为何从千里之外的山西洪洞县，把这棵枣树带回家来？这棵枣树的根，这棵枣树的干，这棵枣树的枝叶里隐藏着哪些故事，已经无处可寻，无据可考了。如今，这棵枣树的枝头依然挂着它的叶子和果实，尤其是它被结实的铁箍包围着的枝干内，仿佛有许多蛰伏之物在蠢蠢欲动……刘说，爷爷的马队中有许多骡子，新四军路过这里时，用马换取了那些骡子。新四军的一个团长跟爷爷说，骡子劲儿大，用它可以驮炮。

一阵风吹来，老枣树上落下了几片叶子，那几片缓缓飘落的叶子，仿佛在提醒着世间那些容易被忘却的事情。山村古道上，来的，的确来了，走的，的确走了。从大海边，从蒙山腹地出发的马牧池乡野竹旺村这支马队，它走了好远。他们从东口装盐，从山西洪洞县驮回粮食。路上，汶河岸边的隋家店，是他们歇脚的第二店。这个时候，从东口去山西的他们离家很近，却不能回家，他们已经出发了。

此时此刻，那队马帮若隐若现的光影，已经很难让我看清真容。时空静得出奇，周围的大山全都沉默不语，马帮身前身后的那些山山水水，留下了苍茫和沉寂。还好，在刘的叙述中，正在汶河岸边隋家店歇脚的马队，下一站的店主已经为他们备好了草料和饮食，他们驮着盐，带着酒，说着乡音，一路向西……

水由李

　　二十世纪九十年代，我在沂南县鲁庄乡工作，乡驻地以西，穆桂英点将台北面的山沟里，有一个名叫树仁里的村庄。有一次，我跟村民闲聊，方知这个村庄过去的名字并不叫树仁里，而是叫"水由李"。那位村民告诉我说，清初，这里曾经是水由村李守备的牧场，"水由李"因此而得名。

　　当时，我没有找到有关李守备的记载，在这个山高水急之地，"李守备"和"水由李"这两个名字成了我心中的一个谜。

　　水由村由沂南县湖头镇管辖，是李守备的老家，也是我的朋友李树启兄的老家。李守备名叫李孟德，是李树启兄的祖上。据李氏家谱记载，水由村李姓人家，是明朝初年从山西辗转河北奔波而来的李氏兄弟之后，从那个时候起，李姓一族在一条四季流水的小河旁定居下来。

　　据说，这个村庄的名字最先叫"水游"，后来改称为"水由"。水由村在浮来山以西、掌岭以南，333省道从村中穿行而过。我在郭家哨联中读书时，学校组织学生去莒县县城拍毕业照，曾经路过水由村，那是我第一次路过这个村庄。后来，我在位于湖头镇的沂南十二中读书，有位同学是这个村的人。秋天，学校组织学生去浮来山下的薄家店子帮村里人摘苹果，也是走的水由村。

　　水由村地势虽高，却有水。掌岭是一道分水岭，向北是柳清河，向南是九曲河。九曲河有泉，水脉旺盛，四季流水，且无水患。李家后人佩服祖上的眼光，庆幸祖上选了这个风水宝地。村里老人告诉我，以前，村中有三棵大槐树，每棵有三人合抱粗，其中一棵有个树洞，能够来回走人。可惜的是，1958年大炼钢铁时，三棵老槐树被伐——炼了钢铁。

水游这个村名大概取村庄在河流上游之意，但是，不知何时何故，"水游"被改称为"水由"了。我问了好几个熟悉水由村的人，他们也回答不上来。但是，不管怎么说，就这个地处九曲河发源地的村庄而言，"水由"自有它的理由。

上午，我在李树启兄家中喝茶，李树启兄从一个文件袋里拿出一沓泛了黄的光荣证给我看。他告诉我，他的爷爷李西珍是与李子超、郭友邻等，一起活动在浮来山一带的最早的共产党人。李树启兄告诉我这些时，脸上流露出一种让人不易察觉的失落感和痛感。光荣证是李树启兄的爷爷李西珍被评定为革命烈士的证书，2015年3月9日，由中华人民共和国民政府颁发。手捧这个光荣证有一种沉甸甸的感觉，这个迟来的光荣证背后，有一连串沉甸甸的故事。

这个光荣证之所以让李树启兄感到疼痛和难以忘怀，是因为在这个光荣证里，以及与这个光荣证相关的水由村的街巷和土地里，有许多刻骨铭心的记忆，永远抹不掉。水由李这些带有血性的悲壮的过去，几乎完全占据了李树启兄心中那片记忆的河床，那些飘忽在历史时空中的存在，时常在李树启兄的大脑里盘旋，而且，随着他慢慢变老，那些记忆越来越清晰，越来越深刻。

抗日战争时期，李树启兄的爷爷李西珍，在莒县城区以杂货铺老板的身份作为掩护，建立了一个共产党地下交通联络站，负责这一区域的情报联络工作。李西珍是中共莒县党组织的创始人之一，也是珍珠山起义的发起者之一，李西珍牺牲时，任莒县六区区委书记。

在浮来山一带，水由李远近闻名。一天上午，我驾车与李树启兄一起赶到水由村，在水由村东见到了两位老人，通过他们了解到许多水由村的情况。来水由村，我需要了解的情况很多，但是我的目光主要集中在一条有血性，有韧性，含有生命痛楚，闪烁生命智慧，由一个家族一辈辈衔接在一起的生命主线上。在这条主线上，在有关水由李诸多沧桑的叙述中，有一个广为注意的起始点。在这个起始点上，有一个对水由村李氏家族而言，必须提及的人——清朝守备李孟德。

李孟德一只眼睛天生失明，他父亲早亡，是个苦孩子，特殊的境况使他性格孤僻、我行我素。据传，他违反族规，族人将他捉住，欲用刀挖去他的那只好眼，机灵的他用手捂住那只已经瞎了的眼睛说："千万别把我的好眼给挖了。"一刀下去，鲜血喷溅，李孟德神情淡定，一声未吭。

李孟德保住了好眼，之后离家投军。从军时，他为人另类，不按常规出牌。一次，军队被敌军包围，将士纷纷突围，李孟德不慌不忙，骑上战马，将正在烧饭的军锅扣在马屁股上，战马被烫后，狂奔敌阵，李孟德挥剑直取敌方将领首级。战后，李孟德名声大振，被授予守备官衔，后被封为明威将军，朝廷专门拨款，在水由村中心大街北面盖起李家大院。据老人们说，当时，外来的戏班在这一带村庄演出时，什么时候演出，在哪里演出，都要看水由村人的眼色行事。

李孟德坟前，有清朝乾隆三十三年四月立碑一块。水由村老人告诉我，1966年破"四旧"，立"四新"时，李孟德墓曾被挖开过，但里面没有任何东西。显然，埋葬李孟德尸骨的坟墓不在这里。在哪里？没人知道。清初，有人欲挖李孟德好眼，没有挖到，两百年后，有人欲挖李孟德坟墓，没有挖到。是巧合，还是必然？水由村，被围在民居中央的李孟德墓，那块历经风霜雪雨侵蚀的李孟德墓碑，深沉而平静。李孟德作为一个传奇人物，自有其否定或肯定的价值。在水由村，人们提及李孟德这个名字时，既五味杂陈，又津津乐道。李孟德这个名字以及与他相关的故事，在人们谈及"水由李"时，都是最先被提的。

我跟李树启兄相识多年，谈及"水由李"还是第一次。谈及李树启兄的爷爷李西珍时，看得出来他有些激动。与我俩一起站在村头的两位老人叹息道："李西珍不牺牲的话，肯定像李子超他们一样是党的高级干部了。"李树启兄没有说话，他的思绪也许又回到了那个战乱的年代，回到了那段历史的现场。那是抗日战争初期，中国共产党的力量还十分弱小。1939年的一天，住在沂水县马庄的汉奸头目孟玉卿派人到水由村征粮，汉奸进村后，开枪打伤村民，恰巧被李西珍遇见，他与随从人员将汉奸抓获，并将他们押解到游击队驻地。

之后，孟玉卿进行报复，带人在李西珍回家时，将其包围在院内。当时，地下党人李玉祥派人与李西珍取得联系，欲带队营救，李西珍为村民的安全考虑，没有同意。后来，李西珍在翻墙突围时，腿部中弹被俘，敌人用绳索绑住李西珍的双脚，用李西珍家的水牛拖着李西珍，连同他的家人和家产一起带至黑石沟村。

路上，李西珍的肚皮被划破，肠子露了出来。李西珍四子和五子（李树启之父），一个九岁，一个年仅七岁。在敌营，他俩不惧敌人，一直陪在父亲身边，晚上，兄弟俩轮流躺在地上，用肚子给父亲当枕头。一星期后，乡亲们筹集银元，将奄奄一息的李西珍赎回。回家第二天，李西珍牺牲。

村上老人告诉我，李树启兄祖上是名门大户，他的老爷爷是远近闻名的"铁笔"李埠，在浮来山一带，无人不晓。据老人们讲，李埠不仅毛笔字写得好，而且仗义执言，他写的状子更是十分了得。但凡他写的诉状，几乎没有判输的。

李树启兄的大爷李汝福，在李树启爷爷牺牲后，加入山东抗日游击第二支队，后任莒县中楼区区长，1942年，在莒县康山战斗中牺牲。李树启兄祖上勤劳节俭，他们把一辈辈节省下来的钱用于置地，"土改"划分阶级成分时，被划为"四类分子"。后来，在李西珍的老战友——时任山东省委领导李子超出具证明后，得以落实政策。

水由村，九曲河从这里开始流淌，一路跌跌撞撞地向着沭河，向着大海流去。水由村，一个家族从这里开始。富有传奇色彩的李孟德，闻名乡里、仗义执言的"铁笔"李埠，为革命而牺牲的李西珍、李汝福，在敌营用肚子轮流为父亲当枕头的两个孩子，呼号奔波十年之久的李玉刚，他们一起构成了"水由李"的精神谱系。

竹泉村

在山东省沂南县城西北十公里处，有一个广为人知的旅游度假村——竹泉村。竹泉村的名字源于山岗下那眼清泉及泉水浇灌的翠竹。

记得小时候赶年集，总见大人们肩扛挂满绿叶的竹竿穿行在我回家的小道上。冰天雪地间，一根根散发着清香的翠竹勃发着春的生机。父亲说："那是过年请家堂用的。"也许是我们住在姥姥家，离老祖宗太远的缘故，我从未见父亲买竹竿，也从未见父亲请过家堂。那个时候，我多么盼望父亲有一天也能扛着根翠绿的竹竿回家啊。

除夕的夜晚，当邻居家的孩子跟着大人们在噼啪作响的鞭炮声中过年时，随风飘来的欢笑声更增添了我心中的孤独和对那片翠绿色的渴望。自那个时候开始，那一根根散发着幽幽清香的翠竹，在我懵懵懂懂的童心里，长成了一株株绿色的梦。

长大了，参加工作了，冰天雪地中里勃发着生机的翠绿，却未因此而褪色。几年过去了，我的脚步几乎踏遍了故乡的山山水水，却未曾发现那翠竹的出处，甚至过年的时候，也少见肩扛竹竿匆匆而行的大人了。

二十世纪七十年代末，我被调往铜井公安派出所工作。一个春光明媚的早晨，我骑着自行车路过辖区的一个村庄时，一片翠绿映入眼帘。竹林！我几乎不敢相信自己的眼睛。蜿蜒的山脉，铺满鹅卵石的河床，崎岖不平的小道，竟深藏着江南的绿色。我屏住呼吸，小心翼翼地进入。一股叮咚作响的泉水从竹林中穿行而过。脚下，清澈的泉水蒸腾着浓浓的雾气。透过层层缥缥缈缈的白纱样的雾霭，在竹林黑色的沃土里，可隐约窥见一根根破土而出的尖尖的竹笋。

沿泉水溯流而上，在一个小山岗的下边，有一股自地下石缝里喷涌而出的泉水，翻滚起圈圈涟漪。那泉水跳跃着，欢快地，有节奏地，流淌进如诗如画的竹林中。泉边有一位鹤发童颜、手拿勾担的老人，在用瓦罐从翻滚着的泉中取水。不远处，一群端庄秀丽的村姑，正在泉水边洗衣、嬉戏。四周，用鹅卵石垒砌、被称为"干插墙"的农家小院和黄草苫顶的石屋，在竹林的掩映下，显得格外幽静、神秘。我掬一口甘甜的泉水，摸一摸青翠的绿竹，方才相信这不是梦。

我从没见过如此美丽、幽静的景致，叮咚的泉水声如同迷人的天籁，那片柔情似水的翠绿，洋溢着泥土的芬芳。放眼望去，那竹，那绿，已经和清澈的泉水融为一体了。它们一起向着远处延展。眼前，竹林间那绿、那泉水，在阳光下闪着金灿灿的光。恍惚间，在微风中摇摆的竹林，就像一群舞蹈着的洋溢着青春活力的少女。那是竹，那是泉，那是远古传递给我的柔情和思恋。

一切都静静的，没有一点声音，仍像梦境。我静静地站在竹林中，任清新的空气把我抚摸，把我浸透。我凝视着青青的竹林，对视着涌动的泉水，真切感受了这鲜活的纯情。在清澈的泉流里，在翠绿坚贞的竹节里，那一滴滴晶莹剔透的水，纯洁温润。我久久地站在那里，让思绪沿着童年的小径圆着童年的美梦。瞬间，我已弄不清，是泉水还是泪水湿润了我的眼睛。

此刻，古人咏竹的诗句，哲人对竹的冥思，已经显得苍白。在欢快的清澈中，这翠绿间的静谧和纯净，让我流连忘返了。

在与村民的交谈中得知，三百年前，这个泉水喷涌的幽静处，就已成为一个人的身心向往之地。他叫高名衡，字平仲，号鹭矶，沂南县大庄人。高明衡于明崇祯四年（1631年）中进士，先后出任江苏如皋、兴化县令。因督民治水、赈灾难民，政绩突出，被推为河南道试监察御史。崇祯十二年（1639年），他出任河南巡按，后升任兵部右侍郎。

一个炎阳炙人的盛夏，解甲归田的高名衡把目光投向故乡这个幽静的山峪。绿荫覆盖的群山间，有一条清澈见底、蜿蜒而行的河流，迎接着归乡的游子。山脚下滚滚涌动的泉水，洗涤着俗世的尘埃。高名衡深深地喜欢上这个地方，他把自己的憧憬和向往融入这股清澈的泉水中。

竹泉村原名"泉上庄"，明朝高姓望族在这里建有别墅。一株南方的竹植于庭院。竹，在恒温的泉水的滋润下，在这片干净质朴的土地上生根发芽，"泉上庄"因而被更名为"竹泉村"，据说，"竹泉村"三个字正是高名衡所书。他时常往返于沂水县城和竹泉村，写下了大量的诗文，其中不乏对竹，对泉，对大自然的赞美。

也许是命运的安排，十年后，我又一次来到已经被划归鲁庄乡的竹泉村，在乡里工作了四年。这里的乡亲热情、朴实，勤劳、善良，记得在一个山杏熟了的季节，竹泉的景色吸引了来自东营的几位朋友，他们乘兴登上山岗。杏树下，一位老人热情地招呼他们，朋友们以为老人是向他们推销杏的，就毫不客气地将一树熟透的山杏摘去大半。临行，朋友取出 100 元钱递给老人，老人笑呵呵地说："自己树上结的，交什么钱。我到你们家，你们也会管水的。"朋友们深知果实来之不易，一再恳求老人把钱收下，倔强的老人坚辞不收。朋友们被感动了，返回的路上，车内鸦雀无声。不久，朋友们又一次来到鲁庄乡，并带来了满满一卡车的文具用品，他们说："这是我们送给全乡孩子们的礼物。"

我离开鲁庄乡二三十年了，竹泉村已成为全国著名的旅游度假村。当我再一次走进竹泉村时，一种恬淡、安静、熟悉、亲切的感觉扑面而来。站在竹泉村东面的山岗上，向西遥望，莽莽苍苍的红石寨，以一种古朴和神秘的意味，让人心动。竹泉村已经发生了很大的变化，它和红石寨遥相呼应，勾勒出一幅宏大、质朴、幽静的乡村美景。当你身处村寨朦胧的夜色中时，漫天的繁星会还给你一个自由畅想的世界，你可以牵住朋友的手，绕着篝火，忘情地舞蹈和歌唱。

现在，我正踏着周边微露青苔的磨盘路，沿着泉水导引的路径，透过竹林间的光环，聆听微风触摸竹林的声音。脚下，这些从历史中走来的数不清的石磨，它们一字摆开，左转右拐，铺展出一条条穿越竹林的路径。泉水竹影中，那一个个刻有放射状花纹的磨盘，仿佛一个个旋转的圭仪，于水、土地、竹林、村庄、天空间，旋转出一道道投射着生命意味的关乎时光轮回和精神方向的指引。

红石寨

　　月光对于红石寨来说，或者对于我来说，是一束最安宁、最温柔、最具穿透力的光。当夜幕降临，当月亮从东面山脊上忽而送过来一束束清冽的光时，它一下子使红石寨，使来到红石寨的我，使红石寨所有的建筑、树木和灯火都安静下来。这是一个远离尘嚣、童话般的世界。这个时候，那些在月光下打着灯笼满山跑的萤火虫和那片水面上不断眨着眼睛的波光，带给我一波连一波的遐想。

　　晚上，红石寨睡了，红石寨的灯火睡了，红石寨所有的事物都睡了。红石寨睡得格外安宁，它让来到这里的所有人在一个偌大的通向幽深的床上入梦。我的梦里似有一股山寨褐红色石头里迸发出来的震撼力，让许多悠远的记忆一层层地打开。这个时候，有许多时隐时现、奇形怪状的光点，它们不知从何处而来，宛如雪花一样地在我的周边盘旋飞舞。它们由远而近，密密麻麻，层层叠叠，无声无息。它们让我感觉到那里有一种久远持续的震颤，并且传递给我一些既熟悉又陌生的画面。

　　早上醒来，阳光明朗，一切归于平静。我在红石寨的山门前，遇见了这个寨子的主人，多年以前我就认识他，他还是那个模样，高高的个子，微长的头发，黑色的墨镜，深灰色的风衣，很远就可以一眼认出他来。

　　这里已经开始变冷，一场霜冻过后，山野一片萧瑟，然而，自寨门至街巷和山岗上，那些如同彩片、彩线般紧贴着墙壁，或者顺着墙壁翻过屋檐，一直爬向屋顶的黄的、红的、紫的枝叶，以及路边岩石上和店铺旁边或成片或错落的各色菊花，与周遭景致一起，带给人们一种俊美热烈的气象。而山上山下，那些能够让我见到的每一丛菊花、每一丛荒草，都充满了灵性。它们时而抱团，时而跳跃，时而摇荡，时而于淡雅孤峭间，变成各式各样的形状。

和别处不同，红石寨东大门下面那条自下而上、由大块褐红色石英砂岩铺成、通向寨门的长长的台阶上，有几十棵形态各异的马尾松，错落有致地在台阶上站立。它们的姿势和站位，遮挡了自下而上和自上而下时的视线。那些马尾松枝干交错，不受约束地把根深扎于台阶下的石缝中。红石寨的主人告诉我，这些马尾松是前些年他让人从山上移栽过来的。他说，山寨的台阶太高、太长、太露，需要放下一点姿态。这些长在台阶上的马尾松，不仅在夏天可以遮阳，而且还能够让红石寨与来到这里的每一个人拉近距离。

许多时候，人与自然是被某些人为因素隔开的，以至于我们常常被自己的许多设计所禁锢。我们会发现，好多时候我们很难跳出人为设定的圈子，时常习惯性地、日复一日地，在忙忙碌碌中打发掉所有的时光，或者是在恍惚和麻木中度过一个个日子。当然，我们无须刻意追求所谓的清醒。但是，一种偶发于内心的念头，一个举手投足间的动作，有时候所带来的那种身处自然之中的朦胧感和切近感，就足以让人欢喜。站在山寨之下的我，仰头观望山门，那座掩映在松树间的高大山门，若隐若现。那感觉，含蓄而亲切。

红石寨的建筑各具特色，漫步在山寨的台阶和褐红色的裸岩之上，你会发现，这里的木屋、草房，竟然没有雷同的。我不由自主地再一次打量眼前的这位山寨主人，这位几十年来衣着、举止几乎一成不变的人，其实一直处在不断的变化之中。他讨厌那种没完没了的重复和模仿，他需要在不断的变化中，把隐含在自身生命秩序中的信念展现出来。他所展示的是一种真实的、人性的、大气的、唯美的艺术情调。正是他的这些非同凡响之处，才能让人们在莽莽苍苍、浑然一体的红石寨和那个充满智慧、兼有傲骨的身影中，窥见生命中那种特有的永恒不变的东西。

红石寨的主人显然已经领悟到生命的本意，他站在山岗的高处，自言自语地说："我知道这些以后都不是我的。就像韩信帮助刘邦打下的江山，既不是他的，最后也不是刘邦的。"他说这话时，天边飘来几朵云彩，云彩间时不时有阳光穿过，在我们的周围生成许多不规则的、缓缓移动的斑驳阴影。此刻，红石寨的主人站在一片不断飘浮着云影、裸露在大地之上的褐红色的岩石上，他凝视着远处缓缓转动的摩天轮。他没再说话，但他的眼睛里分明透着一束光，那光悠远而深沉，那光或许又在给这个山寨注入新的内容了。

不一会儿，红石寨的主人和我一起走进红石寨的深处。沿着褐红色石头铺成的台阶转弯向北，不远处有一座古朴的建筑，那是韩信庙。进入庙内，那些纵横交错的架构，让人感叹不已。站在高处，再看庙的四周，鳞次栉比的汉式建筑盘旋回转、交错勾连，它们在遥相呼应中与整个山寨浑然一体。

韩信是我心中一直放不下的一个人，这位中国军事思想谋战派代表人物，被慧眼识才的萧何誉为"国士无双"。刘邦评价他"战必胜，攻必取，吾不如韩信"。韩信也因而被后人奉为"兵仙""战神"。但是，他的命运是一个历史的痛点。

韩信攻下齐国后，为刘邦夺取江山立下奇功，被封为齐王，红石寨这个地方，当时就是齐国的领地。公元前202年，刘邦称帝，为了巩固刚建立的西汉政权，便开始了逐一剪灭异姓王的斗争，韩信逐渐被排挤在核心权力之外。公元前197年，阳夏侯举兵谋反时，吕后以"韩信手下人告发韩信同谋"为由，将韩信诱杀于宫内。

韩信的死让许多人扼腕叹息，论军事才华，他大概是最受国人认可的战神了。有关韩信的死，民间有许多版本和说法。我与红石寨的主人，行走到红石寨北面的悬崖下时，远远看见湖对面山腰间有一块长方形的巨石。红石寨的主人用手指着那块巨石说："那叫'棺材石'，那石头有故事。"

民间传说，吕后预谋杀害韩信时，刘邦召见丞相萧何密商，萧何鉴于韩信为刘邦称帝做出的贡献，建议刘邦赐韩信"月内自行了断"，刘邦采纳了萧何的建议。韩信由于怀念自己曾经为王的齐国，提出："只要踏进齐国土地，便可以死谢恩。"刘邦同意了他的请求。

一天早上，在监官和差人的押送下，韩信由京都踏上了前往齐国的道路。临近齐国，他选择了齐国东南边陲的东安县，作为自己的安息地。历尽艰辛翻过蒙山的这队人马，经过一番休息后，沿着狭窄的山峪向东安城进发。当他们将要走出山峪时，突然下起暴雨。恰巧路边不远处的山坡上有一个巨大的石棚，他们随即赶到石棚下避雨。这时，突然一声霹雳，石棚轰然坍塌，韩信和监官、差人一起被压在这块巨石下。

这块巨石被后人称作棺材石。古往今来，在这一带的村庄，因为这块石头衍生出许多故事。有关韩信的这个故事，只是个传说，但人们在这里想起韩信是真，佩服韩信是实。二十世纪九十年代，我在这个地方工作时，就听说过与这块石头有关的一些故事。韩信的故事只是其中之一，但我更喜欢听这个故事，更愿意在这里寻找那种源于历史的敬畏感。

历经几千年的风化和人为的开采，棺材石所倚靠的这座山已经越来越矮，但这块石头仍在。这块石头坚硬而巨大，无人能够撼动，而且也从未有人碰过它。红石寨的主人与韩信同姓，望着这块巨石，他沉思良久。韩信，这位被称为"战神"的先祖，那是他的骄傲。

红石寨对面的这块巨石，总给我留下一种轰然断裂时的神秘感，它始终与世俗保持着一些距离，也因而衍生出了许多看似天方夜谭的故事。而今，在红石寨，在透着鸿蒙之气的山野中，我通过红石寨，通过红石寨的主人，通过红石寨的过往，看到了一种格局，一种由竹泉村、红石寨串联在一起，与天地自然共存共生的璞之本然的格局。

石崇崮

　　在沂南县铜井镇三山沟村，有一个颇有名气的石崇崮大院。石崇崮大院像一幅画，它是用浅褐色的石英砂岩做墨，用交错纵横的山脉和深沟做纸，用双手做笔，在天地之间绘成的一幅具有自然造化和沂蒙人现代生活特质的画卷。

　　这幅原始意蕴和着时代旋律、诗意和美感的画卷，粗犷中不乏细腻，内容异常丰富。在这幅画的里面，"画笔"的每一次挥洒都暗含着大山的悸动与起伏，每一根线条都彰显着大山的觉醒与热情，它的每一处皴、擦、点、染，都流溢着雅悠与古朴的民风，山道、梯田、松林、荒坡、石阶、屋顶、大门、挂灯、山峰、星空，这些看似简单的山村元素，洞悉了某种规律，解析了乡村文明的生成过程。

　　是的，石崇崮大院的每一个细节、每一个形象，都闪现着创作者的独具匠心和情感波动，作者用他的"画笔"，细心地，不动声色地，把我从山间公路引向村巷，引向山涧、石亭、石碾……继而画卷展开，一座座高低错落的石屋、石楼，带着生命的形状、质地、色彩和气息，一呼百应地冲出画面。随之，石屋、石楼间的空地上，渐渐变得热闹起来，杀鸡宰羊，人来人往，不远处，石砌的锅灶，炉火正旺，高高的烟囱冒着青烟，这一切，以一种静美的动感，与一树的蝉鸣，与一群群展翅飞翔的小鸟，一起传递着季节的消息。

　　石崇崮，那些散落墙角的农具、陶器、石器，挂在墙上的黄灿灿的玉米、谷穗，还有一串串火红的辣椒，这些通常是城里人记忆中深藏不露的存在，它们在山村古朴的意象中，用不同的色彩暗喻着山里人的辛劳和梦想，表达着农人们对于时间和空间的敬畏，以及对于生命原初的渴望、留恋与欢欣。

穿过石楼，山坡下有一排类似陕北窑洞的山洞餐厅，它们的出现别有风味，穿过长长的阴凉的山洞，沿阶登上山腰，向着树枝摇曳的方向望去，前方"之"字形的公路、高高的山巅、紫色梧桐花掩映下冒着炊烟的村落，以及山脚下成群的牛羊尽收眼底。

显然，对于"画面"的经营和布局，"作者"有着含蓄而细密的构思，他把大山之中看似平常的生活场景，以直观的方式，呈现在人们的眼前。那些大多由石头和山村景物构成的背景，让整个画面显得恬淡优雅、寂静安详，它更像是一声朴素而深刻的提醒，把到此写生的画家不知不觉地引入景中，使其成为物像中的一部分。在这里，画家在找到本真素材的同时，也找到了那个真实的自己，继而打开了审美的视野，同时，也找到了一份超然和宁静。

三山沟，顾名思义，三面环山。地处三山沟的石崇崮大院，除了山沟里那条通道和山腰间的环山公路，抬头望去，它的周围全是山。那山几乎都是拔地而起，由于山峦的陡峭，四周长满松树的山坡上，有随处可见、奇形怪状的石流。那石流有的像"心"字，有的像瀑布，有的像奔跑的小鹿，有的像冬天屋檐下的一串串冰琉璃。那是下雨时山脊排水的通道，由大小不等的石英砂岩构成。那些石头已经被水流冲刷得十分干净，里面不仅没有了泥巴，也没有了沙子。

石崇崮大院周围有好多很有名气的山头，如虎臀顶、望海楼和石崇崮等。我尚不清楚大院主人取石崇崮作为这个大院名字的用意，但是，"石崇"这两个字已经足以吸引人的眼球了。石崇崮距离石崇崮大院很近，就在大院东北方向不远处，那崮在山顶之上鼓凸而立，崮顶的四周是残存的由大小不等的石块砌成的厚厚的围墙，站在围墙的高处便能一览石崇崮大院和大院四周的民居，以及那些曲曲折折的山路和被流水深深下切的道道山沟。

石崇崮这个名字由来已久，因何故而得名，何时而起名，它与石崇这个人有何关联，已无据可考。但是，在苍茫的沂蒙大地上，石崇崮这个名字的确是一个象征着生命意义的符号，时常闪烁跳跃在历史的尘烟中。

多少年来，石崇崮这个名字始终是山里人茶余饭后的谈资，尤其是石崇这个人，更是山里人津津乐道的。石崇的富有，路人皆知，但这一切自永康元年（300

年），赵王司马伦发动政变，石崇的靠山贾谧被杀，石崇被免官并被司马伦部属孙秀设计抄家流放，就已灰飞烟灭了。但历史上的另一个石崇，文化意义上的石崇，文人的石崇，却以一篇《金谷诗序》，让今天的我们依然能够感觉到历史温热的性情，以及从中溢放出的灵动、真实和洒脱。也许正因为这样，哪怕在这个偏远的山沟里，石崇这个名字，在山上山下，在田间地垄，在农人的目光和炊烟中，催生出一个个从遥远的历史中走来的故事。

石崇与这个地方到底有多少故事暂且不论，但文化的力量已经可见一斑了。相信但凡读书之人，大多对张岱的《湖心亭看雪》印象很深。张岱在大雪之后的一个夜晚，划着一叶孤舟，前往杭州西湖的湖心亭赏雪。突然，他的视野里出现了两个人。他惊讶地发现，那两个人正在亭内煮酒赏雪。雪夜，目光碰撞的刹那间，三人未曾细问对方的姓氏籍贯，便一起把酒言欢。这是一种难得的机缘，一个人的独处毕竟是寂寞的，三个人，尤其是一众文人雅士的相遇，其中的风雅之趣可想而知。而众多文人墨客，在人文与自然交相辉映的环境中，催生出来的那些诗文和字画，在历史长河的两岸成为一道靓丽的风景线。其实，石崇的《金谷诗序》、王羲之的《兰亭集序》等，就是在这种氛围里产生的。

历史上的石崇，他的可贵之处不在于富有，而在于他以文会友，并借以抒发情怀的文人气。史载：元康六年，石崇在他的私家园林金谷园举办了一场盛宴，被邀请者有苏绍、潘岳等30多位名人雅士。他们饮酒作诗，挥毫泼墨。其情景，可从石崇的《思归引》中窥见一斑。石崇在《思归引》中这样写道："登云阁，列姬姜，拊丝竹，叩宫商，宴华池，酌玉觞……"宴后，石崇把来宾所赋诗篇录为一集，即《金谷集》，并写下了著名的《金谷诗序》。如今，《序》中"或高或下，有清泉茂林，众果竹柏之属，莫不必备。又有水碓、浴池、土窟，其为娱目欢心之物备"的情景，仿佛就在眼前。

石崇崮所在的三山沟是蒙山山系的东大门，走出三山沟，向东不远处就是沂河冲积平原了。有人说，三山沟的沟是洪荒年代造山运动时地球大开大合后形成的，如果把三山沟两侧的山脉合拢，山沟两边锯齿状的山坡轮廓是相互吻合的。也有人说，三山沟本来就是海沟，三山沟大风门山顶上的大石棚，就是海水冲刷而形成。一旦走进三山沟，三山沟最深处那些呈撕裂状的岩石，以及大石棚和大石棚周围石头上留下的海浪冲击的痕迹，依然清晰可见，当你翻越三山沟连绵不断的大山后，你会真切地领悟到生命的律动和瞬间的生死变幻，甚至能够隐约听到一次次重来和离去时的声音。

位于三山沟的石崇崮大院，汇聚了众多来自不同方向的文人墨客。前些日子，我们和画家许嘉鸿兄有个约定，待天气预报有雪时，提前一天入住石崇崮大院，在石崇崮的吟雪亭内，也来一次"吟雪亭赏雪"，到时，也许会与有缘人不期而遇。

心灵的原乡

2000 年的那个冬天，野竹旺村刘振安接过祖上传下来的黑膏药，也接过了祖辈熬制黑膏药的技艺。黑膏药配方是刘振安祖上，在梁山好汉浪子燕青用过的方子基础上，经过不断研发完善而成的，因而它的名字叫"燕青黑膏药"。

燕青黑膏药的方子，在刘家人的手上流传了上千年。随着时间的推移，燕青黑膏药顺应了乡亲们的习惯称呼，被改称为刘氏黑膏药。刘氏黑膏药黑黑的，圆圆的，很容易让人想到煤炭，想到火苗，继而想到太阳，想到太阳温暖的光泽。所以，在我初次看到刘氏黑膏药时，就能感觉到一种热度，感觉到一种来自万物本源的热切迎候，并且能够从它散发出的黑色光晕里，发现一丝疼痛过后的欣喜。

一个冬天的上午，一次偶然的机会，我在沂南县中医文化研究会蔡建春会长处，与正在申报刘氏黑膏药非物质文化遗产的刘振安夫妇相遇，交谈中，得以知晓刘氏黑膏药的一些秘密。那次相遇，让我回想起小时候，在农村街头见到的那些打拳卖艺卖黑膏药的人。对我而言，那些人一直是一个谜。

二十世纪六十年代初的一个冬天，天气格外冷。一天，村庄的街头，来了两位打拳卖艺的汉子。他们选择了一个向阳宽敞处，在人们的围观下舞枪弄棒。几招几式过后，两位大汉索性甩掉棉袄，赤裸上身，再次上阵。在众人的喝彩声中，大汉们嘴里时不时地喷吐出许多火苗，火苗过后，又从嘴里吐出一条白色的纸条。但见大汉们用手抓住纸条，两手反复抽搋，纸条越搋越长，直到搋出一大卷纸团来。这时，人们睁大眼睛，惊异不已。人们纷纷围了上来，向大汉购买黑膏药。那些因腿疼、腰疼、肩周疼买了黑膏药的人们，贴上黑膏药后效果如何，我不知道。但每当有人来村子打拳卖艺卖黑膏药时，总有人在大汉们休息的间隙，买黑膏药，并给他们送上茶水和食物。

我童年时，村庄里那些打拳卖艺卖黑膏药的人来去匆匆，他们形同天上的流云，没人知道他们的去向。他们从肩头褡裢内掏出的那一贴贴圆圆的黑膏药，是什么成分，怎么制作的，更是一个谜。

遇到刘振安，是我的荣幸，是他帮我解开了这个谜团。刘振安告诉我说："制作黑膏药的程序十分复杂，一般从凌晨三点开始生火，五点开始捞渣，晚上七点多才能把黑膏药熬出来。"一贴看似简单的黑膏药，制作工艺竟如此复杂。我与刘振安互加微信。分手时，刘振安告诉我，如果想了解制药过程，最好在捞渣前到他那里亲眼看看。为了一探究竟，我让刘振安通过微信给我发了制作的刘氏黑膏药位置。

几天过后，我于凌晨3时30分起床，驾车赶往刘振安所在的沂南县马牧池乡野竹旺村。当时，路上少有车辆行驶，只有挂在西南天空的月亮闪着清光。路旁的村庄、树木、灯火，从我的车身旁忽闪而过。路的前方，在车灯的照射下，闪着寒光。远处，若隐若现的山脉和闪烁着灯火的山村，流露出一种浓浓的睡意。

这个凌晨，不只是我与刘振安的约定，更是我与自己童年时候那些卖黑膏药人的跨越时空的约定。时空浩瀚，并不妨碍我探究童年时候留存在心中的那段光影的真相，以及那两个赤裸上身、舞枪弄棒的汉子身后的未解之谜。我的汽车上坡下坡，几经辗转，四十分钟后到达目的地。

刘振安在大门前等我，见到我后，来不及寒暄，便引我来到他的黑膏药生产场地。刘振安生产黑膏药的场所紧靠他父亲的住宅。这里，三口大铜锅一字排开。每口大铜锅前，各有一位衣着整齐、戴着套袖的老妇人。她们手持木棍，在盛满被香油浸泡着的各种药材的铜锅内，不停地搅拌着。铜锅内，香油和药材不停地翻卷着。夜幕下，三位老妇人的脸庞，被炉口的火光映得通红。

这是一个古老的院落，我无法辨别它的岁数。那些隐藏在老屋石墙上的流年碎影，像一颗颗拖着长长尾巴的流星，在炉火的余光中忽明忽暗、闪闪烁烁。

这个时候，四周的房屋、街巷、树木依然睡着。忽闪忽闪的炉火，使得村庄在迷蒙的夜空下愈发显得沉静。

在这里，刘振安的爷爷和爷爷的爷爷，已经带着一身武功，带着与他们的命运息息相关的故事，驾鹤西去了。刘振安的父亲也已积劳成疾，病卧在床。然而，这场以灵魂相约的人与人、人与自然的契合仍在继续。

此刻，三口铜锅内，那些在沂蒙大山上生长的何首乌、透骨草、蒲公英、紫苏子、薄荷、蒺藜、拉拉秧根、杜仲、木瓜、癞蛤蟆棵、金银花、地龙和纯正的小磨香油等，在炉火之上缓缓地翻滚着。它们以一种延续了数千年的方式，在天地之间互动交融。

我的眼前，三口铜锅连同它内里所有的存在，仿佛一起活了起来。这些土生土长的中药材，吸日月之精华，沐春秋之雨露，在油与火的交互抚摸中，萌生出山魂水魄般的灵性。

黑膏药成分复杂，熬制时需采用桑、柳、槐做燃料。刘振安说，每锅要加40斤香油。药材经精心挑选，并需经过泡发、熬制、炼油、下单、火毒、摊膏六道程序，才能完成。刘振安还告诉我，这三口铜锅内的药材，以及制作的程序，都严格按照祖传的方子。它们对腰腿疼、颈椎疼、肩周疼，以及跌打伤，都有很好的疗效，具有透皮穿骨、祛风除湿、散寒止疼、溲风化痰、温经活络、活血化瘀、补肝肾、强筋骨的作用。

这个时候，天空星光闪烁，周围异常安静。听着刘振安的叙述，望着眼前的一切，我于噼啪作响的炉火旁，真切感受到一种源于自然的、人文的、有关于生命机体疼痛与解脱的种种神秘幽深的真相，进而萌生出一种由时间和空间交汇而成的，对于世间万物的敬意。

刘氏黑膏药由92味中药材合成。千百年来，它们伴随着刘振安祖辈的身影，闯关东，下江南，为众多百姓解除病痛。至今，那些地方的老人们还清晰地记得"刘氏黑膏药"这个名字。"92"这个数字让我惊叹不已，一贴似乎并不起眼的黑膏药，竟然含有如此众多的成分。刘氏黑膏药深藏着来自蒙山沂水间的多少精魂，凝聚了刘氏祖祖辈辈多少代人的心血。刘振安告诉我，清朝，祖爷在大成庄一带打拳卖艺，认识了同行徐大刀。两人经过协商，各自带着自己的黑膏药配方，去莒县县城一个老中医处，请老中医结合两个不同的配方，对黑膏药配方进行了调整和充实。新配方经过抄写整理后，两人各执一份。返回时，突遇大雨，徐大刀的新配方被雨淋湿，字迹模糊不清，无法使用。祖爷的那个配方，下大雨前被祖爷揣进怀里，从而得以保存下来。

璞玉需要时光的雕琢。大山深处，刘振安接过祖辈的褡裢，将过去的故事背负肩上，继续着那个前往心灵原乡的行程。刘氏黑膏药的背后，隐藏着一个家族漫长的传递。炉火旁的刘振安，这个紧随先人、不离不弃的身影，或许正是一个生命整体性意义上的存在。

日暮黄昏时

母亲又说起二舅，还是重复二舅小时候的那些事。

三年前的下午，电话那头，二舅问母亲腿还疼吗？寄过去的护膝收到了吗？血压稳定吗？从那以后，母亲时不时地看看手机，生怕漏接二舅的电话。但是，她再也没有接到二舅的电话。

黄昏开始降临，不大的庭院里，母亲目光向西，默默地遥望着远方。这时，一只掉队的燕子飞向过道，望着那只燕子，母亲说，她小的时候，姥姥家过道的屋笆上也有个燕子窝，每到夏天，母亲和二舅喜欢躲在过道门框边上，看小燕子和蛤蟆玩"数数比赛"。

姥姥家大门口北边有个小汪，小燕子们从窝里飞出，面朝小汪，并排站在大门外晾晒衣服的绳子上。比赛开始了。都是先从小燕子们开始。小燕子们报数几乎没有任何停顿，从排头到排尾，"一二三四五六七八九十"地数了下来，最后一只小燕子在说完那个"十"字后，"嘎"的一声停下，那意思好像是告诉蛤蟆们，它们数完了。汪里的蛤蟆们异常镇定，不急不慢、不慌不忙地，"俩五一十"地数了起来，一下子竟把嘴快的小燕子们比了下去。小燕子们好像不服气，又加快了语速，蛤蟆还是那样沉稳，照样"俩五一十"地数着，再次把小燕子们比了下去。

母亲住的这个院子，过道里也有燕子窝，而且还是两个窝，其中一个是新垒的，另一个是前些年垒的。那个老窝去年不知怎么掉下一块来。母亲说，现在的燕子和以前不一样了。她到城里来住后，就不见燕子报数了。燕子有时候也说话，却不是以前报数的那种，只是叽叽喳喳的。说这些话时，母亲的脸上流露出些许的留恋和期盼来。

小时候，我跟母亲去姥姥家时，二舅已经去连云港当兵了。家里只有姥爷、姥姥、大舅、三舅、二姨、三姨和小姨。姥姥家有五间堂屋，西头三间住的是姥爷、姥姥、二姨、三姨和小姨，东头两间住的是三舅和三妗子。大舅分家了，跟大妗子在家前一座平房里住。姥姥说，二舅在家时住在西间。西间床头的柜子上有二舅读过的书、用过的本子。姥姥家院子很大，院当中有一棵高大的榆树，西面有两间锅屋、一条过道，东南角是两间茅房。房子是土搭墙，屋顶用麦秸苫盖。

这天是农历九月初一，母亲说："再过二十二天，你二舅就整整走了（去世）三年了。上次你二舅家岩岩来看我时，想让我说说你二舅小时候的那些事。当时，时间紧，还没来得及说，岩岩就回徐州了。我该说说你二舅了，岩岩盼着。"岩岩是我二舅家的大表妹。母亲继续说："你把我说的记下来，过天去徐州给你二舅上忌日坟时捎给岩岩。"二舅小时候那些事，母亲经常挂在嘴边，母亲讲的，我以前大都听过，这次还是认真地听了、记了。

二舅是我的偶像，也是我们那个大家庭里众多孩子的偶像。二舅喜欢读书，我见到的第一本小说，是二舅读过的《三国演义》，那本封面泛黄了的《三国演义》放在姥姥床前的柜子上，我好奇地拿在手里翻看，见书页上的文字下面有许多用铅笔画的线。姥姥说："小心点，别把书弄坏了。"我即刻把书合上，小心地放回原处。

我心里一直放不下那本书，书中那些密密麻麻的字，带给我一种异常神秘的感觉。有许多次，那些密密麻麻的文字，在我的梦里幻化成许多小燕子，它们临空盘旋，越聚越多，直到变成一片片好看的云彩。二舅经常给家里写信，二舅来信后，三舅都会把信送来给我母亲看，信里，二舅总忘不了问家里人的情况：姥爷姥姥身体怎么样？庄稼收成怎么样？侄子外甥们学习怎么样？还时常给我们寄一些少儿读物来。因为二舅，邮局那个被称为小杜的送信人，与我们一大家子人都熟了，每当小杜骑着那辆绿色自行车进村，我跟表哥、表弟立刻就围了上去，七嘴八舌地问二舅来信了吗？一旦没有二舅的来信，心里就空落落的。后来小杜送信时，只要有二舅的来信，便早早地把信拿在手里，单手握着自行车把，向我姥姥家奔，我们大喊大叫地跟在小杜的车屁股后面追。

母亲说，二舅小时候很犟，一次，二舅跟姥爷和母亲还有大舅去南边黑豆湖扦黍秫，干完活后，姥爷喊他和大舅一起回家送车子，他偏不回去，独自在湖边转悠。没办法，姥爷和大舅先回家了，母亲留下陪着他，一直到天快黑了时才走。回家后，姥姥跟母亲说，他不回来，你还不把他扔水沟里。二舅接话说："打死就没有这个儿子了。"听二舅这么说，姥姥笑了。母亲说："别看你二舅那个样子，其实他人很幽默。那时候，你二舅时常在院子里用树枝画圈圈，画得可开心了。"母亲还告诉我说，大舅、二舅、三舅他们弟兄几个的小名都有个圈字。二舅时常在院子的地面上用树枝画圈。二舅不断地画呀画呀，画的大圈套小圈，满院子的圈。他一边画，一边唱《王二嫂盼夫》中的"大圈套小圈，圈连圈……"怪逗人的。

母亲还说，二舅小时候喜欢在村后的一个园子里玩。那里有小鸟，有蜂窝，有时一玩就是一天。有一次，二舅逮了一只小鸟，拿回家放在笼子里。很快有一只小鸟追了过来。那小鸟大声叫着，绕着笼子飞。母亲跟二舅说，那小鸟是一对恋人，怪可怜的，放了它吧。二舅很听话，把小鸟放了。后来，母亲跟二舅又谈起这事，问二舅，"当时让你把小鸟放了，没生气吧？"二舅说："那小鸟是一对恋人，就该让它们比翼双飞，我怎么会生气呢？"

母亲很关心二舅，有一次，在村里当妇女干部的母亲去沂水县城培训。培训结束后，母亲用省下来的生活费，在书摊上给二舅买了一本小字典。那字典，二舅一直随身带着。二舅随着部队从连云港到徐州，从徐州到吉林，后来，从吉林转业再到徐州，那字典一直在。

母亲说，二舅在沂水马庄读完小学，交了一个好朋友，那人是区里的通信员，二舅上学时，住在他那里。二舅朋友名叫刘启连，晚上两人睡在一张床上。有一次，刘启连发现二舅尿了床，怕二舅觉得丢脸，没有吱声，待二舅上学走后，悄悄地把褥子晒干。二舅很感激这位朋友，每次回家，总忘不了去马庄探望刘启连，我们一家人也都熟悉了刘启连这个名字。

二舅十六岁去了东北，在一个林场伐木头，那时二舅经常给家里写信。二舅在信上说，吃饭吃不饱，每个人每顿饭只有一个玉米馒头、很少的一点菜。而且到处狼虫虎豹，小咬很多，天天被咬。后来，二舅辗转数百里，去了抚顺煤矿二姨姥姥家。母亲说，二姨姥姥比姥姥岁数小，跟姥姥一样，都是团圆媳妇。那时，二姨姥姥跟着那家人闯了关东，在关东放猪时冻掉了脚指头。那家人对她不好，二姨姥姥在野外放猪时，打算吞针自杀，一共吞了一包针，也没死成。后来，二姨姥姥从那家跑了出来，找了煤矿上的胡姓人家。那家人待她不错，日子过得挺好。

见到二舅，二姨姥姥格外心痛，给二舅做了很多好吃的，让二舅多待些时日。二舅急着回家，二姨姥姥不再挽留，给二舅换了一身衣服，备好盘缠，二舅很快赶回家中。

二舅回家时瘦得厉害，躲在锅屋炕上，不想见人。有人过去时，他把脸转向墙壁，不跟人说话。后来，村里让二舅去"识字班"教书。二舅教书时，戴着一顶凹凸瓢样的斗笠，遮着脸。母亲说，别看你二舅性格内向，却很有见识。二舅教书那段时间，经常嘱咐家里人少说话，不要搬弄是非。

谈及二舅，母亲似乎有许多话想跟我说，又一时语塞。母亲毕竟是 87 岁高龄的人了。我跟母亲说，妈妈你不用着急，我先把这些记下。母亲又说，对了，别看你二舅小时候有脾气，但是，就数他最孝顺。是的，记得有一年姥爷身体不适，吃饭噎得慌。二舅听说后，马上从徐州赶回来，陪姥爷去徐州的医院做检查，诊断结果为食道癌。听说确诊消息后，二舅一夜白了头。

二舅工作繁忙，但是，再忙也忘不了给家人写信。有了电话后，二舅经常跟我母亲通话，以至于母亲对二舅的电话形成依赖，哪天接不到二舅电话，母亲就像掉了魂似的。

三年前，我与二舅见了最后一面。那次我们家与许嘉鸿兄一家同去四川旅游，为了见二舅一面，我提前跟二舅打电话说，去四川会路过徐州，顺便过去看看他老人家。二舅得知后，几乎隔一天就给我打一次电话，问什么时候到。不巧别的事情，又拖了些时日，让二舅打了许多次电话。到徐州后，二舅做的第一件事，是把早已准备好的、他的战友新出版的一本诗集给我。那本诗集里有战友写给他的一首诗。由于路上不方便拿，我让二舅收放起来，打算从四川回来时再取。想不到，在从四川返回的列车上，我接到了二舅病故的噩耗。

二舅的书房很大，他的书籍和他看过的报纸，几乎占满了整个书房。二舅病故后，二妗子和表妹、表妹夫，在书房内为我找二舅给我留下的那本诗集，找了许多时日，却一直没有找到。我想，二舅生前也许担心书被别人拿走，事先把它放到一个十分隐秘的地方了。二舅和写有他的诗的那本诗集，已经去了该去的地方。母亲跟二舅小时候看到的小燕子和蛤蟆比赛的场景，也已经去了该去的地方。

山里有个找娘的人

我从小就喜欢山，尤其喜欢在太阳快要出来的时候，站在我们家的东岭上，向西遥看那群黑黢黢的连绵不断的山。

初看，那是一片层层叠叠、起起伏伏的黑；仔细看，那些黑黑的影影绰绰的影子里，似乎有许多忽闪忽闪的光亮。以后，每当我想起山里那些忽闪忽闪的光亮时，总感觉那里面隐含着一颗辽阔无边的恻隐之心，而且那情景时常像梦一样出现在我的夜里，带来一种持续不断的温馨感。

去年夏天，我与一位从山里赶来的朋友相聚，其间谈起小时候看见的那些山。他告诉我说，那里他经常去，有机会他要领我进山，去看看一个让人感动的地方。说这话时，朋友的眼里有一束光亮忽闪而过，透出一丝神秘。

一年过后，我去了朋友那里，当时下着雨，路上雨越下越大，大得看不清路面，多亏汽车的刮雨器，为我略微打开了一点视线。不一会儿，雨停了，空气格外清新，路边的树枝、树叶、花草上都挂满了水珠。

午饭后，我和朋友一起开车进山，山越来越高，山沟越来越窄、越来越深。车窗外吹着一阵阵清新的风，山坡上一座座用石头垒砌的红瓦房，错落有致地分布在山沟的两侧。山沟里哗哗的流水声、被水流打磨得光滑的鹅卵石、四周郁郁葱葱的花草树木……不知不觉中，我的思绪飞出好远。

我们去的这个地方叫桃棵子，这是沂水县院东头镇的一个村庄。这个村庄有一户从山西省举家迁移到这里的人家，如今，因为这户人家，因为这户人家的主人，因为与这户人家主人的生命息息相关的一位母亲，以及因为这户人家的主人与这位母亲的故事，许多人从四面八方向这里赶来。

这个村子紧靠公路，周围全是山。以前，我路过这里几次，曾数次被美好的山村风景逼停。这次来到这里我才明白，这座山，这个村庄，如果过而不停，是会留下许多遗憾的。

这里，所有的房子都建在山坡上，而且，从屋墙到院墙，从道路到水井，从街角到田埂，几乎都是用石头做的。我与朋友一起，沿着一条曲曲折折的石板路向前行走。就是这里，我的脚印与一位肩挑酒罐的山西汉子的脚印重叠了。此刻，山道周围，漫漫时光张开了历史的光翼，那时光，在天空，在山间，在路边的瓦房和树林间，像大海的波浪般涌动着。我和朋友沿着脚下这条曲曲折折的山道，一直向前走了下去。

路上，似有一种莫名的伤感，伴随着缕缕山风向我袭来。我突然意识到眼前这条山道所隐含的精神价值的存在。是的，就是在这条山道上，就是这些深入到石头里的脚印，就是留下这些脚印的那个人，在这个山庄里找到了娘！当我寻着这些脚印逆向寻找时，我发现，那是一条不忍踩踏、又不愿离开的一个由起点到起点的圆，那个圆让一个人再也离不开他生命的那个点了。

二十世纪三十年代，一位身负重伤的八路军战士，在一个山沟里被一位母亲发现。这位母亲把他背到一个山洞里，帮他躲过了敌人的搜捕。她像对待亲儿子那样，悉心呵护他，精心照顾他，直至他伤好归队。那时，对于沂蒙大地上的母亲们而言，这一切常常被她们认为是分内的事情。但是，这个故事却没有结束。

一场持续多年的战争结束之后，人们发现，有一个身影在沂蒙大山里徘徊。他——山西人郭伍士，就是被那位母亲搭救了的八路军战士，在四处寻找那位救他一命的母亲。

战争年代，在沂蒙这个地方，救过八路军伤员的母亲很多，想找到救自己一命的那位母亲，谈何容易。而且，在那个特殊时期，郭伍士根本来不及问一下那个村庄和那位救他一命的母亲的名字，只知道她叫"张大娘"。在他的印象里，仅有一座高大模糊的山和幽暗星光下那位母亲慈祥的脸庞和关怀的眼神。

战争结束了，郭伍士没有去做官，也没有回他的山西老家。他挑起担子，一头挑着烧酒，一头挑着狗肉，在沂蒙大山里寻找张大娘。他一条山沟一条山沟地找，一个村落一个村落地打听。他翻过山山岭岭，走过无数个沟沟坎坎，他一路叫卖，一路打听一个叫张大娘的人。但是沂蒙山叫张大娘的人太多了，几年下来，郭伍士结识了好多个张大娘。

八年了，一路找娘的郭伍士，让一向沉稳的大山，让只知道低头走路、事不关己的河流，都开始着急了。路上，大山顶上时不时地滚下一块石头，河流时不时地发出一阵声响，似在提醒郭伍士：这里离娘不远了。一天上午，在一个山坡上，郭伍士看到一道用石头垒砌的田埂。日光和云的影子在他的眼前飘浮着，他顺着云的影子，来到了一条山沟里。当他看到山沟里哗哗的流水时，心突然急促地跳了起来，他抚摸着这些熟悉的石头，记忆逐渐清晰了起来。"对！我就是在这条山沟里身中七弹。对！当时山石碰触到我露出的肠子，是母亲用手捂住了我受伤的肚子……"郭伍士整个人完全失控了，他扔掉担子，向着不远处的那个村庄狂奔，直至昏厥在地。有村民发现了他，他被搀扶着，来到一个矮矮的石屋前，然后在一位白发苍苍的老母亲面前长跪不起。他号啕大哭："娘啊……儿回来了！"

就这样，沂蒙大山里，那个肩挑担子、一路找娘的人，在整整找了八年后，终于找到日思夜想的母亲。他举家从山西迁往桃棵子村，和妻儿一起陪伴着这个救他一命的母亲，为母亲尽孝送终。他嘱咐儿女，待他死后，也要葬在这位母亲的身边。

下午，我们有幸见到了郭伍士的大儿子和从淄博赶回来的三儿子、三儿媳妇。本来，我想进一步了解一下郭伍士过去的一些情况，但一切似乎都被现实生活冲淡了，我就没再打扰他们。

张大娘走了，郭伍士也走了，他们去了同一个地方。朋友指着不远处一大一小的两座坟墓说："那座小的是郭伍士，大的是他母亲。"眼前，一大一小的两座坟墓，儿子的向着母亲的。那是一种人性的面向，有一种近乎圣像般的沉静。静静的山坡上，儿子和母亲靠得很近！很近！！它很像一幅让人看了流泪的画。它似乎在告诉我，这里面深藏着人们平时少有关注、又近在眼前的看似深奥、实则明了的道理：人是有灵魂的。

天渐渐黑了下来，山村的灯火高高低低、疏疏落落，它们在泛着微光的天空下闪闪烁烁。此刻，站在这里的我，心底涌动着一种由衷的感动和崇敬，还想了很多……但不想多说了。因为眼前的这幅画面，在当今这个世界上或许是绝无仅有，再也难以相见，却又是完全依照人性本来面目描绘出来的真相。

沂蒙母亲

　　写完《山里有个找娘的人》一文后，那个肩挑狗肉和酒，在沂蒙大地翻山越岭四处寻找救他一命的"娘"，并且一找就找了八年的八路军战士郭伍士，他的身影一直在我的脑海里回旋着。我一直在问自己，是一种什么样的力量支撑着他，让他找"娘"找了八年？

　　沂蒙是二十世纪三十年代，即抗日战争初期，一批从延安来到这里的共产党人为这方土地起的名字。这方被称为八百里沂蒙的山区，以蒙山山系和沂河水系为主构成。中国共产党在这里建立抗日根据地后，这里因先后出现的沂蒙红嫂明德英、祖秀莲，沂蒙母亲王换于，沂蒙六姐妹张玉梅、伊廷珍、杨桂英、伊淑英、冀贞兰、公方莲和一群用肩膀架起火线桥的沂蒙妇女们而闻名。

　　由此可见，沂蒙这个响亮的名字是由沂蒙妇女们那一双双纤细的手擦亮的。沂蒙这个名字饱含着一种母性的坚韧、慈祥、温暖、疼爱，也代表了一种为了正义的目的而舍弃自己的牺牲精神。这一切，那个肩挑担子一路找"娘"，一找就找了整整八年的八路军战士郭伍士，他已经领悟到了，甚或领悟得更深更远。因为那里面有一种与他的生命和信仰息息相关的存在，那里面有不可洞悉的深度。

　　翻开历史的书页，在"女性""母亲"等称谓的背后，女人承受了太多的苦难。数千年来，她们几乎一直处在受压抑、被奴役的处境中。她们"嫁鸡随鸡，嫁狗随狗"，被残忍地裹足，被像牲畜一样驱赶、杀戮。在漫漫时光中，身为弱者的女人们，在残酷的历史夹缝里生存了下来。

一直以来，在沂蒙这个四季分明的地方，沂蒙妇女们早出晚归，整日劳作。她们生儿育女，孝敬公婆，年复一年，日复一日。她们种庄稼、推碾、推磨、烙煎饼，整天围着锅台转。这一切几乎成了她们的宿命。

沂蒙深受齐鲁文化的影响，一度被扭曲了的儒家文化，在这里占有绝对的统治地位。女人"相夫教子"，"一女不嫁二夫"，"女子无才便是德"……这种"文化"对沂蒙妇女的命运影响深远。生活在这种文化氛围下的沂蒙女性，其处境是可想而知的。因而，在这个漫长的过程中，一个女人，其内在的个性与"足不出户"的禁忌之间，曾经是残酷的矛盾对立面。然而，我们发现，在这个几近窒息的文化氛围里，沂蒙妇女们以一种几乎是永恒的形式，默默地实现着自我。这种永恒的形式，即奉献——牺牲——爱。她们的这种爱，在对子女、对丈夫、对公婆、对所有亲人的关怀中体现得淋漓尽致。饥荒时，当剩下最后一点食物的时候，她们选择的始终不是留给自己。

出生在沂河岸边的诗人李一泰在诗歌《娘，舔着刀刃上的果汁》中写道：

娘从提篮里摸出用鸡蛋换来的唯一的苹果

用刀反复比画着，终于将刀落下

切出了橘子瓣状的六份，一瓣捧给了上工回家的爹

剩下的分给了我们姊妹五个，娘兀自背过身去舔了舔刀刃上的果汁

……

爹夺过娘手中的菜刀

将自己的那瓣苹果切成两半塞到娘的手里

娘刚挑亮的那盏油灯在爹的眼中，瞬间——模糊

……

沂蒙母亲，她们把自己的生命及全部的希望，与她们为之"奉献——牺牲——爱"的人融合在了一起。她们把所有的感情和深重的忧虑，无条件地给予了自己生长着的这片土地。她们把所有的苦难装在心里，让自己默默地承受。她们恰恰是通过这种形式实现自己的价值。记得母亲告诉我，姥姥十一二岁就

做了团圆媳妇，受尽各种磨难。母亲兄妹六人，姥姥生小姨时，正值农忙时候，家中无人，在锅屋烙煎饼的姥姥去堂屋里间床上，从席后取出事先准备好的剪刀，自己接的生。待姥爷回家时，姥姥已经把一切安排妥当了。

二十世纪三十年代末，一批共产党人来到沂蒙时，告诉她们可以进"识字班"学习，可以当干部，可以自由恋爱，可以离婚时，她们的生命之火被完全点燃了。历经压抑，历经磨砺，历尽艰辛与屈辱，爱憎分明的生命，在一阵阵暖风的吹拂下渐渐苏醒了。当剪着齐耳短发的共产党女干部唱着"放了好，鬼子来了也能跑；放了吧，又扛犁来又扛耙"的歌曲，劝她们放开裹脚时，她们毫不犹豫地放开那双裹缠了近千年的脚。从此，她们更像是被一股自发的力量所推动，义无反顾地跟着共产党一路走来。身后，她们留下的那些不堪重负、但无比坚定的脚印里，有一种原生朴素的真实和坚韧，有一种人间的大爱和渴望。她们在让我看到一个个孱弱、温柔的身影时，也感受到沂蒙妇女特有的温厚、坚韧和硬实。

抗日战争、解放战争时期，这些为八路军、解放军做军鞋、纳鞋垫，用乳汁救伤员，送子送郎参军上前线的妇女们，展现给世人"最后一块布，做军装；最后一口饭，做军粮；最后一个儿子，送战场"的一幕，是极其悲壮的场景。在这个感天地、泣鬼神的历史画面上，她们的身影是如同神一样的存在。因而，我们可以清晰地看到，她们在历史的关口闪亮地出现在世人的面前。这些孱弱却坚定的身影，不是一个人，不是几个人，而是一群人，是整个沂蒙的女人们。

据说，1947年5月12日，孟良崮战役前夜，当行军中的解放军受阻于汶河北岸时，沂蒙妇女摘下家中的门板，结队站在齐腰深的河水中，用柔弱的肩膀架起了人桥。当战士们犹豫不决、不忍心踏踩着她们的肩膀通过时，她们喊道："同志们，时间就是胜利，赶快过桥！"战士们咬紧牙关，眼含热泪，从她们的肩头奔向战场。可以说，从这一刻起，整个战争的胜负已经没有了悬念。后来，有人对这个"火线桥"的真实性提出过质疑，不过我想，在那个时候，这一幕无论是否真实地发生过，甚或与事实本身有些出入，它都是人世间最重要的真实。它让我们真切地看到，沂蒙妇女与人民子弟兵之间架起的这座"心桥"是确定无疑地在那里了。

沂蒙妇女，是苦难最为深重的承受者，由于她们的存在，才有了我们今天引以为傲的沂蒙精神。沂蒙精神，那是沉积了几千年，被引领、被激活、被释放出来的文化的力量。数千年来，深受儒家文化影响，且被吴、越、楚文化渗透的沂蒙大地，有着独特的历史文化背景，这种历经各种文化碰撞、交融而形成，极具地域文化色彩的文化基因，悄悄地融入人们的血液里。这股沉睡的力量，一旦醒来，她所爆发出来的震撼力——惊世骇俗！平时"不踏三门四户"的妇女，危难之时解开衣襟，用乳汁救伤员；深知"不孝有三，无后为大"的父母，把最后一个儿子送战场……沂蒙妇女的这种大情怀、大气象、大悲悯，绝非偶然。这是一种历经炼狱后涅槃重生的存在，又是一种近乎神一样的存在，让人深感沂蒙文化的深厚。

山东济南女诗人苏雨景在诗歌《沂蒙母亲》中是这样写的——

没有比母亲更辽阔的名词了，甚至大地，甚至天空

都比不了那样的辽阔

整整一个午后

我被这个名词温暖着直到夕阳西下，直到流出泪来

没有人告诉我，你是不是眉目慈祥

这不妨碍我三番五次地设想你脸上的愁苦，鬓间的风霜

硝烟四起的饥馑之年啊

卖掉三亩薄田和献出四个骨肉

哪一件不是悲壮之事

你悲壮地把自己投入深渊，悲壮地在深渊里点燃薪火

那噼啪的燃烧和你一样从容，和你一样火热

任何一座雕像都临摹不出你的全部

你端坐沂蒙脚下，守望着岁月静好

踏春的人们正接踵而来，她们小心翼翼地经过你的面前

仿佛因你的辽阔，重生了一样

……

我之所以忍不住全抄诗文，是因为诗人也是一位母亲，一位身处齐鲁大地的母亲。她诗行里的每一个字，都出自沂蒙母亲——那个满溢着大爱的源头。蒙山巍巍，沂水浩荡。数百、数千、数万年来，沂蒙，这些水与石的碰撞与交

融，已经沉淀成一种具有地域文化特征的人格和灵魂。在这里，"沂蒙"二字因为感天地、泣鬼神的伟大母爱而闪光。

东　岭

　　这里，不见史学经卷之记载，也无文雅响亮之名号，只因地貌呈凸起之状，处在村落以东，故被村人称为"东岭"。东岭，其名虽无周知之意义、家喻户晓之影响，但它已经印在我的心底，成为我的精神寄托之地，无论世事如何变迁，我都习惯称它为东岭。在这道由坚硬的石英石和一层薄薄的黄沙土汇聚隆起而成，有着数不清的大大小小沟壑的长岭上，一辈又一辈的人们，依靠自己的双脚和双手，依靠那些几近原始的农具，在时旱时涝的黄沙土里种植地瓜、花生、大豆、玉米、谷子、荞麦……他们一辈一辈地活了下来，并且留下了许多疼痛而又温馨的回忆。

　　东岭，母亲在这里长大。母亲告诉我，姥姥是破落人家遗弃的女孩。姥姥被姥姥的父亲放在箩筐里，用扁担挑到东岭西边的下房家沟村，送给姥爷做团圆媳妇。姥爷父母早逝，因为勤快、吃苦、头脑灵活，积攒了几亩地。母亲说，她八九岁那年，姥爷在村东堙里那块地里种了很多面瓜和梢瓜，姥爷吩咐她看瓜。怎么看呢？母亲说，她看上了地头上那棵大槐树。母亲小时候喜欢上树，爬树是她的强项，有了那棵大槐树，母亲就有办法了。母亲去瓜地看瓜时，双手抱树，脚蹬树干，连着几个上蹿，就爬到了树上。她居高临下，瓜地尽收眼底，一旦有靠近瓜地的人，她就双手做成喇叭状，放在嘴上"嗨"的一声大喊，那人马上就离开了。这是东岭在母亲的叙述中，给我留下的最具活力的印象。

二十世纪六十年代初，我们兄妹四人跟随在外工作的母亲，来到姥姥家的村庄务农。姥姥家在下房家沟村，它的东面有一道岭，村里人都叫它东岭。那道岭蜿蜒上百里，与此刻我眼前的这道岭，一北一南，一脉相承。我们兄妹四人在岭西边的姥姥家上小学，然后去岭东边的郭家哨读初中，后来在东岭"岭盖"上的沂南十二中念高中，我们兄妹四人在这里度过了童年、少年的时光。

在姥姥家，一开始我们被安置在姥姥家后面一座破旧的院落里。据说这个院子的男主人上吊死了，家人都闯了关东，房子归了集体。这里的房子都是土打墙，盖房时，村民们用少得可怜的几块青石做地基，屋墙、山墙、院墙，全部用黄沙土做材料，靠一块不大的光滑木板，由人工一层一层地拍打而成。

我家住的那座老屋，墙上有几处裂缝，裂缝最大处，白天能从外面透进光来。晚上，尤其是冬天的晚上，寒风时常吹着口哨，夹带着雪花在屋里盘旋。睡在床上的我，用薄薄的棉被捂住头，但那风像是着了魔似的闹腾得更加厉害，往往直到天亮才会歇息。老屋的院墙有几处缺口，晚上时常有野狗窜进院内，母亲便把一根手腕粗的木棍放在床头。有一次妹妹肚子疼，呕吐了，多条野狗翻墙进来，一起对着屋门嚎叫，用锋利的爪子抓得屋门嘻嘻作响，吓得我们兄妹四人不敢吱声。母亲指着床前的木棍告诉我们："不用怕，有它在。"然后，母亲拿起木棍来到紧拴着的屋门前。她用双手攥住木棍，向屋门下面的过石上用力捣了几下，发出砰砰的声响，外面的野狗竟没有了动静。

东岭，有我的恐惧、我的疼痛，更有恐惧、疼痛中温暖的回忆。小时候的一个晚上，我突然发起烧来，烧得浑身滚烫。当母亲粗糙的手指划过我的额头时，我浑身上下已经满是冷汗。母亲点亮油灯，看了一眼我被烧红的眼睛，着急地说："走，去医院。"天黑得可怕，仅有的那一点煤油灯光，被黑夜一层层地包裹着，周围几乎什么都看不清。母亲把灯吹灭，背起我，摸着黑，沿着乡间小路，跨过三道深沟，向着东岭上的湖头医院走去。

漆黑的夜里，我的心脏击鼓般地跳动着，头疼欲裂。朦胧中，我看见我的一个小伙伴跟在我和母亲的后头，一会儿却又不见了。我喊了一声那个小伙伴的名字。母亲一愣，知道我在说胡话了，她加快了脚步。

天开始放亮，头顶上忽闪忽闪的星星格外清亮。我浑身冷得厉害，不断地发抖，是母亲温暖、宽厚的脊背，让我的痛苦得到了柔化。

上初中时，我每天早上都背起书包，步行翻过东岭，去岭东边的郭家哨联中读书，那时，感觉东岭很大。早上，上学路过东岭时，我都习惯性地站在岭上，回过头来看一看我家所在的那个村庄。天刚放亮，恁大的村庄竟成了一片模模糊糊的树林。再向西望去时，远处延绵起伏的群山中，有许多灯光闪闪烁烁。后来得知，那是沂南金矿的灯火。那个时候，每当看到这些时，我的心中总会萌生出许多幻象来，那些幻象每每跟我潜入长夜的梦境。

村庄的夜晚十分安静，站在村头遥看东岭，常有许多忽明忽暗、飘忽不定的光点在岭上游荡。大人们说，那是鬼火，吓得我们这些小孩子晚上几乎不敢出门了。东岭很大，向南、向北望去，一眼望不到尽头。记得东岭上有一种石头，那石头有的只有手指肚大小，石质十分绵软，我们都叫它"滑石"。上小学时，我们时常去岭上拣"滑石"，用它当作石笔，在方形的黑色石板上写字。后来全国"农业学大寨"，东岭被称作长虹岭，我们十二中的同学们被学校组织在一起，由老师带队，在长虹岭上的黑牛石村参加劳动。那是一个寒冷的冬天，我们参加了远超我们承受能力的深翻土地活动。坚硬的冻土，一镐一镐地下去，不一会儿手上就磨出泡来。晚上，我们住在村民闲置的房子里。房子没有屋门，晚上睡觉时，寒气袭人。早上，大家去汪塘边砸开坚冰，用冷水洗脸、刷牙，开饭时，吃着自带的煎饼。大概一两星期的时间，回到家后的我病倒了，是母亲昼夜守护在我的床前。母亲说，那期间，我多次从床上坐起，浑身颤抖，说着胡话。

1991年初冬，一纸调令下来，我从县城来到位于东岭中段的沂南县大王庄乡工作。大王庄乡驻地距我姥姥家不足15公里，它们处在同一条山岭上。我从县城来到这个偏远的只有一条黄土路通达的乡政府时，被眼前孤零零、空落落的红瓦房惊呆了，心中陡然生出一种落寞感。但是，值得庆幸的是这儿的人好。从乡干部到村民，见到我时都很热情。一年工作下来，我喜欢上这个地方了。两年后，一纸调令下来，我只好恋恋不舍地离开了这里。

今天早上，我突然萌生了去大王庄看一看的念头。电话联系曾在大王庄乡一起工作过的宋弟，不巧，他有别的事情要做，脱不开身，我就自己开车来了。本来是带着相机的，我想着拍些照片作为留念，但当停下车来，看到村民们正在田野里忙碌的身影时，我打住了。我觉得在这个时候，身背这么大的相机，有点太过招摇，于是只用手机随意拍了几张照片。

2000年，沂南县撤乡并镇，大王庄乡被划归蒲汪镇管辖。20多年了，当时的乡政府已经不是原来那个样子，能够确认乡政府方位的，是路东边的农村信用社，它能让你确信对面那片满是楼房的地方，就是当时的大王庄乡政府大院。大王庄中心大街向北不远处，是大王庄中学。大王庄中学的院子很大，操场也很大。我曾去参加过一次农民运动会开幕式。当时，身为大姐的赵春婷副乡长负责组织运动会。赵大姐奋发向上的精神状态和运动会上的热烈场景，让人印象深刻。那个时候，大王庄中学的教室、办公室都是平房，是乡里集资建起来的。遗憾的是，学校建起来后，学生小中专考试却没人能够考上。因而，乡里流传着一句话——"花了100万，买了个大鸭蛋"。很快，学校领导班子得到调整，第二年就有许多学生考上了中专和高中。新任校长上任后，我和乡政府李副乡长，到中学听过两次课。当时，学校的学习氛围很好，从校长、老师到学生，在他们的身上，你能感觉到一种蓬勃向上的力量。

如今，大王庄中学原有的平房早已被楼房取代。我停下车来，在中学大门前站了一会儿。校园很静，没有见人。我想起那个时候的老师和学生们，如今，他们大都不在这里了，那时候的学生有的已经成为老师。

从大王庄中学往西，跨过高速公路是泥泉官庄村。过去曾听朋友说，在泥泉官庄村通往中学的路上有一座小石桥。那桥虽小，却有些岁数，在桥下涵洞两侧的青石上，刻有一对龙的图案。因而，我从这里开始，沿着一行深深的脚印，寻着一个奔跑的身影，进入了这个村庄。

从大王庄中学到泥泉官庄村的这段路上，有两条河沟，都不算大，却有水，而且那水是常年都有的。那水在不引人注意的水草中闪烁着，仿佛在告诉我那龙还在。我沿着两条河沟寻找多时，其中的一条河沟，我甚至找到了它的源头。最后发现，那座雕有龙的桥，已经被新建的桥取代了。但那桥还在，那座老桥的石头依然清晰可见，那龙的确还在。

一个人一生中会去很多地方，最难忘却的也许只有一处，那就是故乡了。那或许仅仅是一条河，一座山，一道岭，一间老屋，一棵树，但是，一个人的魂魄注定就住在那里。东岭就是我的故乡，这地方虽小，但小有小的好处，它能让人找到童年时候的影子，真切地听到自己的呼吸声，清晰地感觉到自己的心跳。这地方固然闭塞，可它让人觉得踏实。

看着眼前一律用泥土、木棒和麦秸构筑的村庄，看着残缺的老墙、深邃的老井、光滑的老碾、窄窄的街巷……看到它们，我又想起了母亲。那年，我在郭家哨联中读书时，有一天刚下中午课，老师告诉我，母亲给我送水来了。我腾的一下脸红了。那天，母亲怕我早上吃的饭菜太咸，提着暖壶，拿着瓷碗，翻过一道岭，步行八里路来到学校。我怕同学们笑话我，没有出来见母亲，母亲又把水提回家了。望着母亲远去的背影，我流下了眼泪，后悔没有勇气出来见她一面。

那时父亲在外工作，整个家庭的重担由母亲一个人挑着。推磨、推碾、烙煎饼、炒菜、做衣服、浇园、干农活，这些都落到了母亲一个人的肩上。尽管这样，母亲的神色一直很安宁，安宁得如同村庄的老墙和墙角的油菜花一样。如今，面对年已九十岁的母亲，我不知道她在想什么，但我永远不敢惊动母亲安宁的神色。

东岭，这里一片寂静，一片安详。1959年筑起的大坝、1977年贯通的水渠，让人熟悉，又让人疑惑。我想去那个久违的涵洞看一看，顺便制造一场穿越时光的飞翔。一位老人问我："看那涵洞干什么？"我微微地笑了笑，遮住了心中的澎湃与感激。东岭，这里承载着数不清的记忆。我很清楚，我的魂魄注定就住在这道岭上了。东岭，这道岭上的老屋，这道岭上的每一粒沙土，每一滴水，注定与我和我爱着的亲人们同在。

家乡的煎饼

　　昨天上午，姨家表妹给我送来一小包煎饼。煎饼呈灰黄色，很小。表妹说，那是她用石磨把小麦、黑豆、核桃磨成糊糊后，在家用小鏊子烙的。

　　表妹已不是第一次给我送煎饼了。从前年春天，表妹开始烙煎饼时起，我就吃上了她烙的煎饼。表妹烙的煎饼不同于街市卖的那种。市上卖的煎饼大多是机器加工的，又柴又硬。表妹烙的煎饼很薄，薄如宣纸，软且好咬，能让我吃出小时候吃到的那种感觉来。表妹在煎饼糊里加了黑豆和核桃，比起小时候吃的高粱、地瓜煎饼，味道和口感上，又好了许多。

　　吃表妹烙的煎饼时，我想起年轻时与同事去南方时的一件事。那是在从郑州去广州的火车上。晚餐时，我跟同事在火车座位上打开包裹，拿出了自带的煎饼，卷上榨菜、大葱和香肠，一起吃了起来。这时，邻座的两个南方人投来一种疑惑不解的目光，他们的窃窃私语声传到了我的耳朵里："他们怎么吃纸呀？"那个时候我没想别的，只是觉得邻座的南方人有些少见多怪。

　　改革开放以来，社会发展日新月异，馒头、大米早已成为主食，但沂蒙地区人们的生活中，依然少不了煎饼。近年来，我与画家许嘉鸿兄开车外出采风时，也是带着煎饼出去的。当我们在高速路服务区拿出煎饼时，很多人也感到好奇。这让我感受到自己对于煎饼的那份永远割舍不掉的特殊感情。在黄土高原和云贵高原上，当我们在山野的路边，用煎饼卷上大葱时，感觉更是如此。

煎饼的起源有很多传说，流传最广的是诸葛亮突围曹军围困后，把锅丢了，没有了做饭的工具，诸葛亮就让士兵将铜锣放在火上，用面加水和成的面糊抹在铜锣上，于是就有了煎饼。但考古证实，仰韶文化时期，人们就已经创制烙饼用的陶鏊了。显然，这个传说即便属实，也并非煎饼的起源。

我就是吃着煎饼长大的。小时候，在沂河以东姥姥家居住，由于那个村庄地处丘陵地带，盛产地瓜，地瓜煎饼成了村人的主食。春节前，各家各户早早地用大瓦盆泡上瓜干，用石磨把泡透的瓜干磨成糊糊，待面团发酵后，便在锅屋里支上生铁鏊子，然后烙起煎饼。

烙煎饼是春节前沂蒙农村"办年"时，占用时间最长的重要事项，一般节前头半个月就开始了。但凡能推动磨的孩子，都要跟大人一起推磨。磨好煎饼糊糊后，孩子们就解放了。剩下的那些活，基本上都是母亲们的事。烙煎饼，一般在家中偏房的锅屋内。母亲们支好鏊子，用油褡子擦下鏊面，然后用勺子舀上煎饼糊糊，再用木制的煎饼耙子，在鏊面上拖着煎饼糊糊顺时针旋转，待把煎饼糊糊摊满鏊子，用煎饼耙子把面疙瘩抹平，不一会儿就出来一张黄灿灿的煎饼了。

在这个过程中，整个村庄被一缕缕蓝色的烟雾笼罩。这个时候，如果刮来一阵旋风，村庄的天空中会出现一根盘旋而升的蓝色烟柱，那烟柱夹带着一股淡淡的烟火味，把村庄的烟雾向着天空收拢。随之而来的是一波波源于大野的清新空气，那空气从村庄的四周被吸纳了过来，丝丝缕缕地进入了每家每户的过道，深入每家每户的锅屋。

锅屋低矮，被烟熏黑的锅屋门口更是低矮。烙煎饼时，个子高的母亲只得弯着腰进去。房屋太矮，鏊子也矮。记得母亲烙煎饼时，坐在土打地面的一把干草上，顶着头巾，弓着身子，"哧"的一声划了火柴，点燃了鏊子底下的柴火……这是时常出现在我眼前的生活画面，其中的感觉用语言难以表达清楚。我曾试图像画家那样，用文字为母亲描绘一幅烙煎饼的画像，但我发现这个画像实在无法画出其原本的面目。

新年就要到了，我们兄弟姊妹几个又要长一岁。正在锅屋烙煎饼的母亲，心里充满了喜悦。那喜悦中有期盼，有憧憬，背后亦有生活中的酸楚，更有一些我永远读不懂的东西。就这样，连续十几天下来，家中的大缸里盛满了煎饼。那煎饼，足够一家人吃一个月的。

平常日子，母亲也是一样地辛苦。天刚放亮时，睡梦中的我，被母亲的脚步声震醒，那是母亲在窗外推磨的脚步声。那脚步声很沉，很慢，每一步都使出很大的力气。脚步停下来后，传来母亲用勺子往盆里刮糊子、刷磨、抱柴火和进出锅屋的声响。我起床后，母亲已经把煎饼烙好。一大早，我就能吃上散发着锅灶余温、香脆可口的煎饼。煎饼薄而干，易于保存。我在郭家哨联中和沂南十二中读书时，母亲都是早早给我叠好煎饼，把炒好的腌菜装在红糖瓶子里，用包袱包好，然后，站在大门口前，目送着我。我走出一大截路，回头看时，母亲依然站在那里。

沂蒙一带用于烙煎饼的粮食，主要有地瓜、玉米、高粱、小麦、谷子等。过去，在这里，烙煎饼是每个女人都会的活。"拙煞的木匠会打材，拙煞的老婆会做鞋，最拙的媳妇也能把煎饼烙出来。"这是在沂蒙地区一首流传很广的童谣。因为煎饼，人们还杜撰出了许多与煎饼相关的故事。其中一个是这样的：一个大户人家，老爷和夫人得急症突然死亡，撇下小老婆和闺女黄妹子。老爷在世时，把闺女许给梁马为妻。但梁马家已经败落，当家的小老婆想让黄妹子另嫁他人，好多得些彩礼。于是把梁马骗到家里，只送文房四宝，不送饭，想把他饿跑。黄妹子用杂粮烙成纸一样的薄饼，送给梁马，让梁马渡过难关。后来，梁马考取状元，二人结为夫妻。另外，还有人们带着煎饼闯关东等与煎饼相关的许多故事。

煎饼的故事很多，于我而言，煎饼是一种常常徘徊在心灵深处的有关母亲的记忆。表妹每次送煎饼来时，都勾起我的回忆，我会想起天放亮时，母亲在窗外推磨的身影，想起母亲累得腿疼时强忍住，不想让我看出来的表情……

如今，馒头、米饭，以及其他各种花样的米食、面食，成为普通百姓的主食。在餐桌上，煎饼已经少见了，即使见到，大多也是用机器加工成的煎饼。农村各家各户的磨盘，大多已被收集起来，做成了另外一道风景线。用于烙煎饼的生铁鏊子已经难得一见，但是，煎饼在人们的记忆和情感里已经深深地扎下根来，那一张张圆圆的看似不起眼的煎饼，面对着我们的大本大原，它与太阳，与月亮，与空气，与山水，与石头，与土地，与一方土地生长着的庄稼，与一方土地上的生生死死，与每一个吃煎饼长大的人，都有着千丝万缕的联系。

老梨树的记忆

  周末的下午，周约我去西寺堡村买梨，周在外地的一位朋友喜欢上西寺堡村的梨——当地百姓将其称作车头梨。这些年，每到这个时候，周都要开车去西寺堡一趟，提前给朋友买上。陪周一起买梨时，天气冷了下来。这与我往年春天来这里拍照时，那种"千树万树梨花开"的场景有着天壤之别，它一度让我感觉此地非彼地，甚至有一种隔世之感。

  对我而言，西寺堡村并不陌生。这些年来，每至梨花开放的季节，我都会带上相机来这里拍照。山坡、村头，路旁、沟边，那些已经有了上百年树龄的老梨树，用粗壮的树干、弯曲的树枝、洁白的花朵，友好地跟我打着招呼。西寺堡山坡上那些盛开的梨花，那些舒展出点点鹅黄的花蕊，在我的镜头里，在我的记忆里，散发纯白而干净的光泽。那是一层层呈扇状、伞状、云朵状的柔和的光晕，她们在山风、地气的包围中，于天地之间幻化出白天鹅翅膀一样的颤动。那是一整片悬在地面上的白色云层般的存在，它与紧贴在地面上的正在吃着草的白色羊群一起，勾勒出一幅鲜活干净的画面。那幅画面的颜色虽然看似单调，却给人一种充满生机的、异常充实的精神填补。每次来到这里，我都会久久地站在开满梨花的大树下，望着树冠上和山坡上那片雪一样的白发呆。恍惚间，阳光穿过花的缝隙，投射过来，留下参差斑驳的影子。那白，让所有关乎花季的概念都显得肤浅而矫饰；那白，那视觉，那画面，是一种透彻心扉的灵魂入住，更是人间少有的纯粹。

这个下午，是我第一次深入到这片梨花所在的村庄。周开着他的车，沿着窄窄的村巷，拐了许多弯。然后，在村西一处宽敞的地方停下。我们沿街向北走不多远，在一道沟崖上见到了卖梨的老赵。老赵领我们走进他家存梨的敞篷，从塑料袋内取出鸡蛋般大小、浅黄色的梨，递给我和周。梨清脆可口，十分好吃。那梨的清脆，勾起了我对那片纯白花朵的感激和回忆。我问老赵："这梨怎么比我以前在路边买的梨好吃？"老赵说："这是老梨树上结的梨。村里一共有八九百棵。"老赵停顿了一下，接着又说："那些老梨树，在我小时候就像现在这么大了。问那些老人们，他们也不清楚老梨树是什么年代栽的，只是说，他们小时候，树已经很大了。"

老赵今年66岁，足见梨树的树龄够长的了。老赵给我们装箱时说："这梨多亏俺村的那位老书记，要不就吃不上了。"我问是何原因？老赵说："1960年前后，这一带刮起一阵砍伐风，周围村子的老梨树都被砍了，唯独西寺堡的老梨树还在，那是硬被老书记保住的。"老赵说这话时，抬头望了望棚外的天。老赵的这个动作，让我想起在一书本中读到的"一只鸟每饮一滴水时，就抬起眼睛向天表示感谢"的情景。那是一个生命回应另一个生命时，由衷发出的感激。紧接着，老赵说："老书记那人真好，现在村里的人都还惦记着她呢。"我问老赵："那位老书记还健在吗？"老赵说："人还在。"继而他又说："老书记是个女的，名叫孟宪玉。那个时候，老书记只有20多岁。她30多岁才出嫁，嫁到葛沟镇了。"

西寺堡村三面环山。为了深入感受一下这片土地的温厚，为了在老书记保护下幸存的这片老梨树那里找到些什么，我登上了村庄北面的山顶。从山顶向山下看，那一片历经数百年风雨的老梨树，有的站在坡顶，有的站在坡下，有的站在斜坡上。它们远远近近，遥相呼应，它们中的每一棵都保持着巍然守望的凝重姿态。

我是带着崇敬之情来的。这片土地的过去和这片土地上不知起始年月的老梨树，它们的身上长满了另外一些事物。在那个特殊的年代，"一阵风"过后，幸存下来的这些老梨树，它们不仅活着，而且活出了一道美丽的风景线。人们已经很难说得清它们是什么年代在这里扎下根的，但是人们清晰地记得，是一位年仅二十几岁的姑娘保住了这些老梨树，是她留住了这股深扎大地的力量。

那是一个寒冷的冬天，一个二十几岁的姑娘，在一个看起来跟其他村庄没有什么不同的村庄里，做出了一个不同于其他村庄的决定。回看这幅画面，这一切对我来说仍然是谜。世间万物，芸芸众生，人，的确被上苍赋予了许多责任。许多人在关键的当口，很难做出真正具有道德尺度和回应灵魂召唤的决定。但是，西寺堡这个仅有二十几岁的姑娘做到了。这些老梨树的根系几经深入，已经深扎在厚厚的红土和红土层下的岩缝中。它们不断地伸展，不断地用一根根敏感的触角，与各种各样的活性因子安静地对接。这种对接似有一种灵魂的感知和心灵的呼应，它们让树木发芽，梨花绽放，果实成熟，让一棵棵源于大地的生命不断地成长。

每年霜降前后，村庄的人们从这些粗大的梨树上摘下成筐成筐的梨，然后把它们储存在用土坯垒成的梨洞子内。从霜降到第二年梨花落尽、小梨开长，那些梨依然鲜活不烂。

西寺堡村那些有关老梨树的看似寻常的往事，半个多世纪以来，一直在人们记忆的角落里深藏不露。它看起来被遗忘了，其实没有。人们一旦走进西寺堡，一旦走到那一棵棵古意盎然的梨树下，一个人的名字又回来了。这个名字让一段历史重现，让一个几近神圣的场景重现。伴随着这个名字，一支歌谣在这方土地上反复重现："常山庄的柿子，西寺堡的梨，走南闯北赶四集。"是的，要知道，一些事物看起来已经过去了，其实，它会在历史的时空中长存。

早上九时许，我来到居住在沂南县城金叶家园的孟宪玉老人的住处。正在家中品茶的她头发花白，思维敏捷，声音洪亮。当我提及西寺堡的老梨树时，她侃侃而谈，完全不像80多岁高龄的老人。孟宪玉老人告诉我，她1956年入党。入党的第二年，她即担任了村的支部书记，一年后任管理区书记。"大跃进"吃食堂的时候，她发现各村库存的粮食不够半年吃的，但是如果把粮食分到各户，各户把分得的粮食与地瓜秧、野菜混在一起，蒸窝窝头、烙煎饼吃，是可以渡过难关的。她负责的管理区，一共八个村，表面上村村都有食堂，实际"明修栈道，暗度陈仓"，没有出现饿死人的情况。谈及往事时，老人的脸上流露出当时违背上级指示的愧疚感。此情此景，让我感叹不已。

谈起西寺堡的老梨树，孟宪玉老人说，1961年，她从管理区回村里担任支部书记。快过年的时候，县里召开会议，传达上级"林木归社"的指示。会后，其他村因为马上要过节，没有部署安排。孟宪玉担心"林木归社"引起乱伐，随即召开群众大会，宣布"林木归社"政策，严禁乱伐树木，并对所有梨树逐一登记。西寺堡村的那些老梨树，因此得以保留了下来。

孟宪玉老人在任西寺堡村党支部书记的那段时间，和父老乡亲一起为村里修了水库；在周围的山上，把野生的酸枣树嫁接成大枣，并新栽了270亩梨树。1966年那场运动开始后，孟宪玉离开了西寺堡。

西寺堡的老梨树正在经历又一个冬天。冬，是一次必然的跨越。天地苍茫中，愈来愈近的太阳，愈来愈暖的土地，又一次从大树的根系中生发出一种对于早春的向往。60年前的那个冬天，西寺堡周围村庄的老梨树，在"一阵风"的吹刮下荡然无存。同样是60年前的那个冬天，西寺堡村的老梨树，在一位青年女书记的保护下活了下来。西寺堡的这个冬天，向人们打开了一扇窗，那一棵棵老梨树，那些从老梨树上摘下来的一个个清脆可口的车头梨，还有那个很快就要到来的一年一度"千树万树梨花开"的季节，提示着不能遗忘的过去。

界　湖

界湖不是湖，它是沂南县城驻地的名字。我出生在这里，后来工作、生活也在这里，对这里已经够熟悉了。然而"界湖"这两个字于我而言，又是一个既熟悉又朦胧的存在。它如同时光隧道中的一束光，常常以一种神秘的寓意，把我拽进一个梦幻般的湖泊。这个湖泊幽深而神秘。我的精神畅游其中时，发现了许多本然永驻的东西。

我出生在界湖，出生时只有五斤。母亲生我的时候，正处在"大跃进"过后的饥荒年代。当时，我们家就在界湖西面一条渠道边上的工厂内。那是一个集小型水力发电和面粉加工为一体的工厂，负责小城电力供给和面粉供应。当时，工厂刚建，职工住宿都成问题，因而我们住在简易工棚内。

后来，母亲时常跟我提起界湖那条渠道里的鱼。那时，发电站水轮下面有很多鲶鱼，关闸放水后，一次能逮很多条，足够厂里职工吃好几天的。母亲还说，那时我时常在床上做逮鱼的游戏。我做这个游戏时，把被窝当成渠道，从被窝里逮出鱼来，然后用手做成锅的样子，嘴里发出咕嘟咕嘟的声音，假装鱼蒸熟了，用手捧着给母亲吃。多少年来，那是母亲见到我时，最喜欢提及的一件事情。

后来，随着父亲的工作调动，我们全家离开了界湖。直到十几年过后，我参加工作，又来到了界湖。也不知是为什么，多少年以来，"界湖"这两个字在我的脑海里，常常充盈着许许多多湿润的、闪烁着波光的记忆。我的内心总被一些似有似无的事物撼动。随之而来的，是一些莫名的惊奇感和神秘感。那是处在一个静谧、温馨而充盈的空间里，所产生出来的一种感觉。这种感觉有时如同电击般地从我的头发梢直达我的脚底。这股令我全身战栗的电流，会让许许多多过往的事物，重现在我的心灵深处。

界湖是我工作的第一站。我所工作的沂南县公安局的旧址就在界湖那棵大银杏树下。银杏树虬枝龙爪，亭亭如盖，是整个县城最大、最古老的树。银杏树的西南角，有一湾泛着波光的大汪。那汪安静异常，诡秘莫测，如同一只能洞察世事的眼睛。有一天，一位老公安神秘兮兮地跟我说，很久很久以前，界湖是一个很大的湖泊。自那之后，那个两个篮球场大小的大汪，在我的大脑里持续地回旋，挥之不去。

我时常在想，界湖大银杏树下的那个大汪，很有可能就是老公安所说的古界湖遗迹。虽然界湖现在没有了湖泊，但不一定没有过。界湖在沂河和汶河之间，依山傍水，身处平原。界湖地下那些黑色的黏土，分明是冲积而成的。过往，在界湖的民谣里，就有"界湖街有三多，水多、泥多、蚊子多"之说。目前，尽管没有更多的史料佐证，但我还是相信那位老公安的说法。

自那以后，我喜欢悄悄地潜入深藏在内心的那片水域，让自己的灵魂于幽静之处反观自照。这个时候，在我的内心深处，一个"湖光秋月两相和""船动湖光滟滟秋"的界湖，就会缓缓地从遥远的过去来到我的眼前。

一个人一旦进入一种意境，很容易产生一些匪夷所思的想法。虽然那些想法有些不一定靠谱，甚至看起来有点荒唐，但还是愿意往那个方面去想，还找出许多驴唇不对马嘴的理由来。很多年前，沂南有过几次严重的干旱，干旱之后，下过几场雨。界湖的雨下得很大，周围却很小。这是否是一种湖泊效应呢？这种想法近乎荒唐，但每当出现这种情况，我的思绪就无法跳出那一湾湿淋淋的存在。

后来，界湖村民施工时，从地下挖出了许多鹅卵石。那些鹅卵石，显然是由于水的冲刷而形成。记得前些年，我与一位老先生在县城一家酒店聚餐，曾提及界湖的话题。先生是一位十分严谨的老中医。他告诉我，鲁庄河曾于铜井镇大张庄那个地方改道。他曾多次去大张庄公路桥下考察，发现桥下河道两侧的岩石上有人工火烧开凿的痕迹。那是古人在冬季通过火烧，利用温差破石开凿的一种方法。他还说，过去鲁庄河是与界湖相通相连的，由于水流落差太大，时常造成灾害，因而界湖在铜井大张庄改道向东，直奔沂河去了。

我也留意观察过鲁庄河至界湖一带的情况，却未能发现相关的痕迹。但是，界湖地下的鹅卵石与鲁庄河床的那些鹅卵石，它们的形状相似。鲁庄河落差很大，留不住沙子，整个河床布满了鹅卵石。当然，这不等于界湖地下的鹅卵石就是从鲁庄河冲过来的，但是，在遥远的过去，界湖的周边至少有一条河经过。

假如波光荡漾的界湖曾经存在过，水的来源是关键。我又想到界湖的那条水渠，那应该是二十世纪五十年代初，人工开凿后从汶河引水过来的。过往，汶河与界湖是否曾经有过一条水的通道，不得而知。但是无论如何讲，界湖这个名字应当与湖泊有所关联。也巧，诗人种善东在微信看到我的文字后，给我留言说："鲁庄河曾经流向界湖，旧河道经珠宝庄、银山庄、莱坪村、山旺庄到了界湖，这条旧河道还存在，沿山旺庄桥上溯就是。"种善东的留言，佐证了这种猜测。

过去，我们习惯把大片平展的土地称为湖地，但界湖不同。看一下界湖附近村庄的名字就可见一斑了。看，界湖西面村庄的名字叫水浒套，东面村庄的名字叫前湖埠、后湖埠，东南方村庄的名字叫东平湖。俗话说"有说就有讲"，从字义上看，"水浒"二字意为水边，"湖埠"的"埠"意为停船的码头或靠近水的地方。如果本着这个思路向前寻找，我们的眼前，一个将界湖与东平湖串联在一起的湖泊轮廓也就清晰地显现出来了。

"湖"字的前面冠以"界"名，应该有其特定含义。有一次，我与高全成老师谈及"界湖"名字的缘起时，这位在界湖生活多年的知识渊博的老师，根据见闻与经验向我叙述了这里过往的部分地貌，他说，这里确曾有过许多小的湖泊，湖泊之间垄埂宽阔，可以耕种，并说"湖"加以"界"，是对"湖"加以约束，智慧利用，显示了人们的勤劳和智慧。

高老师所言有其道理。记得二十世纪七十年代，在沂南县老烟酒公司和界湖粮管所附近有多处大汪，有些大汪与人工渠道相连相通，它们应该就是古界湖的遗迹。古时，随着鲁庄河的改道，界湖逐渐淤积，湖面缩小，慢慢分解成许多小的湖泊，直到大多消失殆尽。在这个过程中，有些人最先来到了这里，他们利用众"湖"的充足水源，在"湖"界之上开垦土地，种植水稻、高粱等粮食作物。久而久之，这方肥沃、富庶的土地，吸引了四面八方的关注，"界湖"也因而作为一个极具地域特征的名字沿用下来了。

当然，界湖之"界"作山川之"界"或区域之"界"皆有可能，包括我以上所说的那个湖泊，也仅是一种猜想或推断，成立与否有待考证。但是，自从第一眼望见界湖古老银杏树下的那个大汪，我就被一种苍茫感打蒙了。自那以后，"界湖"这两个字，一直在我的内心荡漾。直到现在，行走在界湖这片土地上时，我依然感到脚下有一种宛如洪荒初音的涌动。

界湖给了我生命最初的感动，给了我生命最温馨且又最疼痛的记忆。无论我走到哪里，大树之下那一双孤独而深邃的眼睛，总是在用一种勾魂摄魄的力量注视着我。界湖那湾若隐若现的湖水，那湾烟笼雾绕的潮湿，如梦似幻，时远时近，让我难以释怀。

河　渡

　　我庆幸自己一直生活在这片被沂河滋养的土地上。

　　上小学那年，我随母亲去沂河以东姥姥家的那个村庄定居。姥姥家在两座南北走向的大岭之间。村子被一条大沟隔开，沟东沟西一分为二。沟西地势较高，大多是马姓人家，人称马家崖头。沟东地势较低，有杜、邹、李、崔、徐姓等，人口多于马家崖头的，人称"庄里"。大沟常年有水，水不大，却清澈。下大雨时，沟里的水开始上涨，每当这时，成群结队的小鱼逆流而上，有的小鱼甚至沿着雨中的水道游到街巷来。

　　雨过天晴，雨水退去，有些来不及撤离的小鱼滞留在洼地。那鱼有着各种各样的颜色，白的、黄的、黑的、红绿相间的……游在浅水里的小鱼，看到有人过来时，在露着脊背的水里横冲直撞了起来。母亲说，那里面的鱼，有的是从大河里游上来的。

　　姥姥村庄的那条沟与大河相通，母亲所说的大河就是广为人知的沂河。见到沂河是我七岁以后的事了。有一年，妹妹生疹子，高烧不退，父亲骑着自行车，带我去沂河西岸的大成庄，找一位专治疹子的名医抓药。父亲沿着村西的一条小道，爬坡上坎，翻过西岭。岭西是一片开阔的平原，路也宽阔了起来。待穿过几个村庄后，路边出现了好多沙丘，不一会儿工夫，一条宽阔的河流出现在眼前。河水看起来很深，父亲说，这就是沂河。河的中央有一条木船向着我们这边划来。河边，等着坐船的人很多。送过两船客人后，轮到我们上船了。撑船的老人把船停稳，放下踏板，父亲踏着踏板，先把自行车抱到船上，然后领我上船。不一会儿，船开始离岸。那是一条不大的木船，撑船老人手握长篙，立足船帮，眺望前方，用力撑起船来。行船时，船首荡起朵朵水花。撑船老人伴随着水花的声响，哼起了歌谣，那歌声浑厚而悠远。

当时，沂河水面不是很宽，沙滩占了河床的大部分，不一会儿工夫，船就到了河的中央。站在船上，可以眺望河流上游的远山，往下看时，河水并不算深。那水清澈见底，你不仅可以看清水下的鱼虾、河蚌，还可以看清河底的沙子。船到对面后，需要在河滩中走上一会儿，才能上岸。金灿灿的河滩上，留有许多大大小小的脚印和车辙。这些散乱、交叠地分布在沙滩上的脚印和自行车、手推车车辙，在河流与土地间形成了一条生生不息的川流。

二十世纪七十年代末，我被分配到沂河东岸的苏村公安派出所工作。当时，沂河渡口已被正在建设中的沂河大桥取代。沂河渡口虽然不在了，但从乡亲们那里，还是能够听到一些关于渡口的故事和传说。老人们说，古时候，沂河南来北往的船很多，大户人家盖房用的杉杆，都是通过沂河从南方水运过来的。沂河上游的货物，也是通过沂河运向南方。夏季，发大水时，时常有蛟出现。那蛟眼如明灯，若隐若现。据说，一旦蛟的身子横了过来，河水随即上涨，甚至涌上岸来。村人们烧纸上香，磕头作揖，水才会退去。

渡口是过往船只中途停靠休息的地方。亘古至今，沂河水静静地流淌着，我曾无数次地想象这条与我生命密切相关的河流，它的那些过往，想象着它所走过的那些路，那些地方，是个什么模样。

2012年秋末，一次文友聚会，我有幸走进久违的郯城县马头镇，来到镇驻地北面的沂河古码头防洪堤。登上防洪堤向北望去，古老苍茫的沂河水，以开阔宏大之势，由北向南缓缓而来。这是来自家乡的水，这是来自我童年记忆里的水。刹那间，一种久违的温润而熟悉的气息迎面扑来。河水走得很慢，慢得几乎看不出感受不到的频率，但河水的确来了，来到我的眼前了。是的，河水来了，带着我童年的梦境和家乡的那股乡土味，缓缓地走了。河水来到我的面前时，骤然停住。它停得那么安静，安静得令人蹑足屏息。

沂河水，难得这跋涉数百里之后的歇息。我感叹，感叹初次来到马头的我，能与沂河一起在这里相聚，在这里入梦。稍后，沂河水又开始启程了，它

90° 转弯，掉头向西流去。马头，在这里，沂河，在这里，它们于不经意间默默完成了一个有力的转身。眼前，走过重重山路后的沂河，在这个宽阔、安静的港湾积蓄了力量，继续前行。这个过程中，有过多少生死变灭，有多少重来与离去？沂河身后这湾古老的水域，像一个硕大的脚印，留下了一团团永远诉说不清的往事。

此刻，静静的港湾在阳光温暖的照射下烁烁发光。不远处，一对美丽的水鸟，正在水面上嬉戏。微风吹来，水面上的波纹悄悄涌动，恍如梦境。回望沂河过往，一眼清泉涌动，一丝天水落下，那水从源头出发，一路跌跌撞撞地跳过山涧，流过旷野，"不舍昼夜"地流淌着……广袤大野，苍茫大河——"逝者如斯夫"——长长的河岸上，又有多少人面对高山长啸，静听山鸣谷应，叹韶华不再，青春逝去！

我抬头向北望去，那一波波来自上游的河水，悄然涌动着一股亘古不竭、唯有河流才有的气息。那是一种蕴含着生生灭灭、喻示着源远流长的气息。我仿佛看到了家乡的那条小河，看到了儿时伙伴奔跑在时光中的碎影，想起了许多温暖的往事，甚至隐隐约约听到了母亲在河边洗衣时发出的棒槌声。

沂河——我童年的梦。道口撑船人不知疲倦地撑着小船，将人们送过河去又接过河来的光影，又出现在我的眼前。记得冬天来临的时候，大人们从城里买回柿饼、软枣、栗子、花纸和鞭炮，孩子们便欢呼着，蹦跳着，迎接着又一个新年的到来。每当年关切近，总有三两个人到周围村庄"凑侍奉"。那些"凑侍奉"的人是道口的撑船人，平时，他们不收坐船人的任何费用。只有等到年底，等到新的一年将要开始的时候，他们才推着小车到周围的村里来。"侍奉"多少不限，即使家里穷得拿不出东西的人，也照常可以坐船。村里的大人们见到他们，都像老朋友一样热情地打着招呼，有的从家里端出一瓢大豆，有的拿出几个鸡蛋，有的拿出家中的花生、地瓜……

故乡的沂河，您已经走了很长很长的路，在这儿您没有了冲向山下的跌宕澎湃，您也许已经累了，是该休息一会儿了。我轻轻地踏着大河的肩膀前行。脚下，河堤层层叠叠的石板，如同大河的肋骨，紧紧守护着河流的胸腔。清晰可见的古码头台阶，自河面而上，似在诉说着曾经的繁忙和那些曾经的故事。

立足河堤，向南望去，一条笔直的古老街道贯通小镇南北。过往留下的残垣断壁，氤氲着一股深沉、厚重的气息。河堤下是马头有名的北水门牌坊。过去，人们从码头下船之后，就是经由北水门进入马头古镇的。

马头镇位于郯城县城西不远处。隋唐时期，随着京杭大运河的开通，马头利用依傍沂河的便利条件，连通京杭大运河，成为古代水路与旱路的交会点。过去，马头上行可以直达京济，下行直通苏杭。随着商贸业的逐渐兴起，唐代已初具规模。清末民初至"七七事变"前，马头工商业发展达到鼎盛时期，全镇大小商店和手工业作坊有三百余家，生意兴隆，市场昌盛，形成了郯城的商业中心，成为鲁南苏北的一大商业重镇，享有"小上海"的美称。民国初年，山西晋商经营铁业的泰顺商号，有"泰顺的老鼠——盗铁"之说，诙谐的语言里隐喻着商号的兴盛。

具有独特风格的"郯马五大调"包含《淮调》《大调》《郯城满江红》《玲玲调》《大寄生草》五个曲牌名，在这儿唱响了一部浸透着河流意蕴的民族融合交响曲。马头，残缺的青砖绿瓦、古老的码头堤岸，依稀可见曾经的辉煌。繁忙的码头、沉重的脚步和着收获的期盼，离我们很远又很近。过往岁月，沿着大河而来的货物在这儿卸下，来不及歇脚，大船又装载着山里的特产驶向远方，光荣与梦想在这儿汇聚，又从这儿开始前行。

沿着河流的走向，回望历史，上游乘势而来的小船，正在清末民初的月光下南行。水手们来到村庄时，不再像白天那样大着胆子向河边采桑的村姑吼上几嗓子了。村庄静悄悄的，一切静悄悄的，水手们坐在船舷边，静静地凝视着天上那轮明月。大河之上，这天空、大地间的悠游，在悲伤、失落、梦想和希望中，诠释着不息的生命真谛。

天开始放亮，下游，一艘豪华的游船正在扬帆北上。来自杭州的大家闺秀走向船头，好奇地看着沂河两岸的风景。古码头白帆片片，桅樯如林。岸边，一位肩挑水桶、踏着台阶拾级而上的诗人吟道：石头礓擦滑溜溜，上上下下度春秋……

沂河水缓缓地流淌着，流淌在这个四季分明的纬度上。古老的沂河，我生命脉络的源头，那里有一股细微到不可察觉的气息，有一股与生命往事相关的持久传递。

大堤之上

　　十年前的一天下午，我来到了沂蒙那座很有名气的水库——岸堤水库。岸堤水库很大，水位很高，四周虽然被群山环抱，但是，站在坝顶瞭望那片蔚蓝的水面时，我却觉得开阔似海。

　　我是来岸堤水库拍照的。蓝天之下，长而宽的堤坝上空无一人，水面上有一群野鸭临空盘旋。我的镜头开始缓慢地由水面逆向反转，当镜头移向大堤外侧坝下时，镜头中出现了两位老人。两位老人鹤发白须，莘莘确确。他们互相搀扶着，一步一步地向坝顶攀爬。

　　这时，我注意到他们的身后，有两辆老式弯把自行车并排放在那里，我抓拍了这个稍纵即逝的场景，并待他们登上堤坝后，给他们拍下一张站在坝顶的合影。看到我为他们拍照，两位老人很高兴，他俩告诉我，他们从四五十多里外一个村庄赶来。我注意到他们手中的布包里装有煎饼、咸菜和大葱。看来，来这座大堤之前，两位老人是有充分准备的。其中一位老人告诉我，修这座大坝时他们还是小青年。当时，他们俩在同一个突击队里，大坝修好后，就没再来过。如今老了，突然想起这坝，老哥俩今天一起骑着自行车赶了过来。

　　望着眼前的两位老人，望着眼前长长的堤坝，我的内心生发出一种由衷的敬意。之前，我多次来过岸堤水库。今天，大坝的沉寂被两位老人打破了。我的思绪开始被两位老人的身影拉长。我的视野里和我的镜头里，仿佛有一朵巨大的云团，从那个特定的历史时空缓缓飘来。那云团带着一种群体情绪的力量，它裹挟着闪电、雷雨，伴随着寒风、大雪，以一种深厚、浑沉的音调和气势，蓦然而至。

那是一个激情燃烧的岁月。那里面有着许多让今天的我们读不懂、但又肃然起敬的东西。这座堤坝形似山脊，坝体总长达 1665 米，坝的最高处 29.8 米，总库容量 7.49 亿立方米。堤坝的宏大自不待言，历史的轨迹中，最让人震撼之处，是它的建成几乎是靠肩挑人抬干出来的。

大堤之上，两位老人静静地站在那里，他们默默地直视那片广阔的水域。从两位老人的眼睛里，我发现了一种让人不易察觉的满足。在两位老人的生命里，建设这座大坝时的那段时光，也许是他们生命里最难忘的了。站在这里的两位老人，他们生命的底气或意义，是靠这座大坝支撑和映衬的。今天，静静地站在大坝上的他们，怎么看都像是一座高大的雕像。那个岁月，他们留在这里的，是满身的汗水和疼痛的记忆，他们的青春和人生的意义就在这里。年轻的他们来到这里以后，内心在一个带有统一价值框架的感性活动中剧烈地跳动着。在这个集体劳动的过程中，他们身上那股青春的活力得到最大化的展现，心灵得到了慰藉。

这座被临沂专署称为"举全区之力修建"的大型水库，动工之前，有 3.87 万人移民他乡。施工时，来自周边乡镇的民工多达 6 万余人。他们用原始的镢头、铁锨，用营养不良的身体，用一种源于乡野大地的精神力量，硬是建成了这座大坝。由于设备落后，当时的中央水电部考察组曾经建议停止施工。但是，大堤还是在他们的手中建成了。

资料上记载："岸堤水库 1959 年 11 月兴建，1960 年 5 月主坝及输水洞建成蓄水。"从建坝的时间上看，建坝民工们整整经历了一个严冬。那个冬天，6 万多个身穿空心袄的人，从四面八方汇聚在寒冷的河道里。他们中有男有女，有老有少。他们被一股巨大的力量裹卷着，在寒风刺骨的河床上，一镢头一镢头地刨下去，一锨一锨地端起来，一筐一筐地抬上坝。寒冷中，那条河道里的场景之鲜活而热烈，绝对不仅是我所知道的这些。这些全部冷凝了下来，物化成山脊一样的大坝，在大山之中截出一片蔚蓝。高高的大坝，让人真切感觉到那股群体力量的存在。

那个冬天，河流被雪花照白。突然，大坝底槽内涌出泉眼。泉眼越来越多，水涌如注！这是最危险的泉涌。这时，在冰天雪地中，一个接一个披着雪花的男人的身影，纷纷飘落进水里。他们以一种异乎寻常的状态，全身心地融入一个史诗性的画面中。那是一湾释放着人的热度和凝聚着人的信念的洁白的水域。很快，泉涌被堵上了。

站在大堤之上的我，被那团寒冷中燃烧着的活火炙烤着。我非常不安地发现，以我现有的尺度和视野，已经很难理解这股滚滚而去的洪流了。两位老人还在那里，驻留在对往昔的回忆和对眼前的欣慰之中，我要了两位老人的通信地址。我告诉他们，待我把为他俩拍的照片冲洗好后，就给他们寄过去。两位老人喜出望外，一再表示感谢。

天不早了，两位老人骑上自行车回家了。望着他们的背影，望着被这座水库惠泽的沂蒙大地，我想，那个年代的人们，他们的行动绝对不仅是用制度的绳索或命令的强制就能解释得了的。那或许是被一个时代激发出来的，人类精神在其上升的节点上，形成的一种超位格的觉识。这种觉识即使在乌云遮盖下，仍然能够发出光亮。

岸堤水库，这座几乎靠人工建成的大堤，在长江以北随处可见。它们大多是我的父母和爷爷奶奶那一辈人筑起来的。他们中有许多人，由于营养不良和身体过度透支，早早离开了人世，幸存的也积劳成疾，整日处在痛苦之中。从那之后，我们没有再像前辈那样遭遇缺水之苦。当下，人们正在忙着炒房、炒股、买车、喝酒、成名、升官，却很少有人关心他们的存在。对那代用青春和身体筑成大堤的人，我们至少应当记住他们。对那些尚在人世的他们，我们至少应当多给一份关照。

会呼吸的陶

　　昨天下午与朋友们一起就餐时，在文旅局任职的陈副局长跟我说："明早七点我跟刘开车去接你，一起去看'会呼吸的陶'。"当时，面对这个没有任何商量余地的邀请，我愣了一下，但鬼使神差地答应了下来。

　　早上六点五十分，陈副局长和刘开车接上我，又在一个居民区接上一个被陈副局长称为陈厂长的人。在车上，陈副局长才告诉我，他们正在筹备一个非物质文化遗产土陶的展览会。看样子，陈厂长应该是与土陶展览会有关的人，但我没问，他们也没说。路上，汽车反复地转弯，直行，再转弯，再直行，而后，向着沂河、蒙河的交会处——沂南县砖埠镇陈家石沟村奔去。

　　陈副局长所说的"会呼吸的陶"，就在陈家石沟村。这里有一条西北东南向、裸露着青石的深沟贯穿村中。那沟从深山出发，跌跌撞撞地从村北进入，一次次地冲走青石上的尘土和泥沙，进而让山里那些持续而来的冲动，带上村庄的味道，一波波地汇入沂河。千百年来，陈家石沟的水始终奔涌在坚硬的青石上。那水，一年四季清澈见底，用陈副局长的话说，"这叫清泉石上流"。

　　"会呼吸的陶"由陈家石沟人烧制。陈家石沟村正东是自北向南流淌的沂河，它吸收了陈家石沟的水，继续向南，然后在陈家石沟村东南角与蒙河交会。在这里，从蒙山上急匆匆赶过来的蒙河，一下子把沂河揽住，它们紧紧拥抱，就地旋转，直到旋转出一个巨大的漩涡，旋转出一湾开阔的河滩。

陈家石村到了，汽车沿着一条留有车辙印痕的土路，在一个宽敞处停下。陈副局长和陈厂长领我来到一个堆满各种黑的、红的陶器的院落。院子不大，向里是一个敞篷和一座土窑，再向里，是一排简易的平房。平房前有一个光着脊梁的汉子，他正在搬动已经做好的陶坯。见到他时，陈副局长跟我说，他就是窑匠老陈。

　　窑匠老陈属猪，跟我同岁，论出生月份，我该称他为弟。老陈的土窑是祖上传下来的，他说，他只知道父亲的父亲、爷爷的爷爷，一直都在烧窑。他自己十多岁就跟着父亲在窑里转，十七岁的时候就顶个整劳力使了。

　　窑匠老陈目光清澈，肤色通红，发音洪亮，给人以通体透明之感。老陈烧制的陶罐上都毫无例外地印有一个"陈"字。站在一旁的陈副局长告诉我，这个"陈"字，是姜子牙和周公旦齐鲁封疆时，姜子牙特意封给他们祖先的姓氏。那个时候，陈家烧制陶器的祖先十分了得，他们足可与现在的院士相媲美。窑匠老陈告诉我，那些烧制窑坯的泥土都是就地取材，他用手指了一下不远处的土坑，告诉我，陈家石沟地面往下有一米半深的浮土，浮土下面沉积着两米厚的黏土，黏土下面有坚硬的青石托底。他说，青石和浮土之间那层两米厚的黏土十分细腻，是制作土坯的最好原料。

　　站在这片土地上，我被这个地下有着细腻、深厚黄土的村庄深深地吸引了。望着眼前的土窑，望着那些黑的、红的有着各种形状的土陶，望着眼前的陈副局长、陈厂长、窑匠老陈，我的心中多了一份感激。数千年来，生活在这片土地上的人们，与气，与水，与火，与土交互融合，相惜相伴，在一个个平常不被人们在意的日子里，烧制出一件件与人类生存息息相关的陶器，并由此描绘出一条朴拙大美的生命流线，那都是人类从童年到青年、从青年到壮年，一步步地贯穿于生活每一个环节的存在，想来别有深意。

　　陈家石沟地处沂、蒙河冲积平原。几十万年前，这里还是一片水域广阔的湖泊。地下深达两米厚的黏土，是自然的造化、河流的赐予。土窑矿坑内那些层层叠叠、细腻柔软的泥土，有雨雪寂静安然的降落，有阳光热烈的检阅，更有湖光月影下的安静和沉迷。当我用手轻轻抚摸着那些黑的、红的土陶时，心情如诗，恍然如梦。冥冥中，这泥与火的淬炼，每一个造型，每一个边缘，都让人感觉如同在抚摸着一段段迷人的时光。

　　窑匠老陈告诉我，做土坯时，那些出自地下深处的黏土细腻如脂，越用越滑溜。它不伤手，养皮肤。窑匠老陈跟我说这些话时，我分明能够感觉到，他制作陶坯时那种陶醉其中的状态。土坯装窑后，封上窑门，即可生火。柴草、麦秧、树枝都可以作烧窑的燃料。在窑匠老陈的眼里，土窑如同神明，柴草是他供奉的祭品，那是他向护佑着祖上一路走来的神明，例行的祭拜。点火了，柴草开始缓缓地燃烧……柴草越烧越旺，待十二三个小时后，土坯开始由红变白，当一个个像星星一样的光点眨着眼睛时，陶器烧制成功了。

陈厂长说："制作土坯时，用力要均匀，脚蹬轮子的快慢、用力的大小，以及双手用力的大小，都得把握好，否则土坯就会变形。"是的，陶器制作的每一个环节都是身与心的契合，这种契合贯穿于每一个细节。回想过往，陶器从远古一步步地走到现代，已经走了好长好长的路。现代社会，各种器皿琳琅满目，但人们依然忘不了土陶。土陶密封性好，透气性强。用它盛放煎饼，煎饼不霉变，不干燥；盛水，水不变质，而且能将水中的碱性成分渗透出来。物泽天华，那些看似细腻的黏土，是由一颗颗细小的颗粒组成的，在制作和烧制过程中，它们相互黏合，又小心翼翼地保持着最为恰当的距离。这人与土、火与水的契合，无论怎么来看，都是一种完美的契合。也许正因为这样，它们不仅同命运，而且共呼吸了。

在老陈这里，他烧制的各种陶器上都有一个圆形的符号。陈副局长说，那个符号是个轮子，轮子外围共有 12 个火苗、4 只神鸟，有凤凰涅槃之意。是的，这些土陶是一个图腾般的存在，隐含一个生命与另一个生命的缘聚。它由内而外释放出一种原始野性、生动质朴的美感，蕴藏着生命的活力和强劲的筋力。这种嵌入骨髓的最为原始质朴的存在，谁又能否认它是人性最佳面貌的存在呢？

老陈制作陶器时，用的好多工具都是就地取材。眼前陶器上的龙纹，是老陈用玉米棒子压出来的。这些不规则的印痕，正是老陈与泥土之间的一种无障碍的穿越。这些不可复制的纹理，是天与地的契合，更是促使人性趋于完美的力量。

老陈说，在他父亲、爷爷做陶的那个时候，外面来窑上提货的人一律不交现钱，也不用写借据，都是卖了货后再来交钱，还有的则是直接用山柴换窑货。那时，这个偏僻的一隅没有法律，但是每个人都在做他应当做的、应该遵守的事情，他们也因而像庄稼的生长和陶器的生成那样纯朴而踏实。

来去匆匆，我和陈副局长赶了回来，老陈、陈厂长还在陈家石沟的那座土窑旁。他们与黏土，与火焰，与水共处了整整半个多世纪，已经难分难舍了。

南泉头

　　早晨，沂南县文旅局副局长陈作玺在微信上给我留言："北竹泉、南泉头，听说过吗？"我在想，陈副局长所说的"北竹泉"应该指的是"竹泉村"。竹泉村是全国十大旅游乡村之一，我当然知道，"南泉头"却是第一次听说。陈副局长继续留言："南泉头就在沂南县的南边，它贵就贵在这个'头'字上，你有空的话，咱们一起去看看。"我答应了他。

　　陈副局长是我的老朋友，对地域文化有着独到的见解，我相信他的话。就这样，我们两个很快聚在一起，由他开车，一起去南泉头了。

　　陈副局长所说的南泉头，是沂南县青驼镇泉头村。泉头村因村庄里有泉而得名。泉头村不仅有泉，而且有好多眼泉子。除却那些散落在村庄周围大大小小的泉眼之外，颇为引人注目、有名有姓的泉眼共有五个，它们的名字分别是白龙泉、青龙泉、圆月泉、黑虎泉、爱心泉。这些泉眼在一条由"青口"通往泰安的古道旁。这条古道是一条东海岸通往内地的重要通道，贯穿村庄东西。村庄内，古道至今仍在。古道旁那些有高有低、有起有落、忽左忽右的泉流，从北往南，从东向西，以不同的起点和流向，迂回穿插，走街串巷，跳跃而去。

　　泉头村的泉水是新鲜的，又是古老的。它的每一次喷涌、每一次起跳、每一个波纹，都是最新的版本，又都是过往身影的重现。这些自洪荒而来、持续轮回的泉水，在沟崖下，在街巷，在房前屋后，在不显眼的平地上昼夜不停地流淌。那泉水时而潜入地下，时而流出地面，时而挤进石砌的小渠，时而又以一种清澈和单纯，安安静静地聚在村庄的角角落落，直到汇聚成一汪汪水域、一面面明晃晃的镜子。

千百年来，那泉水，带着大地山河的活泼，年复一年地在这儿循环往复。听说我们过来，驻村第一书记杨智诚、镇干部孟凡坤和村支书一起赶了过来。我们一同沿着村中那条古道向前行走。古道旁，泉水叮咚，时有妇女洗衣嬉戏，时见大柳树下手拿长竿正在粘蝉之人。

古道、泉流旁边，一块石碑立在那里，走不多远，又见一块石碑立于泉流、道路旁。石碑是清朝宣统年间和民国时期重修古道、石桥时所立。历经日晒雨淋，风吹霜打，碑上字迹已然苍老。千百年前，那些远道而来的商贾、官员、旅人，在我的想象中若隐若现。当他们听到哗哗流淌的泉水声时，一定放慢了匆匆忙忙的脚步。他们的留恋驻足，那个停车拴马再也不舍得离开的场景，仿佛就在眼前。那些带着梦想、带着公务、带着心事和惆怅的人们，他们有的来了又走了，有的走了又来了，有的干脆住了下来。他们用树干搭架，用黄草葺顶，盖起了"团瓢"。他们用土坯，用石头，用砖瓦，盖起了房子，一辈一辈住了下来。他们也因而在这个足以获得生命延续感的地方，找回一份灵动，找回一份安静和朴美，找回许多有关天地过往、有着人间烟火味儿的故事，并且一辈一辈地在他们的籍贯一栏中，写上"泉头村"。

来这里落户的人们，有早有晚，有远有近。他们来自不同的方向，有东有西，有南有北。他们有着不同的姓氏和背景，但他们从一开始就有了同属于他们的水源，就有了同属于他们的村庄——泉头村。

千百年来，在泉水的滋润下，泉头村的人们和谐相处。但是家族之间也有相互不服气的时候，不过那都是一种互不侵犯利益的较劲，都是一种源于心底的倔强，也是他们面对现实时的理性选择。据说，很久以前，泉头村沟东崖有一盘碾，那是村庄里最古老的一盘碾。碾是杨家人出钱置办的。张家人看到后，也出钱在村南置办了一盘。张家碾最大，新迁来的孟家经常牵着骡子、马去张家碾上压碾粮食。张家人开玩笑说，马和骡子都买得起，还置办不起碾吗？结果，孟家又出钱在村北置办了一台碾。这样，东、南、北各有一盘碾，村里人压碾粮食也方便多了。

泉头村有许多关于泉头的传说。"泉头"在村里人的心目中，是一个图腾般的存在。村庄里一代代的人们，无论春夏秋冬，在茶余饭后，时常望着哗哗流淌的泉水谈起它的来历："远古，天帝的儿子恒，受天帝指派，来到泉头上方，他发现一处碧波荡漾的湖泊，湖水中有三个美丽的姑娘正在沐浴嬉戏。恒被其中一个姑娘吸引，下凡到人间，与这个姑娘成亲。天帝闻知大怒，一气之下，把恒变成一座大山。为恒驾车的五条龙，因知情不报，被变成了五条山岭。那五个泉眼，就是那五条龙吐出来的水……"一直以来，这个传说被村里人津津乐道，这个传说或许正是"泉头"这个名字的起因和出处。

传说中由恒变成的那座大山，在村里人的眼里弥漫着神性。他们的祖辈曾在泉水边打铁多年，从不虚度光阴或自甘堕落。人们记得，清朝，这里就有好多家远近闻名的铁铺了，村东、村中、村西、李家铁铺、马家铁铺、周家铁铺。这些铁铺打制的剪刀、镰刀、菜刀远销各地。千百年来，一辈一辈的匠人，用铁钳从炉火中钳出烧红的铁块，一锤一锤地敲打。当烧红的铁器伴随着飞溅的火星和叮叮当当的锤击声，一次次地在清凉的泉水中嗤嗤作响地冒出白烟后，一把把锋利耐用的菜刀、镰刀、剪刀也就制成了。

当铁匠望着红彤彤的炉火，一锤一锤地打造出合适、如意的家什时，他们也许想到了被天帝变成大山的恒，想到了村前那片曾经鱼虾相戏、虫鸣蛙叫的湖泊，以及李世民带兵打仗时，为了减轻负担，不得不把病得奄奄一息的儿子遗弃在湖里的传说。他们在那个灼热的火炉和清洌的泉水间，或许已经找到一直在追寻的答案了。

早上五点，我驾车来到泉头。泉头村街道两侧有许多用大块青石垒砌的水渠、院墙和房屋，道路旁散落着古老的磨盘、碾砣、碌碡。那些石块、石器已被时光磨去了棱角，但依然闪烁着古老的光亮。千百年来，与泉水相伴的它们，让时光不再是虚拟的线条，它们相偎相依，一年四季不断传递着冷暖的消息。我因而相信，我来这里，以及与这里的人们相聚，有其必然性。因为，这一切都基于和某一地域、某一事物、某一个人的缘分，那是一种彼此寻找和相互认同，又是冥冥中的安排。

我顺着泉头村后的一条机耕路，向着被人们称为"大山"的那座满是绿色植被的青山走去。我相信这条四处散发着诱人野气的路径，会把我引领至一个隐秘的地方，会让我心灵的眼睛看到平常被忽略了的一些事物。

日光柔和，大地清爽，走不多远，道路消失，东北方青纱帐间，有一条像路又似小溪，且两侧长满了青草的去处，它们在初升太阳的光照下，影影绰绰，朦朦胧胧。我继续前行，不一会儿，鞋子和裤腿就被脚下的溪流和青草上的水珠弄湿。登上山顶，已近七点，举目向北望去，时断时续的山脉从西北方向蜿蜒而来。那山脉像一条巨龙，时而跃于地上，时而深潜于地下，一路向南，最终在这里停住。大山也许是为了刹住脚步吧，它将两座小山—东南、一西南置于自己的左前方和右前方。这样一来，恒初见姑娘时的那湾湖水，恰巧就在大山的怀抱里。

如今，那湾湖水已经成为一片开阔的沃野，那片沃野因了泉水的滋润，所有庄稼、树木、蔬菜、花草，都向大地伸出了根须。那里有一股自然之力，让天空、大地、阳光，让飘浮在天空中的云彩，让一股股活泼的泉水沉淀出一片宁静的光，那光，千百年来，陆续衍生出许多神奇的故事。

天河谷

当一个人试图释放一下生活的重压，舒缓一下过度的疲劳，放松一下过度紧张的神经时,总希望走进田野或沿着河边的树林去寻找一个原始古朴的去处，好静下心来独处一些时日。现在，从沂南县城驾车仅需四十分钟，就可抵达一个让人心情得以放松，让身心得到充盈的地方。

2019 年 8 月 17 日上午，我从沂南县城驾车出发，沿汶河北岸溯流而上，之后，由隋家店转弯向北，经新修的马牧池影视基地至朱家林的山间公路，直达朱家林天河谷。

沿途，远处的山脉间浮动着起起伏伏的墨晕，如同水墨画中的远景，与近处的村庄、树林、梯田交互相融。我的汽车前方，那条左转右拐的柏油路，随着山岭的迭起，一路起起伏伏地向前延伸。途中，柏油路不时延伸出新的分支，与沿途一个个村庄相互衔接，及近朱家林天河谷时，河流小溪、大小道路，俨然成网。

朱家林天河谷跟一般意义上的谷地不同，它那有着各种色彩的田野，深藏着一种宏大之势。这是一种被群山环抱了的宏阔，这是一种被溪流滋润了的温润，这是一个足以淡却世俗浊气，阻却心灵沉沦，进而恢复人固有风采的所在。站在这里，向北、向东、向西望去，极目处是连绵起伏的山峦。那山峦从山脊到山脚，从山脚到大地，以一种高下相倾、相对相生、相互依存的方式，高高低低，起起落落，缓缓地延伸而来。那大地从朱家林、大峪庄、波子峪三个方向铺展开来。站在山顶俯瞰时，山坡、山脚，那一块块黑黝黝的山石，宛如黑色的羊群，在山风地气的驱赶下，蠢蠢欲动。山下，错落有致的村庄、各种类型的创意园区和有着各种颜色的花草树木，让纵横交错其间的道路，生发出一种极具动感、勃发着生机的韵律。从天河谷向南展望时，一条自山脚而来的溪流，静静地穿过各式各样的养生别墅，在树木、草丛的包围中，汇聚成一片不小的水面。在那里，溪流稍做停歇后，又欢快地跨过堤坝出口，穿过平展而广阔的原野，一路向南，向着汶河，向着巍巍耸立的艾山方向奔流而去。

2017 年春天，一个人把目光投向这里。初看，这里像一幅巨大的山水画，缥缈而空灵。静下心来看时，就能从那片深厚的红土中，发现源自土地，源于天道地心，不断散发着生命深意的光谱。那是春意的萌动，那是生命万物的萌动，那是一道道、一团团、一片片充满勃勃生机的光。那更是一个有着众多色彩和层次，深藏着种种原初生命意味的地方。

他，高玉森，第一次来到这片隐藏着红色光芒的土地上时，就被眼前这片土地吸引了。站在这里，站在这个沂南大地百岁老人最多的地方，站在这个留有东方之神——太昊足迹的地方，他最先想到了太昊——中国古籍中记载的东夷民族最早的王、中国医药鼻祖，继而想到了红红的丹参。《本草纲目》中谓之"能破宿血，补新血"的丹参，它的颜色像极了眼前这片红色的土地。多少年来，高玉森一直在寻找丹参的家，在这里，他突然意识到，他找到了。这个"家"是深厚的，这个"家"是深远的。距离此地不远处的东柳沟，那片刨一镢头就有可能蹦出一块陶片的地方，它告诉我们，在大汶口文化时期，这里就已经有人类居住了。我们的祖先是什么时候出现在这里的？他们是怎么出现在这里的？他们是按照某个指令出现的，还是懵懵懂懂偶然出现的？这些都很难讲得清楚了。但是，不管是哪一种情况，我们的祖先的确很久很久以前就在这里了。他们在这个有阳光照耀，有山川有河流，有土地有石头的地方，与各种动物、各种植物，以及各种奇奇怪怪的事物一起，一直守在这里。

在这里，我们的祖先与所有人，最不情愿的就是出生之后就要面对死亡。是的，死亡一直是一个"犯忌讳"的名词，人们不想提起它，但必须面对它。记得一位朋友告诉我，她小的时候，第一次从奶奶嘴里知道人会死时，立刻流泪了。是的，"死亡"这个词是一个一旦触及就令人恐惧和悲伤的词。然而，人有生就会有死，万物有生就会有灭，这是人和万物从出生那一刻起就注定了的，这是每一个活着的人不情愿、但又必须面对的事情。

在历史的记忆里，有一种药几度诱惑着人们，让许多人苦苦寻找它的下落。这种《本草纲目》中找不到，但在历史的云烟中时常有影子晃动的"药"，叫"不死药"，也叫"长生不老药"。这种药曾让率三千童男童女，出海为秦始皇寻药的徐福去向成谜。自称求仙人赐食"巨枣"的方士李少君，未来得及给汉武帝求得"巨枣"，自己就先病死了。毫无悬念，一切终究是空，一切终成遗憾。

芸芸众生，当一个"生"字从混沌中跳跃而出之后，亦打破了过往那种恒久的沉寂，生死轮回成为生命的必然。

古往今来，人，这个脱离自然母腹的婴儿，无论走出多远，也离不开自己的母体。空气、水、盐、蔬菜和粮食，成为人类赖以生存的基础。如何最大化地把人的生命拉长？站在这里的高玉森想了很多。人类愈行愈远，身体原有的平衡被打破了。渐渐地，源于母腹的元气和供给越来越弱，直至失衡。人开始生病，开始衰老，开始死亡。这个世界上尽管没有"不死药"，但人的生命是可以延长的。当高玉森再一次定睛看一看这片红土地时，他突然意识到眼前的这片土地，正可满足他的愿望。他一直想为"能破宿血，补新血"的丹参找到一个家，如今找到了。于他而言，当他为丹参寻找到那个家的时候，他也就找到了心中那个可以养生的地方。

天河养生谷，这是一个看起来非常亲切、非常熟悉的地方。这里，每一座山、每一块石头、每一片土地、每一条溪流，都储有生命的底气，暗含生存的意志。这里的晨昏光影、小溪流水、林风鸟鸣、虫声蛙叫，让人们真切感觉到自己属于这方土地。在这里，四周村庄里和道路两旁的大树上，时见喜鹊巢穴高筑，时有成群喜鹊临空盘旋，它们像在欢迎那些远道而来的客人……夏天的夜晚，这里安静得出奇，灯光明亮，窗户四敞大开，竟然没有蚊虫的骚扰，问高玉森才得知，由于周围长满了艾草，香气扑鼻的艾草成了隔离蚊虫的天然屏障。

因了大自然的赐予，天河谷让人安顿，让人生出一种从喧嚣浮躁的都市中抽离的安全感。它让人从中领悟到许多朴素的道理，理解和参透许多人世间的奥秘。它也很容易让人由衷生发出许多设想，并且努力用最恰当的方式去完善。

人是有家的，人是有根的。人之所以活着，是人与自然母体之间的那条根，在源源不断地给人输送不可或缺的养分，如阳光、空气、水分、食物等。人的死亡虽然是宿命，但是人的寿命是可以延长的。我们的老祖宗在《黄帝内经》中所强调的"阴阳平衡""治未病"等，这些健康指导十分有益，十分了得，切中要害。我想，所谓的药和食物也不过是一种人为的划分，人饿了，饿晕了，食物就是最好的"药"。人体某一个方面失衡了，病了，吃的那个药，就是人急需的"食物"或"水"。况且，有的植物、动物、矿物，你根本就没法界定它是属于"药"类还是"食物"类。基于此，有关于人体的"调理、补充、平衡"，成为我们祖先用以养生的法则。它告诉我们，人与自然是一体的，人的健康源于自然的供给，取决于全面且平衡地摄入自然界的各种养分。尤其那些被人们忽略了的看似不起眼的东西，人一旦缺少了，就会生病。

由此看来，高玉森的脚步之所以在这方土地上停下来，是基于"天人合一"的生命观。他真切地感觉到这方深红色的土地与人的生命本体的接近，以至于可以听到彼此的呼吸了。这里可以生长出深红色的丹参，这里可以长出与人的健康息息相关的柴胡、车前草、紫苏、益母草、艾草、野菊花、金银花、葛根、桔梗、黄柏、杜仲……这一切，以及这里的山、这里的空气、这里的水，它们可以与走进这里的每一个人共通共融。它们可以让走进这里的每一个人、让一度失衡的生命体找回本来的平衡。

来到朱家林天河谷时，你可以感觉到山脉的起伏，感觉到溪流的涌动。你可以垂钓，可以品尝添加各种新鲜中草药食材烹制的菜肴。你可以去广阔的田间地头，寻找源于大地的缕缕心事。你可以呼吸源于深山大野的空气，在田间别墅安静地入梦。你甚至还可以透过山河大野，感天地之玄冥。这个时候，你会觉得世间万物如同人的生命那样，都有着各自的因果，并且不断地酝酿着生命的神奇。

朱家林天河谷，冬日的暖阳透过开放式的玻璃围墙，给卧室、疗养室、运动室送来浓浓的暖意。那些源自太阳的温暖，在每一个角落里都留下了光的魂魄，那魂魄与源自大野的地气交互回旋，久久不肯散去。在这里，所有的一切，近乎成为一个整体，成为一个融天、地、人于一体的世界。站在这里，所有的烦恼随风而去，你甚至不想拍照，不想吟诗，只想对着大野，对着远山，放开喉咙，用尽所有的力气大喊一声，听一听来自大野、远山的回音。

沂河之源

    2012 年 1 月，55 岁的民间雕刻艺术家李永年先生，因为沂河源头上的一块石头，整整兴奋了 20 多天。

    李永年是我相识时间不长、却印象深刻的兄长。他的大半人生几乎都在跟石头打着交道。他的那些深具艺术价值、经过精工细雕的石刻作品远近闻名。

    一月初，大地冰封，李永年先生去沂源县韩家庄村参加一场婚宴。席间，有人说，"沂源"这一称谓是新中国县域区划时才有的。另一人反驳说，40 年前他在野外曾发现刻有"大明国沂源乡"的石头。李永年听罢异常兴奋，随即邀请对方一同上山寻找。荒山野岭中，他们几经努力，终于在田野的石堰中找到了那块石头。李永年先是跑到几十公里外租了一辆车，把这块石头拉下山，然后又走了几小时的山路，将这块重数十公斤的石头抱回家。

    李永年先生东奔西走，查阅了大量历史资料。他说，这块石头改变了"沂源"产生称谓的时间。许多事物，在人们的视野和记忆里，总会集中到一个点上，这个点就是它的名字。名字，在许多人看来，不过一个名词、一个符号。但是，在李永年先生眼里，那名字是有生命、有形状、有声音的。那块被垒在田野石堰里刻有名字的石头，是一种包含精神价值和生存方式的存在。

    酷爱雕刻艺术的李永年先生，异常喜欢雕刻在青石上的那些图画、那些名字和符号。人是有名字的，石头也是有名字的。每片地域、每个村庄、每条河流、每棵树都有它的名字。一棵小草、一只不起眼的小虫子，都有它们的名字。这是一块很不起眼的碑牒，是墓主人为了防止墓碑被人破坏或移动而埋在墓下的。碑牒上刻有"大明国山东省青州府莒州沂水县沂源乡中庄社韩家庄——皇明万历三十八年十一月初一日"字样。刻字不深，却清晰可见。对李永年而言，这不仅是一块碑牒，更是有关历史的记忆。这些记忆里，有某个阶段性的生命本源的起始，暗含着一条河流、一个人、一个村庄、一个族群的走向和对于某种生存方式的态度。

这块碑牒处在沂河的源头。沂河是沂沭泗水系中最大的河流，流经沂水县、沂南县、临沂市区、兰陵县、郯城县，至江苏省邳州吴楼村入新沂河，后抵达燕尾港进入黄海。全长 500 多公里，流域面积 1.16 万平方公里。

在李永年先生眼里，沂河像春天的柳条，一年一度地发出新芽。沂河又像枣树的枝干，一年一度地落下了所有的叶子和果实。在沂河，历史的风，一年一度地把好多树叶、好多人、好多村庄吹得无影无踪，又把许许多多的树叶、许许多多的人、许许多多的村庄吹了过来。那些走了的人，没来得及留下一句箴言，没来得及留下一次回眸，就去也匆匆了。那些来了的人，一觉醒来之后，"不知何处是他乡"，过去的一切几乎都被掩埋在遗忘里。

守在这块石头跟前的李永年先生，他的眼里，最重要的是沂河的源头就在这里，沂河生命的起始点就在这里。沂源县骑子鞍山的东山根崖下，那两块"40万～50万年前的成年猿人骨骼化石"，以及刻着"沂源"二字的石头，一直都在这里。这里正是沂源。从有了这座山、有了这些"石头"的那天起，就有了"沂源"，就有了一个个关于沂河的故事。

发现碑牒之地，是当地韩姓家族的墓地。大山深处，韩员外家喻户晓，但不知何故，明万历年间，生活在此的这一家族突然不知去向。年过六旬的李永年先生，这位来自青岛的老知青，依然守在沂源，守在他的那块石头旁，他在想些什么？我不知道，但我看得出来，他的心情一刻也平静不了。他的目光一直紧随着那条远去的河流，一起转弯，一起起起伏伏，一起滔滔而去。

沂河水在哗啦啦地流淌着。沂河，一波一波的水远去了，一波一波的水消逝了。在这块石头旁边，在沂河的源头上，消逝的不仅仅是韩家，还有马家和聂家。他们均无后人可寻，亦无资料可考。在历史上曾经辉煌一时的三大家族，似乎一夜之间，便从这片土地上消失了。他们就像集市上诸多擦肩而过的人，人们已经记不清那些或男或女、或老或少、或胖或瘦、或圆或方或长的脸庞。但是，那块石头一直在这里，沂源一直在这里，沂河一直在这里。沂河水一直源源不断地流淌着，从那块石头开始，一直流淌下去。它从沂源开始，始终从沂源开始。

沂源有着很多很多山，有很多很多石头，有着很多很多山泉，有着很多很多小溪。那些山、那些石头、那些山泉、那些小溪，它们都有独具个性的名字。它们像一个个活着的正在思考的人，与沂河相呼应。它们在数百、数千、数万年，甚至几十万年的碰撞交融中，沉淀出一种具有地域文化特征的人格和灵魂。它们像载有多重信息的电波，悄悄地与李永年先生的心灵交汇。那一股股自石缝里流淌出来的水，也因而简化成单一的音调，一次又一次地冲击着李永年先生的耳朵。

在沂源，每一个早晨都有雄鸡报晓，每一个春天都有草芽初露。入夏，尤其在夏末秋初的闷热天气，天幕时不时被雷电划出一道道耀眼的口子，那长长的弯弯曲曲的口子，让沂河水一个劲地翻滚。冬天，大雪把高山、村庄、河流统统染白，山脚、河流旁冒着热气的泉眼，成了大地喘息的记号。那些记号像李永年先生眼前那块石头上的名字一样，留下了一个个涌动着生命深意的痕迹，它让站在沂河源头，站在宏阔天地间的李永年先生，找到了力量的指引。

在许多人看来，人和石头没法相提并论，但是，没有什么能把李永年先生和这些石头隔开。在他的眼里，石头跟人一样有灵性。李永年先生谈及他的石头时，一直是激动的。他的那份激动、那份执着，是源于生命的诞生、奔流和消逝吗？是源于历史上的那一波波冲撞、呐喊和厮杀吗？我不知道。但是，他的身体里仿佛有一条河，一条永远流淌着的，与石头相偎相依、不离不弃的河。李永年先生始终守在那条河的源头，他深信：人的生命距离源头越远，他的生命力就越弱。

梦里建三江

　　从建三江回来有些时日了，我的大脑里一直恍恍惚惚。建三江那片黑土地上蓝得让人目瞪口呆的天，白桦林中那一朵朵几乎碰着屋顶的云彩，高天之下那一眼望不到边际的稻田，还有那些一直陪伴在我们左右，一张张质朴、谦和、热情、豪放的脸，始终萦绕在我的脑海里。

　　今天，天气十分闷热，刚刚吃过午饭的我，忍不住打开电脑，急不可耐地搜寻那些时而清晰时而模糊的影子。我刻意没开空调，直到额头渗出汗来，才开始敲击键盘。我打心里觉得，只有这样我才能更为准确地找到建三江的方位，才能真切体会到建三江那片天空的宁静、空旷和清爽，才能以更近的距离，去亲近那片土地上投射过来的厚道而热烈的目光，才能与建三江饱经沧桑后那股滚烫的血液相交融，相澎湃，相奔放！

　　我所来到的这个地方，是 1957 年才有了名分的建三江。那是一个百废待兴的年代。当时，王震将军带领 10 万转业官兵来到这里，开垦这片土地。这片在东北边陲没有地名、没有道路、没有人烟的"北大荒"，是由黑龙江、乌苏里江、松花江冲积而成的一片沼泽地。几百年前，这里还是一片广阔的水域，还是一个鱼翔浅底的地方。

　　王震将军按照中央的部署来到了北大荒，黑龙江生产建设兵团六师成立。随后，一批批山东人和全国各地的支边青年、大学生陆续来到了这里。这些带着梦想的小伙子和小姑娘，最先开始在这片被称作"北大荒"的地方，展开了一场史诗级开垦荒原的运动。

没有住房，没有灯光，没有道路。城市生活里所需要的那些，这里都没有。我无法想象这些远道而来的青年最初来到这里时的心情。我想，至少初来乍到的他们面对这片长满水草、一片荒芜的湿地时，表情一定是错愕、惊悸和惶恐的。眼前的一切告诉我，他们在这里，在这片极其艰难、极其寒冷、极其荒凉的土地上，如果没有极其强大的精神支撑，没有无比坚定的意志，是不可能在这里站住脚的。是的，正因为一种强大的精神支撑，才让他们彼此身心相融、相扣，直至像一团火那样，在激情的战栗和肉体的燃烧中，实现美丽的憧憬和梦想。

在建三江期间，一位山东老乡告诉我，他的父亲就是第一批来到建三江的青年之一。如今，他父亲的脖子上几乎全是伤疤。他说，那是父亲初到建三江时，被小咬叮咬的。小咬是北大荒这边一种叮人叮得心巴子都痒的小虫子，它们的数量奇多，见到人时，它们一个个地叮到人的身上，让人痒得钻心。承受不住奇痒的人们，用手抓挠后，被叮咬处会起泡、流脓。前辈们脖子上那些密密麻麻的伤疤，正是那个时代的印记，这些印记里，有梦想，有追求，有爱情，有疼痛和思念。这些印记里，暗含着人与自然交相呼应的图景，深藏着一种看似单一，却至高的，甚至超越自然的意志力！

此刻，我正站在一条笔直的道路上，望着这片郁郁葱葱的大地感叹不已。一种从未有过的富饶和欢欣充塞了建三江的大气。我的思绪从这里开始，沿着建三江过往历史的主线，渐次穿越。渐渐地，在眼前这片黑色土地的深处，我仿佛听到了建三江初建时，悠远、激越而深沉的声音，仿佛看到了那个时代的场景。那声音和场景中有哭声，有眼泪，有爱情，有孤立荒原的思乡者；那声音和场景中有欢笑声，有收获时的欣慰，有走向成功时的炮鸣；那声音和场景中更有数也数不清的隐伏在灵魂深处的善与美。

我发现，建三江人面对世事时，不再抱有肤浅的乐观，他们已经深晓人世间的种种苦难。这些苦难让他们真切地领悟到人与人之间那份亲情、友情和乡情。他们更懂得尊重，更懂得珍惜，更懂得感恩和关爱。他们因而变得坦然和自在，他们的生活也因而变得简单，变得更贴近人性。他们喝起酒来时，格外坦荡、豪爽和痛快。

如今，建三江有七星、胜利、八五九、大兴、创业等15个农场，耕地已扩增至1200万亩，年粮食生产能力达到140亿斤以上，可供陆海空三军一年的口粮。资料显示，如果全国有10碗粳米的话，那里面肯定有建三江的1碗。而今，建三江已经有了自己的机场和高速公路。建三江管理局所在地和分场所在地，俨然成为现代化的花园式城市。是的，这里已经成为一个理想的避暑养生之地。来到这里时，我不仅为此感到欣慰，而且每次来到这里，我都会萌生出在这里购房、安居的念头。

今年，是我第二次到建三江了。第一次到建三江是参加白天鹅诗社组织的一个诗歌颁奖会。那次会上，我结识了建三江农垦管理局组织部副部长、沂南老乡李一泰。我们一见如故，分手时竟然恋恋不舍了。此后，相隔不到三个月，我又随临沂作家采风团来到这里。

李一泰是知名的作家和诗人。他的诗歌深深扎根于大地，像一壶纯酒让人沉醉。他在一首诗中这样写道：

故乡的田野
种下我的心
心儿飞向远方
留下一棵年年发芽的根
……

李一泰这首看似简短的诗句，让人感受到一种埋藏在心底的故乡情怀。第一次去建三江的那个下午，李一泰和夫人驾私家车早早到了火车站。见到等候多时的老乡，我和同行的诗人种善东深受感动。已经下午两点多了，李一泰夫妻二人一直等在那里。他们为了等我们一起吃饭，没有吃午饭。接到我们后，两人领我们来到一家地方风味的饭店。大盆的杀猪菜、血豆腐、锅包肉、凉拌鱼皮……让人备感温馨。李一泰打开收藏多年的60°"二十五团"白酒，纯正的酒香、绵软的口感，合着熟悉的乡音，让人陶醉。

李一泰十四岁时离开沂南老家，来到号称"北大荒"的建三江管理局工作，一晃四十年过去了，他在诗中这样写道：

我已不再年轻

而父亲更加苍老

我从遥远的北方探亲回来

我和父亲都明白

这样的时光会越来越少

……

　　李一泰的故乡，在沂河左岸的辛集镇李家屯村。村中厚厚的土打墙，房顶上红色的瓦片，院中的磨盘，街角的老碾、草垛，流过村中的小河，村外平展的田野，以及曲曲折折的田间小道……它们一次次地撞开李一泰的心门：

剪下一片鸟鸣

握在手中

便有一种异样的感觉

便有一粒嫩芽

在手心拱动

……

　　在这首诗歌中，李一泰"剪下一片鸟鸣"，让我看见了他骨子里悠然且沉郁的乡愁。在建三江期间，李一泰始终为人低调。他因他的人格和情怀受到人们的尊重。这是作为李一泰老乡的我最为自豪的地方。

　　今天，因了建三江，因了建三江的人，因了老乡李一泰的诗，我喝酒了，喝得酩酊大醉！大热天加上这酒，迷迷糊糊的我，走进了一场有关于建三江的长梦里。

远里的"老于"

昨天上午，小于告诉我有个小活动。今天上午就这样成行了。只是遗憾，遗憾自己过去为何没有想到在这个多次路过的地方，哪怕顺路而下地多迈出一步，那样早就可以见到今天要见的老于了。

今天的小活动由小于策划。我们之所以来到汶河岸边，缘于前些天的那个下午，小于在河边与老于的一次偶遇。那天下午六点，小于在河边遇见老于。两人谈根雕，谈中草药，谈老于的经历……不知不觉间谈到了晚上九点多。那晚，小于的腿被蚊子咬了许多疙瘩。小于说，老于是她遇见的活得最踏实、最有境界的人。她说，她找到魂了。

地点，汶河远里村。

远里人家姓于，紧靠汶河。大家都说"于（鱼）家运气好"。小于自然高兴。同行的小隋说："自古以来，人们多有讲究。像苗家庄的苗家，为了苗家的兴盛，在很久以前就从外地请来了水姓人家。因为苗离不开水。"在远里村，于（鱼）家紧靠汶河，人们自然是如鱼得水了。

人生就是这样，每个人、每个族群都不可能孤立于这个世界，也不可能绝对地孤立于这个社会之外。古往今来，尽管许多人选择离群索居，但到头来还是发现脱离不开现实社会。之所以这样，是因为人与人之间、人与族群之间、族群与族群之间，始终有着千丝万缕的联系。关于远里这个村庄，在这一带一直流传着"南寨过河远里去了"的说法，但那也不过一河之隔而已，而且恰恰是这条河里流淌的人们赖以生存的水，才让两岸的村庄有了更加密切的联系。

拿到当今来看，过去人们口中那些"苗离不开水，于（鱼）离不开水"的说法，好像有些愚昧，好像有些过于天真。但老一辈对待这些都是认真的，他们不仅这样说，也这样做。比如，苗家庄的苗家，他们真就如小隋所说，早些年大老远地，好言相劝把水姓人家请到了苗家庄来。苗氏家族也真的兴旺发达了起来。因而，大伙儿又争论起"唯物"和"唯心"的问题来。不过最终还是觉得"唯心"和"唯物"不过是一种人为的划分而已，大家更愿意相信哲学上的"二元论"，即"精神和物质是平行的，同为世界本原"的观点。也就是说，"唯心"和"唯物"就像人的右手和左手那样谁也离不开谁，无所谓对错。所以，我对老人们的那些说法，也多了几分尊重。

因为小于，我们认识了老于。我们在老于的根雕艺术馆见到了老于和老于的作品。老于是一位颇有名气的根雕艺术家。他的作品在根雕艺术展上多次获奖，近些年来，还有好多大学发函邀请他去讲课。

老于的作品在小于眼里是有神性的。这也是今天她带领我们"找魂"的原因。在这个瞬息万变的世界里，许多事情周而复始地进入人们的生活。它们很快地来了，很快地消失了，又很快地来了……但在许多时候，人们很难找到哪怕一丁点儿算得上真正有意义的东西。正是因为这样，这些几乎是同一个脸孔的周而复始的过往，很容易把人们挤进一个闭塞且无聊的空间里去。

人本来应该都是有魂的，但俗世的繁忙让人往往把最该关照的东西给忽略了。可以说，有的人一辈子没跟"魂"打过照面。也许正因为这样，老于成了小于心里的一个亮点。她为她的心灵屏幕上出现的这个亮点而兴奋，而鼓舞。我想，这或许正是小于约我们一起来这里拜访老于的理由了。

老于为人低调，衣着十分俭朴。他从里到外都是一个实实在在的庄户人。与其他人不同的是，他眼里的事物都是有灵性的。他似乎不是在加工根雕，而是在寻找眼前这些物件的真实面目。因为，这些物件与他的心灵是对应的。对他而言，那是一种自我灵魂的再现，它们凸显出这一切与他生命间的那种必然的联系，彼此更像是事先约好，选择这个时候，在这个地方相聚。而这种相聚所带给他的，以及今天所带给我们的，都是一种超乎想象的美。

老于的作品很多，我们看到的只是冰山一角。但这已经让我们惊叹不已了。

眼前的根雕都经历了上百年、上千年的生成和造化，它们的造型是一直就有的，也是在你未曾跟它谋面之前，无论如何也想象不出来的一种存在。所以，它们的出现总会让你在惊奇的同时，由衷地感叹大自然神奇的创造。老于不仅酷爱根雕艺术，还收集了四百多种中草药。这些中草药在老于的精心呵护下，长势喜人。它们一盆一盆排列在老于的院子里，开出紫的、黄的、白的、红的花朵，散发出诱人的芳香，有的还举起枝头的叶子跟我们打着招呼。

老于指着其中一盆并不起眼的中草药告诉我，那是他在从陕西弄来的一个柏树楂子里发现的。当时，他不知它叫什么名字。那个柏树楂子在院内放了好长时间了，真想不到它在那干燥的缝隙里，竟然发出芽来。好顽强的生命力！老于小心翼翼地把嫩芽移栽到花盆里。待它长大后，老于用百度搜索查证，原来那是"黄精"。

这个发现，让老于兴奋不已。相传"黄精"是古时候大财主家一个丫鬟的名字。黄精长得漂亮，被财主看上。财主要强娶，黄精不从，逃到了山上。惊慌失措的她，一不小心掉下悬崖，幸好被一根树枝接住。受伤的她靠吃野果、草根活了下来。后来，黄精手抓藤蔓，试图攀上悬崖，想不到没费多少力气，就轻松地跃上了山。黄精上山后，被一老妈妈收为义女。一位老郎中听闻黄精的故事后，开始用黄精吃过的野果和草根为病人治病，并把黄精吃过的草根称之为"黄精"。

老于给我们讲这则故事时，眼里有一丝不易被人察觉的光亮。汶河岸边，老于在他生命的大部分时间里，都在与身边这些树根和草药打交道。老于告诉我，他计划再搜集一部分中草药，让院内的中草药种类达到一千种以上。他指着一种叫"米布袋"的草药说："这米布袋的根，用木炭烤煳，再用擀面杖擀碎，能治疗结石，多年治不好的都被它治好了。"如今，老于要把他的院子弄成一个中草药植物园，他准备给每一株中草药都挂上牌子，让村庄的孩子们认识中草药，了解中草药。

老于为人厚道，行事低调，他越来越离不开他的园子了。有大专院校以数目不菲的授课费邀请他去教学，他也舍不得离开。在老于的眼里，那些出于自己手中的艺术品，压根就不是雕刻出来的，它们本来就在那儿。他的目光告诉我，那不是他通过加工可以完成的，那是他命中注定遇到的，更是他遇到的另一个自己。因此，老于对身边的事物越来越保有一种源自心底的沉默，越来越痴迷于他的直觉，越来越痴迷于那些生命深层的秘密。

　　临别时，老于的园子里那些正在抽着纤细芽儿的中草药，还有那些不知名字的各色花朵，沁出缕缕凄迷的幽香……我们每个人都有点恋恋不舍。

校园记事

　　地球天天都在转着，人天天都在走着，记得一位伟人曾经在他的诗中写道："坐地日行八万里，巡天遥看一千河。"伟人的情怀和气魄令人敬佩，但"日行八万里""遥看一千河"，毕竟是因为地球在转，而不是人在走。人真正想迈出哪怕一步去，也往往很难。历史的惯性决定了人墨守成规的习惯性思维，人总是习惯了原地转圈。在这个过程中，一个人开始试着跳出这个圈子时，就已经十分难得了。现实中有一个人，他在这个过程中始终没有能够跳得出去，但是他想了，他不仅一直跃跃欲试。他的出现让我想起了古希腊神话中那个从山下往山上反反复复地推着巨石的西西弗斯，他也因而让我印象深刻。

　　《拷问教育的灵魂》和《触摸教育的思想》是沂南县二小原校长赵以祥先生有关教育的两本专著。这两本专著是赵先生一再试图跳出人们习以为常的教育模式的圈子时，日积月累留下来的思想轨迹和研究成果，它是赵先生从教四十多年来基于教育实践，不懈探索和深入思考之后的结晶。

　　前些日子，我与心理咨询师周韶峰一起在赵先生处拿到了这两本专著。周韶峰很风趣地说："这书来之不易呀，它们是赵先生的龙凤胎。"是的，一直为人低调的赵先生，孕育这对"龙凤胎"多年了。四十多年来，赵先生不管是在教学时，还是在做校长时，为了这对"龙凤胎"，从没有停下来过。为了深入了解小学教育的现状，他甚至主动放弃中学校长的位置，到基层小学担任校长，一干就是十几年。期间，针对教育的现状与未来，他写下了上百万字的工作笔记。在《拷问教育的灵魂》一书中，赵先生对"教师专业发展""心理预防""教学策略""课堂观察""考试与评价""教学与管理""教育教学效率"等方面的问题一一进行了梳理，并就培养什么样的教师，怎样让学生成为本来那个最好的自己，以及如何改进现有教育模式的弊端，如何进行教育体制改革，发表了自己独到的见解。在《触摸教育的思想》一书中，他就"素质教育""职业规划""家校社共育""辍学研究"进行了系统性的研究和思考，提出教育要尊重学生差异，尊重教育规律。如果把教育隔离在生活之外，单一强调"分数"，负面作用就会凸显出来，甚至形成一种不适合人性发展的社会情态，赵先生已经深深地感觉到这种潜在的危机了。

在历史的进程中，每当社会发展到一定阶段的时候，总需要一部分人去突破习以为常的桎梏。它需要一部分人率先站出来，而这一部分人身上所彰显的恰恰是一种文化上的自觉。他们晓得"教书育人"最重要的是要让孩子保有一份天性，每一个人都应该有属于自己健康的成长空间。赵先生的"龙凤胎"囊括了教育问题的方方面面，是一本难得的具有前瞻性的好书。那书直面人生最重要的部分。赵先生所努力的，所关注的，所祈求的，就是跳出现有教育模式所在的那个固有的僵化的圈子，让每一个学生在关键的成长期，找到自己的定位、方向和尊严。

赵以祥先生的观点，在许多人看来有些另类，但是，赵先生的所思所想，有着对于生命的深刻见解，他深晓人生的种种苦难，对自己所从事的教育事业不再抱有肤浅的乐观。赵先生已经离开沂南二小校长的岗位，去了沂河东岸一个村庄的小学，当一名普普通通的小学老师，他提前到岗，按时上课……但他一直没有忘记他要为跳出那个"怪圈"而努力的初心。

2023年夏天的一个上午，沂南县蒲汪镇中心小学刘庆伟校长，把我和同行的文友们领到圣母联小校区后边的一块南瓜地内。一个个南瓜在清一色的南瓜秧上长大，一位老师用手帮我扶住粗壮的秧梗，我双手捧住南瓜，轻轻一扭，咔的一声，把它摘了下来。我一共摘了两个扁圆形的南瓜，一个橘红色的，一个青色的。南瓜个头不大，却长得结实。刘校长告诉我，这是学校老师和孩子们利用课余时间种的，孩子们可以摘下自己亲手栽培的南瓜，带回家给爸妈尝一尝了。

刘庆伟校长是个有心人，他在校园里专门为孩子们留出了一块地。在这块土地上，孩子们可以种瓜、种豆，可以浇水、施肥，可以看着种子发芽、幼苗生长、花开花落，陪着瓜果长大。在这片南瓜地里，孩子们踏在地上的一个个小脚丫和伸向这块土地上的一双双小手，就像小树的根系那样扎进了这片土地。在刘校长看来，这些走进校园的孩子们，只有让他们在这片土地上深深地扎下根来，才能长成接地气的孩子，以后不管走到哪里才能让人放心。

校园原本就在土地里。人类进入农耕文明后，长辈在田野里指导晚辈如何播种，如何施肥、除草、除害，如何收割，如何储存种子……这便是人类最早的课堂。孔子教授生徒，课堂也大多在路上。现代化、信息化的今天，是否意味着教育就要告别土地了呢？答案是否定的。

今天，我和众多文友们为参加蒲汪中心小学"新芽文学社"揭牌仪式而来，想不到，走进校门之后，竟然有了许多出乎意料的收获。蒲汪中心小学让学生"动脑、动腿、动手、动口，一起动起来""因人施教，不让任何人掉队"的教学实践和"教书育人"的理念，让人印象深刻，大有耳目一新之感。

丽日当空，蒲汪中心小学院内的南北通道上，两位学生讲解员引领我们来到楼下过道内，在两位学生记者的现场直播下，参观了孩子们做的蛋壳雕塑。这是孩子们在老师的指导下，利用阴刻技法在蛋壳上创作的艺术品。这些童真稚拙、谐趣活泼的作品，从凿壳、清洗到雕刻，每一个环节都不容马虎，稍有不慎就会前功尽弃。这正是刘校长和老师们想要的。当看到孩子们屏住呼吸，集中精力，一刀一刀地雕刻着薄薄的鸡蛋壳时，他们欣慰地笑了。在这个看似简单的过程中，孩子们的定力、平衡力、手脑的配合力，得到了全面锻炼和提升。课堂上，孩子们更能静下心来听讲了。

刘校长领我们去了三个联小。每个联小各有特点。课余时间，学生们转呼啦圈，跳绳，吹口风琴……他们个个精神饱满，十分活跃。用刘校长的话说，这叫"一校一品"。"一校一品"这种尝试，从去年秋天开始。学校没有专业老师，联小老师们靠自修、自研、自学，边学边教，半年下来，效果远超预期。

"一校一品"是刘校长在没有专业老师、没有现成经验可取的情况下，一个具有可行性的尝试。蒲汪中心小学通过"一校一品"的实践和经验积累，很快就可以实现全校开花了。在这个过程中，老师不仅教会孩子们音、体、美等方面的知识和技能，使孩子们得到全面发展，他们自己也成为老师中的老师。

图书室是刘庆伟校长为孩子们倾心打造的读书平台，每一个联小的孩子都可以来图书室读书。在学校走廊上，一个看起来像是四五年级的学生，通过老师找到我，向我提出了两个问题：一是《诗经》是怎么成书的？二是《长恨歌》的题目里为什么有一个"恨"字？这个孩子的提问让我吃了一惊，这么小的年纪，心里竟然装着如此宏大而深刻的问题。第一个问题，我给孩子做了常识性的回答。第二个问题，我告诉孩子，《长恨歌》题目里的"恨"字需要在诗的内容里寻找。孩子说，这个"恨"字……孩子稍一停顿，然后，又略有所思地说，唐玄宗、杨贵妃爱情的恨……他又一停顿，好像在说，不是。这时，站在一旁的老师说："还有亡国之恨。"我跟孩子说，你能了解这些，尤其能想到这些，已经难能可贵了。当然，就我个人观点而言，《长恨歌》的作者白居易的那个"恨"字，恨的不是别人，他恨的是自己，恨自己无力回天。古代中国文人啊，他们的肩膀尽管不宽，但是骨子里的那种家国情怀，那种担当，不是人人都能够理解的。

白居易曾任进士考官、集贤校理、翰林学士等职，其间，他多次上表，直陈时弊。宰相武元衡遇刺身亡一案，白居易坚决主张严缉凶手，结果被以"越职言事"为由，贬为江州司马。《长恨歌》虽言爱情，却能一窥安史之乱爆发的原因。今天，提出这个问题的孩子，他似乎开始思考这个方面的问题了，甚至比我想得更远。过后，老师告诉我，这个孩子经常去图书室读书，读了很多书。

刘庆伟校长一直陪着我，他时不时地与老师和学生进行交谈。认真负责的老师和活泼可爱的学生，他们每一个人的脸上都洋溢着灿烂之光。我想，当赵以祥先生走进这所学校，看到刘庆伟校长的创新与实践后，他的脸上一定会有欣慰的微笑。

村庄那一束光

近年来，朋友圈里有关村庄的文字和照片逐渐多了起来，谈及这个话题时，有位兄长颇有感慨地说："这就是乡愁啊。"

于我而言，"乡愁"二字最难忘的出处是余光中先生的诗歌《乡愁》。每当读到这首诗，我的心中总有一缕莫名的伤感涌上心头，也许是人体基因库里与别离相关的符号太多了，"别离"二字在人们的记忆中，成为最容易被碰触到的那根弦。

记得小时候跟大人们一起在村庄的沟崖上乘凉时，我经常看到夜空中划过的流星，那些自天而降、发出短暂光亮的流星，它那流光般的滑落与消逝，在我童稚的心灵里，划下一道决绝而神秘的弧线。每当流星出现，人们就会七嘴八舌地议论起来，有说是因为大人物去世了，有说是因为老天爷流泪了……说着说着，人们就会扯到山西洪洞县的大槐树，说起村庄的年龄、姓氏家世，迁进迁出，生生死死。

近年来，我喜欢带上相机，去曾经居住过或未曾居住过的村庄，把镜头对准那些几近坍塌的老房子，那里面蛰伏着来自遥远过去的微光，透过那些光，我能感受到村庄的演变和时代的变迁，以及萦绕其间的那缕淡淡的乡愁。

村庄的深处，偶尔能够见到青石铺成的路面，那些光滑的路面，忽闪着黝黑的光，那光似在叙述着村庄的过去，述说着一辈一辈的人，在这条小巷里的来来往往、生生灭灭。那都是很有年岁的巷子，巷子很窄，三四人并肩一站，就能把巷子堵住。巷子里，有我熟悉的门楼和贴着春联的门框，那些门框大多已经残腐，最初的油漆早已渗透进木头里。大门上生锈的门锁和几只站在墙头觅食的麻雀固守着家园，挂在大门口两侧的香炉像两盏心灵之灯，诠释着烟火俗世的悲欣。

村庄里，那些残垣断壁，还有墙根、过道、门楼下，那些经年的碌碡、木车、粪篓、马灯、麻绳、扁担、纺车，以及拄着拐杖行走在深巷里的老人，透过镜头的特写，能够让人洞悉村庄的过往。那些残垣断壁，那些残砖断瓦，那些紧贴在墙壁和街角的青苔，在镜头的聚焦中，它们让人看到许许多多被遗忘的事物。

在村庄里长大的我，跟朋友们谈起小时候的遗憾，就会想起小时候没有能够"扛小杌"这件事。所谓"扛小杌"，是农村姑娘出嫁时，小孩子们干的活儿。一直以来，我的这种看起来太没出息的遗憾，却是童年记忆里最深刻的一个。而且，每当与朋友们谈及这个话题时，扛小杌——这个遥远得看似虚幻了的过往，与"家""家族"和"村庄"一起，在我的眼前又清晰了起来。

被考古学家称为"聚落"的原始部落聚居地，是村庄最早的雏形，"家"是聚落，亦即村庄最小的单元。我的那个所谓"没有能够扛过小杌的遗憾"，恰恰与村庄的血缘性、族群性有关。小杌就是那种面呈正方形的小凳子，它能坐，也能供小朋友写字用。我小时候，正摊上"破四旧，立四新"。农村姑娘出嫁时，嫁妆很少，只要有简易的桌、橱、柜就可以了。但有一样东西不能少，那就是小杌。因而，送亲的人群中，总少不了几个扛小杌的孩子。

我一直盼着能有机会扛一次小杌，扛小杌的孩子不仅可以在喜宴上吃些鱼肉和大白馒头之类的东西，而且，跟着送亲的人群浩浩荡荡地行进时，还能满足一下自己的那种归属感。不过，盼来盼去，我却没有能够实现这个愿望。后来我才明白，我们住在姥姥家的村庄，属于外姓、外亲，是没有资格扛小杌的。过往送亲的人群中，那些兴高采烈地扛着小杌的表哥表弟们，都是本门的自家人。我的那些盼头注定是实现不了的，越是这样，乡村里那个扛小杌的场景，在我的印象中越深刻，直至成为我童年记忆里一个挥之不去的梦想。

我曾去七八十里外的祖居地寻找祖上住过的地方，试图从那里找到一点依靠，找到哪怕是一丁点儿能够让人觉得踏实的归属感。一个秋风萧瑟的日子，经过多方打听，在祖居的村子中央，我找到了祖上留下的那个连轮廓都看不清了的屋框。明、清时候，祖上曾经生活在那里，据说那里也曾有过人丁兴旺的时候。清末民初，家族败落，爷爷去世，奶奶领着父亲流落他乡。望着空荡荡的屋框，我深深地吸了一口凉气。眼前，除了一小段露出地面的基石、几棵不大的杨树、稀稀落落的杂草和几只觅食的鸡鸭，什么都没有。生命易变，但这个"变"也太大、太快、太突然、太过残酷了。我的眼前空空的，周围的一切空空的，连同远处传来的犬吠鸡鸣都被投入了虚空中。

我的寻找，被一种莫名的虚空感笼罩，还好，望着眼前空荡荡的屋框，我更加真切地感觉到，活着的我，源于祖辈的那股血脉，它真切、可见的存在。千百年来，之于先人的这股血脉，一次次摆脱了厄运，并且能够以一种鲜活的生命形式继续存在着，这已经是十分幸运的了。在极其残酷的现实面前，正是这种一直持续着的有关生命的传承，让一辈辈的人没有白白地把心血和汗水洒在奔波的路上。

此刻，我又想起我们全家初到姥姥家所在的村庄居住时的情景。当时，我们住在姥姥家后面一座陌生、破旧的老屋里，老屋的墙上有几处裂缝，冬天下雪时屋里盘旋着雪花。晚上，野狗常来侵扰。这个记忆的片段，我在《东岭》那篇文章里有过叙述，在这里不禁重提一下。这座老屋里的一切，看起来与那种极具温暖感的"家"大不一样，不过于我而言，却让我备感亲切。它让我找到了在十分特殊的环境中最真挚、最深刻的情感记忆。这一切扎扎实实地占据了我的感官，它像一幅画面中被观者忽略了的那一笔，恰恰是那一笔，在我生命的画面上，是略带苦涩，又极具生存意味的光点。所谓扛小机的那点遗憾，也是如此。

我在想，"家"或许就在路上，"家"带给我一个通透且变化丰富的空间，带给我一种与生命相关的深刻和透彻。许多时候，它成为与我一样的生命体。或者正是因为这样，那个被称为"家"的站点，在我的心里留下了许多更为持久的东西。这个过程中，虽然有苦痛，有眼泪，有失落，有迷茫，但有着生命深处的体验。我大脑似乎已经开启了一种等待模式，等待源于生命最深处的那个瞬间的到来。这种等待是漫长的、持久的，甚或是永远的。这种等待与我的生命密切相关，那是不知道是些什么、却又一直在等待着的某些东西。

现在，从农村走出来的人们，对童年的记忆已经淡了。村庄渐行渐远，人们往城市集中，大家各自忙活着，同住一层楼的人大都互不相识。人们忽东忽西，搬来搬去，已成常态，也就少有了这样那样有关族群失散、祖居消逝的伤感了。

由于我是那种少有的一直没有找到家的人，因而我一直关注着家，关注着与"家"有关的村庄。在姥姥家那个村庄，"家"的墙都是土打的，屋顶用麦秸苫成。人生路上，它能挡风遮雨。但是，家又是移动着的，那个不断变换着地方的家，一个人精神源头的家。前些日子，我去姥姥家所在那个村庄——下房家沟村，给大舅上祭日坟，顺便去我小时候住过的房子看了一下，发现我家老屋，连同周围那些土打墙的房屋，已经坍塌了。胡同里也少有行人。表弟告诉我说："村里半数以上的人住在城里，加上外出打工和在外读书的学生，村里除了老人，很少见人了。"

我小的那个时候，村巷里、街道上，说书、唱戏、耍猴、卖烧饼、卖羊肉、卖狗肉的人，磨剪子、磨菜刀的人，修补瓷碗、茶壶的小炉匠，还有挑着货郎挑子，嘴里喊着"拿头发来换针、换糖、换臭蛋"的货郎随处可见，很是热闹。除夕夜更是热闹非凡。孩子们打着灯笼，走街串户。大街小巷，那一长串若隐若现的红灯笼，宛如一条如梦似幻的长龙。

请家堂是除夕之夜敬奉列祖列宗时的庄重仪式，下午，长辈们烧纸、上香，请回列祖列宗、已故亲人，在正堂立上祖宗牌位，挂上家堂轴子，摆上供品，然后，在大门口放上"拦门棍"，这样，列祖列宗们就可以安下心来过年了。午夜时分，大人小孩"守家堂""熬五更"直到天亮。送家堂时，场面更为隆重，村前宽阔的场地上，整个家族老老少少全数到场，夜幕下人头攒动、鞭炮齐鸣。

村庄里，房子是一家人的繁衍生息之地，建房前要有充分准备，石头、麦秸、木料、土、石灰、砖瓦等缺一不可。但凡讲究的人家，要选黄道吉日，摆供，上香，请"李广将军""马甲将军"压阵，口念"天无忌、地无忌，太公在此，百无忌"，然后才破土动工，上梁时，要在梁上挂上红布，写上"上梁大吉"。

现今，这些房子有的已经倒塌，有的不见了踪影。村庄里的许多老人，先后离开了这个世界。就我而言，童年记忆里的那些事，也已变得十分遥远。小时候扛小杌的那点事，似乎已经不值一提，但在奔流不息的回忆中，它又像家乡弯弯曲曲的河流那样，让过往的时光在哗哗的流水声中重返。这个时候，我惊讶地发现，在村庄缓缓流淌的小河中还原出来的那个我，才更像我。

前些日子，我读了陈忠实的长篇小说《白鹿原》。我已经好久没有完整地读完一部长篇小说了，这次总算从头到尾读了一遍。《白鹿原》饱满丰富，的确是一面折射我们民族灵魂的镜子。书中给我留下深刻印象的是白、鹿两个家族的起始、延续及结局。白嘉轩女儿白灵的出走和死亡，长子白孝文的堕落和东山再起，鹿子霖长子鹿兆鹏的人生选择，次子鹿兆海的战死，黑娃和田小娥的人生遭遇，以及朱先生"不再读书"……让人窥见了持续数千年之久、以血缘关系相处、以家长制为核心的村落中，那条让一切渐趋解体的裂痕，以及传统文化轨迹中，那些跌宕起伏、变幻莫测，又清晰可见、让人不堪回首的痛楚和无奈。

自进入农耕时代起，我们的祖先就开启了定居或半定居的生活模式。数千年来，这种由家庭、族群结构形成的聚落或村庄，像历史的幽灵一样，一直徘徊在中华大地上。据考古发现，这种形态极有可能向前延伸一万年左右。而以家族聚居为主要形式的聚落，是那个时代社会生活的出发点。史学家王家范先生认为：在近世以前，村落始终是中国农民们最后一道生活世界的港湾。即使因战争、灾荒、瘟疫，人们被迫流徙，但是，他们仍会像蚯蚓再生那样，在异地他乡重新建起一座村落，顽强地保持着原有的乡土风情。

中国农耕文明，从晚清开始受到西方文明的冲击。当时，李鸿章根据自己对世界的认识，指出："中国遇到了数千年未有之强敌，中国处在三千年未有之大变局。"他的这个观点是在同治年间提出来的。对于他的这个观点，蒋廷黻先生给予极高的评价，认为李鸿章是十九世纪中国人看世界，眼界最高、看得最远的一个人。

而今看来，随着城市化的扩张，中国农村这个延续近万年，"以血缘为纽带的村落聚合传统模式，正在衰败或消失"。这不仅是三千年未有之变局，也是中国历史未有之变局，这种变局是自觉的、顺势的，是没有回头路可走的。站在古老村庄的废墟之上，历史开始被全新的时代所讲述，它经历着历史上从未经历过的事情。它不仅仅包含城市化、信息技术时代、后工业时代这些名词，它更是一种与过往历史完全不同的、从未有过的脱胎换骨式的巨变，这一变局触碰到数千年延续下来的传统农耕文明最为敏感的部位。

村庄，我又来了，在村庄的废墟上一直有一个隐约可见的光点，在我的眼前闪烁，那光点是村庄跳动不息的心脏，是恒久、永续，历经千年、万年风雨，生发在中华大地上的农业文明之光，那光像一束束通向心灵窗口的灵魂之光，亲切，生动，深沉而悠远。

望海山记

　　雨停了，京吾兄在山下路口等我。他打着手势，让我右拐，把我的车卡在仅容下我车体的一块空地。"春明呀，前面施工，堵路了。就让你的车先在这里委屈一下，来！咱们走过施工路段，坐我的车上山。"京吾兄如是说。

　　刑警生涯是京吾兄跟我共同的青春记忆。在那段时光里，除了形形色色的案件，就是与那些光怪陆离、刀光剑影的事物捆绑在一起的青春了。多年不见京吾兄，最近突然想起他来。早上五点我即起床，洗漱，吃饭，加油，给京吾兄打电话，之后，开车上路，直奔京吾兄这里。

　　路上大雨，视线模糊，恍如梦境。见到京吾兄时，雨却停了下来，停得戛然。站在眼前的京吾兄，长发稀疏，精神矍铄。驾起车来的他，还是当年干刑警时的那个样子——猛、准、狠！前方只有一车多宽的路、比路还要窄的桥、时不时的急转弯、划着车窗的竹……这一切，在京吾兄不断加大油门的那辆越野车巨大的轰鸣声中，纷纷向山下退去。山腰，左转，穿过一个极其简陋的院门，车猛然停下。这便是京吾兄的居所了。

　　"春明呀，我已经很少与人来往了。天天干什么呢？早上起来，站在门前，面朝大海，唱上一曲年轻时候唱过的歌，一直唱到把自己感动为止。然后呢，领着那条忠诚的狗去巡山，顺便看一看我放养在山上的那群羊……"走下车来的京吾兄，一边跟我说话，一边领我走进他的院子。

京吾兄是这座山上唯一的人家。不起眼的一排平房，挺大的一个院子，院内栽着桃树、杏树，种着西红柿、小白菜、韭菜和葱。京吾兄用手指着院子西南角说："春明，你看那是什么？"我顺着京吾兄手指的方向看去，见一大一小两只乌龟，一前一后向京吾兄爬了过来。京吾兄从水缸中捞出两条小鱼给它们。两只乌龟见到京吾兄，很是亲近，它们吃完鱼后，嘴里"哦"了一声，像是跟京吾兄道别，又像示谢。京吾兄目送它俩返回墙角下的窝里，说："他们俩是我的老朋友，通人性，懂人语，已经跟我十几年，有感情了。有它们在，山上的蛇不敢进这个院子。"

与室外相比，京吾兄的家里五花八门。他画的水墨画、写的毛笔字，四周墙壁上随处可见。画案上有一幅尚未完成的《姜太公垂钓图》，图上，端坐在水边，仅有一个轮廓的姜太公，刚刚举起钓鱼竿，远处还是一片空白。画案西面墙上挂着他的《望海山图》，图的下面有他从警几十年、大大小小的老照片。看着这些老照片，看着这些身着上白下蓝、戴着领章帽徽的小伙子们，京吾兄颇有感慨地说："春明呀，这些人当中有的已经不在了，有的混得风生水起，成了大老板，像你这样只知道读书的人很少了。"一会儿，京吾兄从里间取出一把带有盾牌的匕首说："这把匕首是二十世纪八十年代，去沂南办案时，你送给我的。我一直留在身边。"京吾兄没有忘记我们相处的那段时光，没有忘记我随手送给他的那件礼物，让我感动。我发现，京吾兄的窗棂上挂了一副锈迹斑斑的手铐，手铐两边挂了各种各样的锁。这些看起来凌乱不堪的破铜烂铁，是京吾兄的宝贝，是他青春的记忆。那里面有他，有我，有那个时代所有刑警的影子。

曾有青年朋友让我讲一讲刑警的故事，我没有讲，因为每一个刑警都不想回看。老刑警们走到一起时，很少谈及曾经侦查过的案子。跟京吾兄在一起时，更是如此。刑警是行走在黑夜里的人，他们常年与黑暗中的人打交道。他们必须潜伏于黑暗之地，遁入黑夜之中，让自己的思路和思维模式与黑暗中的事物相衔接。有时，我们甚至把自己想象成藏于对面黑暗中的那个人，想象着黑暗里各种各样的可能，也只有这样才有可能找到那把打开黑暗之门的钥匙，继而破解黑暗中隐藏的秘密。过去的就让它过去了。但这一切又挥之不去，它就像影子一样地紧随着你。这时，我见京吾兄用手拿起一把锁，习惯性地把钥匙插进那把锁孔里，但他没有说话。

我是第二次来京吾兄的住处了，上次来，在这里住了一个晚上。这个地方向东不远处就是大海。那是一个天上挂着月亮、满天都是星星的夜晚。我们借着月光，一同攀着山崖上的藤蔓，登上山腰间的一块青石。夜间的山跟白天的不同，山的四周朦朦胧胧，像是身在梦里。远处、近处的草丛和树木，时不时地飘来一缕缕温暖的异香，那香味十分地醉人。京吾兄指着一个黑黢黢的地方说："那里有一个山洞，山洞很深，直通大海。"他起身走了过去，把耳朵贴着山崖，然后向我招了招手，示意我也过去。我学着他的样子，把耳朵贴到山崖上。刚开始，没听到什么声音，待静下心来听时，似能听到水滴敲打石板的声音。渐渐地，那敲打声，越来越清晰，越来越有力，越来越密集，直到汇成一阵深沉悠远的涛声，由远而近地灌进我的耳朵里。那声音就像一股风，似乎夹杂着一股咸腥味。那个晚上，我们的听觉一直朝着那个方向延伸着，那声音把我们的耳朵拉得好长。那声音时而清晰，时而模糊。那声音，听起来空泛而单一，但我们没有说话，一直在听那声音，在听大海说话。

从那天开始，我从京吾兄身上发现了许多有意思的事情，他说："与交警相比，刑警要复杂得多，也容易做常人不敢做的事情。"京吾兄告诉我，太阳高照之时，他常常自己关上大门，一个人赤身裸体地在院内阳光充足处，晒上足足半小时，从而获得一种强烈而清晰的光感。京吾兄的那群羊是散养的。他说，那样，能够给予它们充分的自由。平时，他用无人机监护它们。晚上，那些散养在山上的羊，在无人机的镜头里是一个个小红点。寂静空旷的夜空下，他和它们以电子光影的形式交相互动。一旦有什么状况，他随时可以施救。"随时可以施救"，好家伙，以后，每当想起这些，我总会莞尔一笑，是啊，"三句话不离本行"，京吾兄总忘不了"施救"。

透过京吾兄的小日子，我触摸到许多生命中真实的部分。离开京吾兄好几天了，京吾兄的身影却在我的大脑中愈加清晰了起来。京吾兄，京吾兄的过去和现在，以及他居住的那座山、那片海，还有那座山上的房子和山上所有的事物，在我的内心诱发出了许多相关于人的反思与冥想，并让我隐隐地领受到某种心灵的回归感。

孟良崮随想

　　早上，趁天凉快，我未吃早饭，就开车向孟良崮驶去。七点时分，山上静悄悄的，沟壑间略有薄雾缭绕。汽车几经拐弯上行后，停在了孟良崮南面的一个山顶平台上。

　　孟良崮立于群山北端。沿山道向上攀登，时见山石交错、山洞贯穿，时遇断崖出现。前行中，更见山石悬于山崖夹缝之上，似有随时滑落之险。我行走攀爬，整个人被此情此景所感染。远古时期，大地撕裂、碰撞，平地轰然隆起之景如在眼前。

　　孟良崮地处北纬35º58'，这里春夏秋冬、四季分明。春天来时，小草发芽，树枝返青，百花齐放。夏天来时，地似蒸笼，时有电闪雷鸣。秋天来时，天高气爽，五谷丰登，瓜果飘香。冬天来时，大雪覆地，沟河冰封。

　　在这里，七十五年前的那个春夏之交，共产党和国民党，各自怀揣不同的政治文化理念，用大炮、子弹、手榴弹，用刺刀，用血肉之躯，进行了一场关键的对决。孟良崮战役成为中国共产党取得全国胜利的转折点。在这场战役中，国民党军队伤亡3.2万人，共产党军队伤亡1.2万人。短短三天三夜，国共双方共计伤亡4.4万人，可见战役之惨烈。

　　此刻，孟良崮空山无人。弯弯的山道上有蛛网缠头，有荆花落下，有蝉鸣震耳。待到山顶时，清风吹来，小雨过后从树枝上散发出来的清新气味随风飘来，缕缕阳光穿过松树、枫树的间隙，洒落在一块块巨大的浅灰色花岗岩上。我伴随着这些如梦似幻的影子，循着一段被鲜血浸染的路径，登上一块巨大的岩石。岩石之上，天地开阔。向着西部的群山放眼望去，远处黛绿色的山脉起起伏伏，恍如梦境。

历史过往，莽莽苍苍。"中国历史是炎黄子孙的历史，是华夏民族融汇的历史，更是战争推动的历史。"数千年来，那些拉锯式反反复复的碰撞和融合，让许多地方成为影响中国文化走向的重要区域。而孟良崮，这个因北宋名将孟良而得名的山峰，就是其中一处。这些地方在经历了反反复复的碰撞和融合后，催生出闪光的思想、著名的都城和彪炳史册的时代。

我拿出手机，在中国地图的轮廓图上，使用图片编辑工具，以我立足的孟良崮为中心点，沿着北纬35º58'线，向西、向东画了一条橘黄色的线。我发现，儒家学派创始人孔子的家乡曲阜距离此地不远，处在北纬35º29′～35º49′，差不多与这里处在同一个纬度上。道家鼻祖老子的家乡河南鹿邑，地处北纬33º43'~34º51'；商朝都城河南商丘处在北纬33º43'～34º52'；西周都城西安（也是秦、西汉、新朝、东汉、西晋、前赵、前秦、后秦、西魏、北周、隋、唐的都城）处在北纬33º25'~33º27'；东周都城洛阳（也是夏、商、西周、东周、东汉、曹魏、西晋、北魏、隋、唐、后梁、后唐、后晋的都城）处在北纬34º32′～34º45'；宋朝都城开封（也是夏，战国时期的魏国，五代时期的后梁、后晋、后汉、后周，金朝）处在北纬34º11′～35º11′。不难看出，中国的两大文化（儒、道）和政治、经济中心，在历史大多数时间里，集中在北纬33º25'～35º58'之间。

历史是残酷的，我们无法回避的是，历史文化是在这种残酷的历史现实中碰撞出来的火花。在不可避免的冲突、厮杀和牺牲中，人类一步一步地升华自我。在这个过程中，我们发现，几乎每一次大的碰撞和变迁中，历史都要碰触到这条纬线。

这条纬线最残酷，也最辉煌。翻开历史的书页，春秋战国时期的诸侯争霸、天下混战，在这里催生了中国主流文化——儒家文化。之后，经由这条纬线，三次中国文化中心的南迁："永嘉之乱，晋室南迁""安史之乱，北人南迁""金人南侵，宋室南迁"，意外使得中国南方的经济、文化得到质的提升，从而改变了中国经济、文化和人口格局。

数千年来，正是在这条纬线上，人们周期性地迁徙、扩张、穿插、迂回，使南北文化在大环境中逐渐成熟和统一起来。在各种文明因素的汇聚、碰撞和融合发展中，这条纬线形成一种雄厚强大的辐射力。这条纬线如同人体的中枢神经，让中国历史上的所有重大事件，几乎毫无例外地经由这条线传遍神州大地。这条纬线见证了中国经济、文化的繁荣，也见证了太多的苦难。历史上每一次战争都造成人口锐减、生灵涂炭。

抗日战争、解放战争时期，"沂蒙老区420万人口有120多万人拥军支前，21万多人参军参战，10万多人血染疆场"。沂蒙人"最后一块布，做军装；最后一口饭，做军粮；最后一个儿子，送战场"的历史场景，感天地，泣鬼神。沂蒙人的这种无私奉献，青山当记。那个特殊的年代，沂蒙人承受着难以承受之重，在关键的历史节点上，树立起一座精神丰碑。这里所带给我们的，更多的是感激和反思。

五年前，在孟良崮山下的孟良崮村，一位青年画家出现在我的面前。在这位青年画家的桌案上，有几幅他的山水写生画，其中一幅没有题名，却引起了我的注意。这是一幅写在卡纸团扇上、天边铺展着凝重色彩的山水画。这位青年画家告诉我："画这幅画时，太阳就要落山了，心里有点急，仓促间把它完成了。"透过这幅画，我可以看得出画家在太阳行将落山时，那种急迫的心情。远山中那片若隐若现的山林，被一支盯住了落日余晖的画笔迅即染红。画面的近处，有一个站立着的人的背影，他隔着一道长有松柏的山脊，遥望着远山。我从不同的角度反复地注视着这幅画，突然，一个悠远绵长的意象出现在我的眼前。那是生命之于自然的光影，透过这些朦胧的光影，透过远山和晚霞，我仿佛看到那轮熊熊燃烧着的太阳在滚滚而去时的清晰痕迹，更看到了太阳行将升起时的光芒。进而，那个形同神一般的背影，以及由其所带来的"天人合一"的图像，更加让人印象深刻。

画室内，画家沏上茶和我聊了起来。他告诉我，他的老爷爷是一位私塾先生，老爷爷留下的那些手抄本书籍，是他们家的传家之宝。他爷爷那辈人，处在一个动乱的年代，大爷爷组织农民武装对抗土匪时不幸牺牲。二爷爷接过大爷爷的大刀，不久也牺牲战场。抗日战争时期，担任解放区乡长的四爷爷，在一次战斗中不幸负伤。他孤身一人，在一座寺庙内与日军枪战，弹尽后被日军杀害。只有爷爷和五爷爷活了下来。

孟良崮山下的这个小山村，一个家族的悲惨和壮烈，是一段历史的缩影。循着这段历史向上回溯，那些环环相扣的历史，依然让人备感沉重。今天，孟良崮下，那些裸露在地表的一块块巨大的岩石，那些高高矮矮的民居，起起伏伏的庄稼，疯长着的野草，忽而从草丛中起飞、腾跳的野鸡、野兔，与高高的山脉和广阔的大野一起，以一种沂蒙特有的形式，生成了一道道如波如烟的曲线。那曲线暗合着大起大落、大喜大悲的必然性。

如今，枪林弹雨过后的孟良崮，一位毕业于艺术学院的青年，开始在艺术的江山里颠沛。他迷茫过，更清醒过，他的身心也因而在绘画的色彩里安顿。当他沉浸在五光十色的画面中时，他的思想也有了属于自己的表达方式。他借助自然之力，构思独我，凸显了一种别样的意境。在我的眼里，他画墙上的《雪景图》系列，不仅有捕捉到光与色彩时的欣喜，也让我看到画家的内在心灵。雪景图背后，冰雪开始融化，丛林吐出绿芽，不远处，一个身影正在蹚过冰解后的河流……伴随着这个身影而来的，是萦绕在沂蒙大地上那曲悠扬动听、透彻心扉的《沂蒙山小调》。

我又看了一眼那幅中国轮廓图，发现长江源头和黄河源头基本都处在孟良崮这个纬度上。古往今来，长江、黄河孕育了中华文明，尽管它们也曾给人们带来过危害。我想，我们所处的这条纬线，或许就是自洪荒时代而来的约定。站在孟良崮顶那块巨大岩石上的我，如同登上历史的擂台，漫漫云烟中，一只无形的手，拉开了天地间的帷幕。我仿佛看见，那个遥远的过去，在西北大风的吹刮和滚滚黄河的冲击下，黄土高原和处在大海包围之中的沂蒙大地，慢慢地衔接在了一起。这两片高地神奇的对接，一举成就了广袤的华北平原。这正是大自然为中华民族搭建的大舞台。而黄河、长江作为中华大地上的两条主动脉，用源源不断的营养供给，让中华民族一步一步地成长、壮大起来。我们也因而看到一颗来自东夷大地的文明种子，携带着历史的记忆，从大海到高山，从高山到高原，从高原到平原，从平原到大海……它远程跨越，往复循环，形成了以中原文化为中心的中华文明圈，创造出以儒家文化为主流、多元文化并存的历史景观。

随着中国的崛起和中华文明的不断进步，我们有理由相信，在以"仁"为核心的中华文明的进程中，那种残酷的进化模式已是过去式了。我们不用再因此而悲叹和哀伤，不用再像过去那样重复一个个鲜活生命逝去时的锥心之痛。

今天"用战争消灭战争"这句话，已经成为这片土地上的结语。这或许是历史的定数和必然吧。

我马上就要离开孟良崮了。北纬35°线是一条英雄的纬线。回望这片被黄河和长江夹持在中间的狭长地带，它的过去让我生发出许多感慨。这时，一段话出现在我的眼前："人类的英雄只有找到回归之路，才有最后的凯旋。"这段话是谶语，更是必然。我想，这种"人类英雄式的回归"，正是面向"仁者莫大于爱人"的人之本源的回归。因为这种充满人间大爱的回归，人类的悲惨才能找到解脱的出口。

此刻，孟良崮静静的，周围的一切静静的。山道两旁不时飘来阵阵幽香。前面不远处，有一对雉鸡从路旁花丛中展翅飞远。我脚下的台阶上那些挂着水珠的小草和刚刚落下的淡紫色的荆花，显得更加可爱，可爱得让人不忍踏踩。

沂蒙之子的歌吟

——读冯春明老师的《翻阅流水》

胡英子

　　"那个漫长的史前文明期，是超乎我们想象的梦一样的存在。自始至终有一股朝觐般的力量伴我前行。"

　　当我开始阅读冯春明老师的新作，八个字立刻涌上脑海：气势宏大，内涵丰富。对家乡的热爱，让他把目光聚焦于沂蒙这片广阔的大地，无数次凝望，无数次行走，穿越苍茫历史，连接远古与当下，他获得了这片土地所赋予的文化自信与博古通今的智慧，从而对历史有了慧眼独具的解读："近年来，我时常在沂蒙山水间那些有着大汶口文化遗址的地方流连徘徊，每当我沿着祖先在大汶口文化期间的遗存向前寻找时，总会发现史前先辈们留下来的许多遗迹……沂蒙无论从地理上还是文化上，都与西北黄土高原有着很深的历史渊源……孔子一辈子都在研究周礼……周朝开创者周文王的老师姜子牙，也来自东夷之土……那是时间和空间的交汇下，灵魂内在的接续、超越和回归，是我们生命过往时光的投影，也是整个民族演进历程的投影……它的每一幅画面都让我心潮澎湃，心存感激，并产生一种对于这片天空、大地、河流、山川、海洋的敬畏感！……那些把根深扎在山顶、山坡、悬崖上的青松翠柏和产生于这片土地的思想，带给这片大地一种稳固、坚韧、深远、通透、开阔之感，它们每每成为深刻触动我的感官的事物。这种触动充盈了我的思想，甚至能够将我亏缺了的灵魂补全。"《沂蒙》《东夷之光》，满纸肺腑，呕心沥血，他把古老文化与当代文学语境巧妙衔接，使文本具有厚重的历史沧桑之感。读之令人心潮澎湃，回味良久。

对历史的深邃思考和凝眸，敏锐的感知力与文学素养，冯老师把那些佚散模糊的信息，拼图组合，打捞出吉光片羽："但当这些信息以石器、陶器、青铜器的形式出现时，那些器物和器物上的图案，便和泰山、鲁山、沂山、蒙山一起，与浩瀚的海洋遥相呼应了！"

历史文化随笔的写作，考验的是作家全方位的素养：需要兼备史学家洞鉴废兴的眼光、地理学家的考据探索，更需要作家的真知灼见与融会贯通。我甚至觉得，《翻阅流水》里的很多篇章，都是冯老师以破案的手法跟踪追击、苦思冥想、百折不挠而来，这个曲折复杂的写作过程，可谓"千淘万漉虽辛苦，吹尽黄沙始到金"。如，"凭借莒县陵阳河出土的'陶文'和大汶口文化、龙山文化提供的证据，我们有理由相信，黄海之滨，泰、鲁、沂、蒙山脉，很可能就是孕育中华文明的子宫。"他分毫析厘，提纲挈领："在这个以陵阳河为起点的古老文化旅行路线图里，透过历史的尘烟，我们可以隐隐约约地看见太昊、少昊、后羿、帝喾、尧、舜、禹、伯益、契、比干、箕子、微子、姜子牙、孔子、孟子、荀子等人的身影。而所谓中原文化，它与东夷文化有着共同的源头。"再如《雨王庙》，他沉着冷静，如外科手术大夫，一点点抽茧剥丝："那么是否可以考虑用禹的同音字'雨'字暗喻伯益呢？如果这样，雨王庙就是伯益庙了。当然，这仅仅是一种猜想，一种合于历史和情理的忖度，它或许是，或许不是，包括雨王是否是赤松子或颛臾王、嘉惠昭应王、蒙山神等，也仅仅是种猜想或假说。最初建造这座庙宇的用意，或只是作为弭灾、求雨、求福、报谢的一种形式，而这种形式往往是历尽各种艰辛和苦难的人们所需要的。"他对《纪王崮》的解读洞若观火，入木三分："一个国家灭亡了，它的国君和遗老遗少，来到眼前这个悬崖峭壁之上，在一个不易被人发现、不易被人侵占的地方，巧妙地找到了自己国家的归宿，他们的国家可以在这里安息了。"他在行走中回望，溯源，寻找文化参照与文化坐标，刨根究底的写作精神透着科研工作者的严谨与理性，大胆假设，细心求证，丰富的文学想象力与不放过一个细节的求真态度，是曾经的职业习惯使然，也是一位作家对文本的自我苛求。

《翻阅流水》是一本知识储备丰厚的历史文化散文集，知识点密集，史料翔实，解读深刻。对读者而言，它不但重新梳理了远古至今的沂蒙发展史，还有很多历史知识，如读其中的《东夷之光》，我始知孔子并不是历史上第一位教育家。早在孔子之前，就有一位伟大的教育家："舜时，帝喾的儿子、身为司徒之官的契，十分重视人的品德教育……由此，契凭其仁德、智慧和敬职，在推行品德教育方面取得了很大的成就，他也因而被称为我国历史上第一位教育家。"跟随阅读，我还重温了"勿忘在莒"的典故，不忘本，不忘初心，应是恒持毕生的人生准则。

从文学技巧看，文本不时闪烁文字光芒和美学素养。如《沂蒙》："雨季，沂蒙大地电闪雷鸣，那些自天而降的雨，它们一滴一滴地落在山顶的松枝上、花草上、石头上。渐渐地，那雨在树的枝干上，在花草的茎叶上，在大大小小的山石上，在山上山下所有事物的缝隙里，生成一道道水流，生成一条条小溪、一挂挂瀑布。那水流，那小溪，那瀑布，向下，向东，向北，向南，向西，向着各个不同的方向流淌着，渗透着，它们生成了泉，生成了向着不同方向流淌着的河流。那些河流，它们不晓得走多远，它们不晓得去哪里？但是，它们晓得必须向前走。那雨那河流是从天上来的，那雨那河流一直住在天上，那雨那河流因而循环往复，源远流长。"如《高原之思》："在这个过程中，应该是天上的雨出手了。那雨不大不小，恰好把一团团自西北天空而来的黄色尘烟缠住，它们结成伴，抱成团，一点一滴，一辈一辈地做大了起来。这风与雨的默契让人吃惊。雨如果太大，一下就会把那些滚滚而来的烟尘冲走；雨如果太小，那些烟尘不等落地就会被大风卷走。它们只有配合得恰如其分，才能合成眼前的黄土高原，也才有了大秦恢宏磅礴的气象，才有了大汉、大唐的气魄，才有了苍凉悲壮、悠扬高亢的信天游，才有了黄土里生长出来的柔情和那些汹涌澎湃的激情。"如《屠嬴的恒流》："偌大清澈的湖湾，密密麻麻的泉涌，那水泡如同珍珠，一个接着一个地从湖湾底部的清沙中跳跃而起，它们连成一条条线样的珠串蹿向水面。它们时而摆动，时而直行，时而交汇，及至水面时，生成了一个个梦幻般的涟漪……淅淅沥沥的雨，在秋风的吹拂下，让我的思绪走得好远，以至于与先人的身影在阴沉沉的天空中互动了起来。我仿佛看到了泉，看到了河，看到了江，看到了海，仿佛听到了大地发出的各式各样的流水声。那水声如琴如鼓，那水声如泣如诉，那水声有对生存的渴望，有对天人合一的追索，那水声让我的思绪于天地之间，追随着一个个时而清晰、时而模糊的身影跳动。"上善若水，唯有清泉能荡涤尘垢。这些精灵般跳跃着，如音符般动感十足的语言，刚柔并济，充满舞之美、诗之韵。只有对写作素材的娴熟驾驭，全情投入与沉浸，才会灵感奔涌、飞珠溅玉。

无常的自然气候，与人类生存息息相关，关联种族，国家，个体。它看似微不足道，甚至与阳光、空气和水一样，常常被人们所忽略，然而，正是这些看似不重要、不起眼的地质、物候的变化，直接或间接影响了族群的生存、政治的走向、个体的命运："在时光的隧道里，那些曾经生存在西北大漠上的人们，如同滚滚的沙尘暴一样，持续地朝这个方向席卷而来。当他们赖以生存的土地日渐消失的时候，'南侵'就像随风而来的漫天黄土烟尘那样，成为一个必然的趋势……黄土高原，一代一代的人们，像漫天的黄土一样，一波一波地构成了黄土塬厚厚的积层；又像庄稼、树木、花草一样，从这片厚土里发出新芽，抽出新枝，开出鲜花，结出果实。他们不断地在历史的漩涡里更新自己，那是一场场生命轮回的壮歌，更是一次次嬗变的华章。"《高原之思》的这些篇章，想象奇妙、语言诗性、文思瑰丽。

阅读文本，我能看出冯老师对史料的披沙沥金、精准取舍，文本里不乏仁爱慈悲、勇敢担当的篇章，他在写作过程构建了自我坚实的精神世界。如《人性的高贵》："回望楚汉争霸的场景，两千年前，发生在苏豫皖交会处荒山野岭上的那一幕，依然让人为之震惊。生死关头，当一双眼睛注视着另外两双童稚的眼睛时，我所看到的不仅是一个人对于幼小生命的担忧，更有萌发于人的心底，那种之于生命的珍惜和敬畏……虽然我们不知道明天会发生些什么，但总有一颗灵魂在悄悄地给我们引路。许多时候，正是这颗灵魂让人自身的良知不致错乱。夏侯婴正是如此。"岁月更迭，时光荏苒，沧海桑田，多少繁华湮灭，物是人非。冯老师以看待历史的广度与直观现实的深度，用睿智的文字拨开重重迷雾，与久远的文明对话，如《银雀山记》："今天，来到这里的我，恍若看到了历尽劫难后，那个墓主人的影子，墓主人的身影尽管有些模糊，却真实。在我的感觉里，他好似站在邈远的高处，我仿佛看见他用一双颤抖的手，小心翼翼地捧读竹简时，那种由于激动而难以言表的神情。这种跨越时空的信息传递，让我为之动容……而墓主人对这些历史珍贵遗存的挽留和守护，于悄然无息间，让文明得以连接、延续和传承。"如《汶河星照》："两千多年前的一个傍晚，在汶河左岸，在南沿汶村头的乡间小路上，有两个身影停了下来。这时，眼前隐匿在夜幕中的村庄、黑压压的树林，还有朦朦胧胧的山脉和哗哗流淌着的河水，热情地把他们挽留。自此，这两个身影犹如漆黑天空中的两个星点，从这儿给整个中华大地带来了一缕有着浓厚民族文化意味的星照。他们不是别人，他们正是中国文化史上可谓通天接地的两位贤之大者——戴德和戴圣。"再如充满哲思意味的《达士遗天地》："疏广、疏受的举动是一种舍与放的选择、急流勇退的智慧……也正是因为这种放弃进取、远离纷争、远离尔虞我诈的官场的选择，他们得到了生命中那片开阔的天空。"再如流传千古的《三山沟石刻》："此刻，大山深处，春风扑面，山花烂漫，然而，这一切，似乎都被'凤凰'二字消解了。王钦元的背包里装满了心事，他要把他的心事，他的怀念，他的痛楚，甚或他的爱，他的梦想，雕刻在一处没有人烟、没人打扰、永远不会消失的地方。"

阅读文本，我发觉冯老师有诗歌情结，或说对诗歌情有独钟。如《怕向东方听子规》一文，他为自己的沂南同乡、明代万历年间著名女诗人高玉章鼓与呼："女诗人于生命的虚妄和变灭中，为我开启了一扇门。她让我猛然感觉到，她所开启的不仅是心灵之门，更是生命中依然鲜活的真相。"再如沂蒙最早的诗社，跨越明、清两代的诗人汇聚之地《花之寺》："自明代开始，花之寺就像一个诗性的磁场，把远远近近的诗人们吸引了过来。自此，花之寺的名字从这里源源不断地流出，很快在朝野文人中广为传播，并且以河流奔涌的速度，演绎出一段段诗坛佳话。"这种诗意流向笔端，使文字闪烁着灵动与诗性，如《界湖》："那是处在一个静谧、温馨而充盈的空间里，所产生出来的感觉。这种感觉有时如同电击般地从我的头发梢直达我的脚底。这股令我全身战栗的电流，会让许许多多过往的事物，重现在我的心灵深处……'界湖'这两个字，一直在我的内心荡漾。"再如地处朱家林的《天河谷》："这里，每一座山、每一块石头、每一片土地、每一条溪流，都储有生命的底气，暗含生存的意志。这里的晨昏光影、小溪流水、林风鸟鸣、虫声蛙叫，让人们真切感觉到自己属于这方土地。"

《翻阅流水》里，有人物命运的悲歌。如《往事尘烟》，出身界湖的袁顺斋与刘舒，一位北大毕业生，一位闻名乡里的才子，在时代的洪流里虽身不由己、载浮载沉，可仍坚持做中医为乡人疗疾，令人感佩。最终命运让人感喟叹惋，掩卷深思。

文本里不乏荡气回肠的篇章，如《山里有个找娘的人》："那个肩挑狗肉和酒，在沂蒙大地翻山越岭四处寻找救他一命的'娘'，并且一找就找了八年的八路军战士郭伍士，他的身影一直在我的脑海里回旋着。我一直在问自己，是一种什么样的力量支撑着他，让他找'娘'找了八年？"再如《沂蒙母亲》，他以赤子之心写道："沂蒙妇女，是苦难最为深重的承受者，由于她们的存在，才有了我们今天引以为傲的沂蒙精神。沂蒙精神，那是沉积了几千年，被引领、被激活、被释放出来的文化的力量……沂蒙妇女的这种大情怀、大气象、大悲悯，绝非偶然。这是一种历经炼狱后涅槃重生的存在，又是一种近乎神一样的存在，让人深感沂蒙文化的深厚。"

中医、中药，是华夏民族代代流传、医病疗疾、救死扶伤的瑰宝。冯老师善于从看似平常的事物中选材，如："汶河岸边，老于在他生命的大部分时间里，都在与身边这些树根和草药打交道。老于告诉我，他计划再搜集一部分中草药，让院内的中草药种类达到一千种以上。他指着一种叫'米布袋'的草药说：'这米布袋的根，用木炭烤煳，再用擀面杖擀碎，能治疗结石，多年治不好的都被它治好了。'如今，老于要把他的院子弄成一个中草药植物园，他准备给每一株中草药都挂上牌子，让村庄的孩子们认识中草药，了解中草药。"《远里的"老于"》这篇作品，与那些充满凝重历史感的作品不同，它相对轻盈，如行云流水。作为一位热爱中医药的读者，我忍不住反复读了几遍，就像冯老师在文中所述，恋恋不舍，甚至想以这篇为索引，按图索骥，去亲眼看看老于的中草药植物园。

常年行走在大自然中的冯老师，深得大地厚爱，加之读书思考，已洞悉写作密码，掌握写作节奏。水到渠成的《翻阅流水》，思接千载，神游八荒，有超越地域的格局与襟怀，充分展现了他的文学素养。众所周知，沂南文化底蕴深厚，这里是"智圣"诸葛亮的老家，有众多汉墓，有三山沟凤凰石刻，有远古史前遗存，有近代传奇风云人物，自然与人文的交织延续，和谐共生，这些都是冯老师写作的动力。对历史深情的凝视，对脚下土地的热爱，汇集成厚重的《翻阅流水》，它是这片土地的缩影与素描，是蒙山之巅的呼唤与回响，是穿越时空的对话，是对人类终极命运的追问与思考，是回眸历史的深情书写，是一曲荡气回肠的浩歌。

胡英子，临沂市作家协会监事长，已出版长篇历史人物传记《谢道韫》。

跋

  "翻阅流水"是苏子诗歌《岸边》里的一句话,他在诗中说:"一个人在岸边待久了 / 就会忍不住翻阅流水……"我想,这也是我想要的,因而"翻阅流水"这四个字就成了本书的名字。

  之所以"翻阅流水",自然是想在"翻阅"的过程中寻找点什么,这是一本小书,天地太大,需要翻阅、需要寻找、需要装下、需要记下的东西太多太多,只能尽力而为。在这本书里,我仅凭借我的那点微不足道的知识和有点不堪重负的笔力,把人生旅途上的巧遇,以及缘分所致的那些所见所闻、所思所想,于漫长的光阴沉淀中,以散文的形式做一记录或叙述。

  这些记录或叙述,从时间上看,跨度极大。从史前到现在,不管是出现在大地上,或者是出现在书本上,只要是我所碰到、印象较深的那些生命过往的片段,我都有所涉及。于我而言,无论是史前,史中,还是当下,它们像河流一样,是一个整体性的存在。它们虽然看上去是断裂的、零星的、破碎的,甚至距离相隔极其大,时间间隔极其久远,但是,它们之间一直有一股血脉串联在一起,那些看似支离的叙事,一旦会聚在一起,就遥相呼应、绵延回旋了起来,它们的魂魄和经络,也因而持续跃动,牵一动百。

  是的,在整理这本文集的过程中,当我把相关文章按照它们所涉内容的时间进行排序后,我惊讶地发现,这些时间跨度极大、几乎是风马牛不相及的文章，竟然十分神奇地成为一体了。而且它们在我的眼前呈现出一张东夷文化路线图。在这张图上，以泰山、鲁山、沂山、蒙山、五莲山、尼山山脉为中心的海岱文化圈，有一股历史的文脉，盘旋上升。这股文脉由以鸟为图腾的东夷民族为主体，它以一种极其强大的生命力代代相传，直至成为中华文化的主流。这张文化路线图，于我而言多了一些提醒，多了一些带有溯源性的思考。不得不承认，许多时候，在某种神秘的来自远古的宏大气场中，在某种来自自己身体内部和外部，通常被我们称为灵感，或者是灵魂的顷刻授意之下，人会生发出一些超乎想象的表达。这个时候，一些让人感到既熟悉又陌生的生命光点，会从不同的方向悄悄地涌来。那些带有不同时代印记的生命光点，它的出处绝非当下，源头极其遥远，它让人感到眼熟和亲切，并且，它在你的面前毫不犹豫地释放出记忆。这些与我们生命密不可分的记忆密码，有的也许永远破译不了，但是，它总能让我透过苍茫的历史时空，隐隐约约地看到我们生命的缘起和那条绵延不断的文明的进路。在这个过程中，它甚至让我真切地感觉到，无论我的生命走出多远，途中的每一次相遇都是回归。

这些生命的密码，在历史的时光中，紧随着河流的奔涌，追逐着季节的脚步，伴随着天上的流云，持续地涌动、翻滚和跳跃，哪怕眼前的生活削弱了人们的视觉、嗅觉、触觉和意识，但是，这些生命的脉动、灵魂的召唤、文化的创造、思想的高扬和攀升，都在时时刻刻地提醒我们生命中那条既有"大道"的存在。

甚幸，我有机会把撞入视野的历史与现实，以及与之相关的人和事，草草记录下来。就历史浩渺的时空而言，这都是些破裂出来的零星片段，但是，正是这些零星片段中所迸发出来的，那些活跃在苍茫大地上的点点星火，让我于交汇、碰撞中留下了书中的文字。这些时间跨度巨大的人和事，它们之间的距离虽然看似遥远，但又像流水一样，一波波地连接在一起，它们有着一个共同的源头，就像流水一样不分彼此。

这些文字是我从平时的积累中，经过反复挑选、整理后形成的。庆幸，我所得到的远远超出我的预期。书中，我按照时间的顺序，自遥远朦胧的新石器时代开始，我的目光在这片土地上沿着一条历史的光道，由远及近，由朦胧到清晰，由过去到现在，把我所能看到的、读到的、我所希望表述的那些东西、那些思考，用文字记录了下来。我想，这些文字在与读者的互动中可能会有某些连接，甚或能与读者在某个未知的点上，敲击出意想不到的共鸣。

写到此处，我的微信突然闪了两下，打开一看，竟是高玉彬先生送来的祝福。他还转发了一段话给我，其中一句是："生活或许会有遗憾 / 但未来依旧可期 / 最好的状态就是 / 向自己喜欢的一切 / 慢慢靠近。"高先生的留言给我鼓舞，让我感动。

大千世界，感恩遇见，数年时间，我收获了这些文字。盛夏之时，暂且收笔。本书创作、校对期间，得到了众多朋友的关心和帮助，在此致谢！

2023 年 7 月 15 日于界湖